A New Companion to Shakespeare Studies

The Shakespeare Society of Japan

新編

シェイクスピア案内

日本シェイクスピア協会[編]

Kenkyusha

はしがき

二〇〇六年に日本シェイクスピア協会は創立四十五周年を迎えた。協会が歩んできた四十五年という長い歴史の大きな節目を記念するために、一連の関連事業が実施された。その第一が、イギリスの Shakespeare Institute 所長である Kathleen McLuskie 教授の招聘であった。McLuskie 教授には東北学院大学において開催された第四十五回シェイクスピア学会での特別講演のほか、翌週に同志社大学で催されたセミナーにも参加していただき、わが国のシェイクスピア研究者との交流を深めていただいた。二〇〇七年三月末には、多数の公募論文から厳しい査読を経て選考された論文を収録した記念論文集『シェイクスピアとその時代を読む』を研究社から出版した。さらに、四十五周年を記念して、協会の年刊英文誌 *Shakespeare Studies* を、編集体制も装丁も一新して刊行することになった。

協会にとってこのような記念すべき時期に、『新編シェイクスピア案内』を刊行できたのは大きな喜びである。本書の前身にあたる日本シェイクスピア協会編『シェイクスピア案内』が刊行されたのは一九六四年のことであった。この四十三年の間に、ポストモダニズムの文化・文学批評の到来とともに世界のシェイクスピア研究の流れも大きく変わった。シェイクスピアのテクストと観客・読者との関係において、またシェイクスピアと同時代あるいはその後の時代との関わりにおいても、従来の批評では見えなかった問題点が一挙に脚光を浴びることとなった。『新編シェイクスピア案内』はこのような激動の二十世紀後半の知的世界を踏まえて編纂された、二十一世紀のシェイクスピア研究の入門書である。各章の執筆者はいずれも日本シェイクスピア協会会員で、日本のシェイクスピア研究の第一人者である。没後約四世紀の時間が過ぎた現代でもシェイクスピアは国境を越えて、相変わらず元気に生きつづけている。このような稀有の存在であるシェイクスピアに対する読者の理解や作品の鑑賞を深めるのに本書がお役に立てば、これに勝る喜びはない。

本書の編集には、日本シェイクスピア協会前会長の金子雄司氏があたられ、前協会委員の太田一昭氏と住本規子氏の強力なご支援をいただいたことを記し、心からの謝意を表したい。また出版にあたり、編集実務では株式会社研究社編集部の高橋麻古氏に大変お世話になった。深く御礼を申し上げる。

二〇〇七年六月

日本シェイクスピア協会会長

楠　明子

目次

第一章　シェイクスピアの生涯

上野美子

生い立ち

一五六四年四月二十六日、ウィリアム・シェイクスピアはストラットフォード・アポン・エイヴォンのイングランド国教会、ホーリー・トリニティ教会で洗礼を受けた。正確な誕生日はわからないが、イングランドの守護聖人セント・ジョージの祝日で、シェイクスピアの亡くなった日でもある四月二十三日だと一般に仮定されている。一五六四年と言えば、エリザベス一世の即位六年目にあたり、近代科学の父ガリレイが生まれ、イタリア・ルネサンスの巨匠ミケランジェロが没した年でもある。

　シェイクスピアの父親ジョンは、小作農の出自ながらも商才にたけ、イングランド中部のウォリックシャーにある市場町、ストラットフォードでなめし革商を営むかたわら、羊毛取引や金貸しにまで手を染めていたらしい。その妻のメアリ・アーデンは裕福な自由農《ヨーマン》の娘で、ジョンとのあいだに四男四女をもうけたが、サクセス・ストーリーの主人公になったのは、長男のウィリアムだけだった。ジョンも地元の町議会議員から参事会委員、さらに

図１　ストラットフォードのグラマー・スクール

一五六八年には町長を務めるまでになり、順風満帆のようにみえた。だが七〇年代後半、つまりウィリアムの十代初めから商運が傾き、七八年には、妻の相続財産の一部だった不動産を抵当にして借金するほどの困窮に陥ってしまったのである。父親の劇的なまでの没落が、感受性の強い子どもに影響をあたえないはずはなかった。この家運の盛衰は、作家ウィリアム・シェイクスピアの形成に大きくあずかったものと想像される。

エリザベス朝は、「宗教戦争」の時代であった。当時はイングランド国教会に通うことが、国法によって定められていた。一五九二年にストラットフォードで作られた国教忌避者《レキューザント》の名簿には、「ジョン・シェイクスピア」の名前が挙げられている。国教会の礼拝に欠席した理由は、負債に対する法的処置を恐れたためだと一応、名簿には記されているが、父ジョンがカトリックの信仰をもっていたからだという説は昔から根強くあり、今日にいたるまでその支持者があとを絶たない。[1] ウィリアム・シェイクスピアにカトリック・コネクションがあったという着想はいかにも魅力的だが、古文書を博捜する研究者の努力にもかかわらず、これまで確証は見つかっていない。

少年ウィリアムは、ストラットフォードのグラマー・スクールに通い、ラテン語文法を核にした古典教育を受けたにちがいない。男子だけのこの学校で早朝から夕方まで、テレンティウスやプラウトゥスのローマ喜劇や、オウィディウスの『変身物語』などを学んだことだろう。ライヴァル作家のベン・ジョンソンから、「ラテン語は少し、ギリシャ語はもっとわずか」(small Latin and less Greek) しか知らなかったと揶揄されたが、今日の目から見れば、シェイクスピアはかなり高度な文学教育を受けたものと思われる。ストラットフォードには、当時の主要劇団、つまり「女王一座」や「ウスター伯一座」などがロンドンから巡業に来たし、近くのコヴェントリーでは、ギルドによる聖史劇が演じられた伝統もある。劇団の地方巡業には地元の有力者が招待されたので、幼いシェイクスピアが父親と共に観劇する機会もあったことだろう。一五七五年の夏には、レスター伯ロバート・ダドリーの居城ケニルワースに長逗留したエリザベス女王をもてなすために、野外劇や水上スペクタクル、花火ショーなどが豪奢に繰りひろげられた。十一歳のシェイクスピアが、ストラットフォードに近いこの城へ父と見物に来たかもしれない、と想像してみるのも楽しい。少年のシェイクスピアにとって、演劇は決して無縁の世界ではなかっただろう。

劇作家への道

一五八二年十一月、十八歳のシェイクスピアはアン・ハサウェイと結婚した。新婦はウォリックシャーのアーデンの森近くに住む自由農の娘で、シェイクスピアより八つ年上だった。半年後の五月には長女スザンナが生まれているから、この結婚にはのっぴきならぬ事情があったものと思われる。さらに二年後の八五年二月には男女の双子、ハムネットとジューディスが誕生し、国教会で受洗している。二十歳にして三児の父親になったシェイクスピア。生活の重さ、現実の厳しさを実感せずにはいられなかっただろう。

二十一歳から二十八歳までの七年間は、「失われた年月」(lost years) と呼ばれ、どんな記録も残されていない消息不明の時期である。こういう時期こそ、伝記作者の想像力が飛翔する好機となる。幾多のシェイクスピア伝説のうちでも有名なのが、「鹿泥棒伝説」[2] である。十八世紀初頭にシェイクスピアの最初の伝記をものしたニコラス・ロウによれば、近くの庭園で鹿を盗んだうえ、訴えられた腹いせに風刺詩を書いたため、故郷に居づらくなってロンドンに出奔したという。そのほかストラットフォードで弁護士の助手をしていたとか、北部のランカシャーでカトリック系の富裕な家に仕えていたとか、諸説が唱えられているが、場所も時も不明ながら、どこかの劇団と関わりができたことだけは確かである。一五八〇年代は、商業劇団の拡大期だったので、生活の糧を求めていた青年が劇団に身を投じる余地は十分にあったのだろう。

当時のロンドンは、十六万ほどの人口を擁する大都会で、北郊にはジェイムズ・バーベッジが一五七六年に建てた、イングランド最初の本格的な公衆劇場「シアター座」が、対するテムズ川南岸にはフィリップ・ヘンズロウが八七年に建てた「ローズ座」があり、演劇都市に成長しつつあった。この地ですでに一五九二年以前にシェイクスピアが演劇人として成功していたことを示す文献がある。放蕩で身を持ちくずした作家ロバート・グリーンの死後に、ヘンリー・チェトルの手で出版された懺悔録風のパンフレット『三文の知恵』(一五九二)である。そのなかに、「われわれの羽で飾りたてた成り上がりのカラス (an upstart Crow) がいて、虎の心を役者の皮で包み……」「舞台を揺り動かせる (Shake-scene) のは自分だけだとうぬぼれている」という辛辣なくだりがある。『ヘンリー六世・第三部』にある「虎の心を女の皮で包んだ奴」のもじりが見出せるし、「シェイク・シーン」はシェイクスピアを指すものだと広くみなされてきた。

シェイクスピア作品の創作・初演年代を確定するのは至難の業である。シェイクスピアの処女作とされる『へンリー六世』三部作は、執筆された順序が明確でないし、第一部については合作や改訂の問題がある。だがとにかく、この三部作に引き続いて『リチャード三世』が書かれ、シェイクスピアの創作活動はテューダー朝の成立過程を扱う歴史劇のジャンルから始まった。一五八七年には、前スコットランド女王メアリ・ステュアートが処刑されたし、翌八八年には来襲したスペイン無敵艦隊（アルマダ）をイングランド軍が撃破した。当時、歴史劇が盛んに書かれたのも、国家意識を高めようという時代の要請があったからだろう。

ところで先のロバート・グリーンと同様に、一五八〇年代後半から九〇年代初めにかけて劇作に携わった、大学出身の作家たち――トマス・ロッジ、ジョン・リリー、ジョージ・ピール、クリストファー・マーロウ――は、「大学出の才人《ユニヴァーシティ・ウィッツ》」と呼ばれている。特にシェイクスピアより二ヶ月早く生まれたマーロウ（一五六四―九三）は、ケンブリッジ大学を出たあと、『タンバレイン大王』や『マルタ島のユダヤ人』などのヒット作で観客を魅了し、ブランク・ヴァース（弱強五歩格の無韻詩）を確立してシェイクスピア詩劇の基盤をつくった。『お気に召すまま』（三幕五場）にマーロウの詩からの引用があるのは、酒場で刺殺されたこの先輩作家に対するオマージュなのだ。

衛生状態が劣悪だったロンドンの手強い敵はペストであった。とりわけ一五九二年の夏から二年近くにおよぶ流行は、人口の一割以上が犠牲になるほど猖獗《しょうけつ》をきわめた。ペストが下火になる冬の短期間は別として、九二年夏から九四年にかけての二十ヶ月間、観衆の集まるロンドンの公衆劇場は、枢密院の通達によって閉鎖させられた。劇場閉鎖は劇団の経営を極度に悪化させ、地方巡業や劇団の分裂・再編に拍車をかける結果となった。シェイクスピアは、この期間に物語詩の執筆に精力を注ぎ、『ヴィーナスとアドーニス』を九三年に、『ルークリース凌辱』を翌九四年に出版した。特にオウィディウスの『変身物語』を基にした前者は人気を呼んで、何度も重版されるベストセラーとなり、「劇作家」よりも社会的地位が高いと思われていた「詩人」として、シェイクスピアの名声を高めたのである。

この二篇の物語詩には、サウサンプトン伯ヘンリー・リズリーに宛てた献辞が付けられている。宮廷文化の開花したエリザベス朝では、文人はパトロンを見つけようと腐心した。劇場閉鎖のあおりをうけたシェイクスピアが、有力な貴族のパトロンをもちたいと切望したとしても当然だろう。サウサンプトン伯は、女王の寵を受けた美男子で、モンテーニュの『エセー』を英訳したジョン・フローリオをイタリア語の家庭教師にもち、宰相ウィリアム・セシル(バーリー卿)を後見人とする若い貴公子だった。『ルークリース凌辱』に付けられた献辞のほうが、一年前に上梓された『ヴィーナスとアドーニス』の献辞より親しい語調に変わっているのは、シェイクスピアと伯爵との関係が密になったことを暗示している。

この二篇の物語詩と同じ頃から『ソネット集』も書き始められていた形跡がある。詩『恋人の嘆き』を付けて一六〇九年に初版が出版された、一五四篇からなる『ソネット集』は、まさに謎の書である。各ソネットの執筆年代はいつか、出版者のトマス・ソープが献辞を捧げている「W・H氏」とは誰か、ソネットに登場する美青年、黒い女《ダーク・レイディ》、ライヴァル詩人の素性はなにか。そもそも『ソネット集』にシェイクスピアの肉声を聴きとり、伝記的事実を読みこんでよいものなのか。「W・H氏」、さらに結婚を勧められる「美青年」は、サウサンプトン伯、つまりヘンリー・リズリー(Henry Wriothesley)を指すと唱えるむきもある。しかし、研究が進めば進むほど、解答が見出しにくいというのが皮肉な現状なのだ。

座付作家として

シェイクスピアの所属した劇団名が初めて明らかになったのは、一五九五年春の王室会計簿によってである。

喜劇役者ウィリアム・ケンプ、悲劇の立役者リチャード・バーベッジとならんで、シェイクスピアは「宮内大臣一座」の幹部座員として、九四年クリスマスの宮廷公演に対する報酬をあたえられていた。シアター座を本拠地とし、宮内大臣の庇護のもとで九四年に編成されたこの劇団は、エドワード・アレンを立役者とする「海軍大臣一座」と覇を争っていた。このときシェイクスピアが報酬を受けとったのは、俳優の働きに対するものだったろう。シェイクスピアは、劇作家、俳優、劇団経営者の三役を果たし、終生同じ劇団の支柱となったのである。伝説によれば、『ハムレット』の亡霊や『お気に召すまま』の老僕アダムを演じたというし、ベン・ジョンソン作の『気質くらべ』と『セジェイナスの没落』の出演者名簿にその名前が記されているが、俳優としての活動はあまりつまびらかでない。

座付作者のシェイクスピアは、レパートリー・システムをとる劇団のために、喜劇・悲劇・歴史劇の各分野で健筆を揮《ふる》った。習作『間違いの喜劇』から笑劇風の『じゃじゃ馬ならし』、知的な『恋の骨折り損』、完成度の高い『夏の夜の夢』、『ヴェニスの商人』など、多種多様な喜劇を次々に生みだした。マーロウやトマス・キッドの影響が濃いローマ史劇『タイタス・アンドロニカス』や恋愛悲劇の古典となる『ロミオとジュリエット』、異色の歴史劇『ジョン王』や王位簒奪の場が物議をかもした『リチャード二世』、フォールスタッフの活躍で人気を博した『ヘンリー四世』二部作など。神学者フランシス・ミアズが一五九八年に出版した評論集『知恵の宝庫《パラディス・タミア》』で、喜劇と悲劇（歴史劇も含まれる）の分野で当代随一の作者はシェイクスピアだと賞賛したのも当然である。

負債に苦しむ父親を子ども時代に見たせいだろうか、シェイクスピアは鋭い現実感覚の持ち主で殖財にも熱心だった。父が認可されなかった紋章着用の権利を、一五九六年に父の名前で買い、父ともども「紳士」の仲間入りを果たした。劇作家、俳優、劇団の株主として得た収入をバランスよく分散投資し、一代で財を築きあげた手腕には驚嘆せざるを得ない。九七年にはストラットフォードで二番目に大きい屋敷ニュー・プレイスを購入し、妻子をここに住まわせたし、一六〇二年にはオールド・ストラットフォードの耕地を買った。最大の投資は一六〇五年のもので、ストラットフォード近在における十分の一税《タイス》の半分の徴収権（実質的には土地保有権）を手中に収め、紳士階級にふさわしい安定した年収を子孫のために確保した。晩年の一三年には、ロンドンのブラックフライアーズ座近くの家を投資の目的で購入している。

　劇団経営はヴェンチャーの一種で、浮沈がつきものである。宮内大臣一座は、シアター座の借地期限が切れた一五九七年に危機を迎えた。海軍大臣一座や台頭めざましい少年劇団（『ハムレット』二幕二場 参照）に対抗するため、シェイクスピアの劇団も安定した常設劇場を確保しなければならなかった。ピューリタン色の強いロンドン市当局が市壁内での劇場建設を認めていなかったので、売春宿や熊いじめ場、海軍大臣一座の本拠地ローズ座の並ぶ歓楽地、テムズ川南岸のサザック特別管区（Liberty）に敷地を借りて、劇場を建てることになった。取り壊したシアター座の木材を再利用して九九年に完成したのが、収容観客数二千五百から三千人とされる半野外のグローブ座（地球座）であった。一九八九年に、ローズ座に引きつづいてグローブ座の遺構が発見され、エリザベス朝の劇場研究に画期的な進展をもたらしたことは記憶に新しい。

　グローブ座がオープンした一五九九年に、シェイクスピアはその十分の一の株を所有していた。持分の割合は、保有者数の増減によって変わる。たとえば、株主の一人だったウィリアム・ケンプがほどなく退団した際には、共有者の持分は増えた。即興劇や猥雑なジグ踊り、素朴なモリス・ダンスを十八番としたケンプの退場は、役者中心の古風な舞台から、劇作家中心の、より洗練された舞台への移行を予兆しているようだ。(3) グローブ座の柿《こけら》落としの演目は定かではないが、その頃に上演されたシェイクスピア劇には、説明役《コーラス》の言葉「木造のO《オウ》」が円形劇場グローブ座を指すともされる『ヘンリー五世』や、スイスの医師トマス・プラターの観劇録が残されている『ジュリアス・シーザー』、故郷の風景を彷彿とさせる『お気に召すまま』などがある。新しい劇場を得たシェイクスピアは、飛躍の時期を迎えていたにちがいない。あの『ハムレット』が書かれたのも、世紀の転換期だと推測される。一人息子ハムネットの名は、当時は多様な綴り方があり、ハムレットもその一つだったので、作品と伝記的事実との関係が憶測も呼んだ。父親から期待をかけられていたはずのハムネットが夭折したのは一五九六年で、わずか十一歳という若さだった。

十七世紀の劈頭、イングランドは内憂外患の状況だった。老齢のエリザベス一世は王位継承者を公表していなかったし、アイルランド総督に任命された寵臣エセックス伯ロバート・デヴルーは、アイルランドの反乱の鎮定に失敗したうえ無断で帰国した咎で、一五九九年に監禁されてしまった。シェイクスピアのパトロン、サウサンプトン伯は、宮廷の華と謳われたエセックスの熱烈な支持者だった。一六〇一年二月、ついにエセックスが反乱を起こした時にも加担していた。反乱の前日、エセックス伯の支持者の要請で、『リチャード二世』がグローブ座で上演されたことは、あまりにも有名である。反乱が失敗した結果、エセックス伯は処刑され、サウサンプトン伯はロンドン塔に投獄された。シェイクスピアに累は及ばなかったものの、衝撃の大きさはいかばかりだったろう。さらに半年後には、父のジョンが亡くなり、ストラットフォードの国教会に埋葬された。だが多難とはいえ、座付作者の務めは続く。ケンプの後任として加わった知的な喜劇役者ロバート・アーミンがフェステを演じた『十二夜』、苦い風刺のきわだつ『トロイラスとクレシダ』や『終りよければすべてよし』と書きつがれていく。悲劇的な要素が混じったこの二作は、後続の『尺には尺を』とともに、「問題劇《プロブレム・プレイ》」とか「暗い喜劇《ダーク・コメディ》」と総称されることがある。恋愛を謳いあげるロマンティックな喜劇より、風刺や悲劇の織りこまれた悲喜劇の好まれる時代が始まろうとしていたのだ。

実りの季節

一六〇三年にエリザベス女王が没したあと、スコットランド王ジェイムズ六世がイングランド王位を継ぎ、ジェイムズ一世としてステュアート朝を開いた。新国王によって宮内大臣一座を庇護する勅許が下され、シェイクスピアの劇団は「国王一座」という名で再出発した。この名前からだけでも、劇壇で最有力になったことが窺える。宮廷での上演回数は飛躍的に増え、再出発からの十年間は年平均十三回に達したという[4]。王の即位前から翌一六〇四年春にかけて、ペストの大流行のためにロンドンの劇場が一年以上も閉鎖されたので、宮廷公演は劇団の心強い支えとなっただろう。ジェイムズ王の前で演じられたシェイクスピア劇には、過去のレパートリーからの演目もあったが、ウィーン公爵と新国王との類似が指摘される『尺には尺を』や、「四大悲劇」を形づくる『オセロー』、『リア王』、スコットランド王家に材をとった『マクベス』などの新作、あるいは新作に近い作品がある。これらの作品はグローブ座でも上演されたので、王侯貴族から公衆劇場の平土間客まで、広汎な観客層に歓迎されたことと思われる。「万人の心を持つシェイクスピア」（S・T・コールリッジ）、多様に受容できる世界劇場なのである。その後も『アントニーとクレオパトラ』や『コリオレイナス』によって、ローマ史劇の新たな可能性が飽くことなく追求された。

四十路に入ったシェイクスピアには、悲喜こもごもの出来事が家族に起こっていた。長女スザンナは一六〇七年に、ケンブリッジ大の修士号をもつ医者ジョン・ホールと結婚し、翌年には娘エリザベスを出産した。シェイクスピアは四十三歳で初孫を抱いたことになる。同じ頃に訃報にも接している。八人兄弟の末子エドマンドは、兄シェイクスピアを頼ってロンドンで役者になっていたが、一六〇七年にサザックの教会に葬られた。また翌八年には母親が没している。家族をストラットフォードに残し、ロンドンへ単身赴任していたシェイクスピアは当時、故郷へ一時的に帰る機会が多かったことだろう。家族の変化だけではない、一六〇八年には劇団にも一大事件が起こった。国王一座は、私設劇場ブラックフライアーズの借用権を取得し、以後グローブ座は夏期用となり、冬期の上演はこの室内劇場で行われることになった。観客数が公衆劇場よりはるかに少ないために、入場料は何倍もの高さだった。発足時には、リチャードと兄のカスバート・バーベッジ、ジョン・ヘミング、ヘンリー・コンデルらとともに、シェイクスピアも株主になっている。シャンデリアさながらの蠟燭で人工照明された劇場は、グローブ座とは異質の洗練された空間をつくりだし、ジェイムズ一世妃アンの愛好した宮廷仮面劇《マスク》に一脈通じる世界を展開したことだろう。

シェイクスピア晩年の悲喜劇、『シンベリーン』、『冬の夜ばなし』、『あらし』は、ブラックフライアーズ劇場で上演するために書かれたという説も提唱されたが、実はこれらの初演場所が明らかではない。若手の劇作家、フランシス・ボーモント(一五八四?―一六一六)とジョン・フレッチャー(一五七九―一六二五)の合作になる悲喜劇、『フィラスター』(一六〇九年 初演)が一世を風靡し、観客の嗜好が変化しつつあった状況に、鋭敏な時代感覚をもつシェイクスピアが呼応しようとしたのかもしれない。合作の問題が未解決な『ペリクリーズ』も含めて、晩年の四作を「ロマンス劇」と通称している。父と娘の関係を主軸にすえ、家族の離散と再会・和解を扱うロマンス劇は、伝記的に解釈されやすい。特に魔法の杖を折って故国に帰るプロスペロー(『あらし』)に、故郷で隠棲しようとする作者を重ねあわせる見方がロマン派の時代から強くなった。しかし、単独作は『あらし』が最後だが、それ以後も合作は試みられている。フレッチャーとの合作の成果が、『ヘンリー八世』と『血縁の二公子』であろう。『ドン・キホーテ』を材源にした『カーディニオー』も両者の共作とされ、国王一座による一六一三年の上演記録が残されているが、戯曲自体は残念ながら現存しない。同年六月二十九日、『ヘンリー八世』の上演中に草葺き屋根のグローブ座が火事となり、死傷者は出なかったものの、劇場は全焼してしまった。一時代の終焉を象徴するような出来事ではないか。時折ロンドンに出る機会はあったようだが、すでにそれ以前にシェイクスピアはストラットフォードに引退していた。一四年には同じ場所に瓦屋根のグローブ座が再建されたが、出資者の名簿にその名前はもう見られない。

死期の迫ったシェイクスピアは、一六一六年一月に弁護士を呼び遺言書を作成したが、三月に一部を書き改めている。その間に結婚した次女ジューディスの夫、ワイン商トマス・クワイニーの不品行がスキャンダルになったために書き直した、という説が流布しているが、最近では反論も出始めている。(5) シェイクスピアの遺言書は、遺産の分配と遺贈する物品や金額を定めたきわめて事務的な文書である。長女スザンナの嫁いだホール家が特に優遇され、主要な資産がすべて贈与されているのに対して、次女一家には条件付きで百五十ポンドがあたえられただけである。妻アンには「二番目に上等のベッドを付属品つきであたえる」というあまりにも有名な言葉が遺言書の末尾に記されているのみだ。そのために夫婦の不仲説が古くから唱えられている一方、未亡人には夫の財産の三分の一を相続する寡婦権が当時あったので、遺言書に言及する必要がなかったという考えもある。真相はわからないが、妻の影が薄いという印象は拭いがたい。一六一六年四月二十三日、シェイクスピアは五十二年の生涯を閉じた。その二日後に「ウィル・シェイクスピア、紳士」埋葬の記録がある。ストラットフォードのホーリー・トリニティ教会の墓石には、「遺骨を動かす人に呪いあれ」という墓碑銘が刻まれている。築きあげた資産を分散しないで子孫に残したい、という切望が遺書から読みとれるが、直系の子孫は彼の死後、半世紀経たないうちに絶えてしまった。

没後七年目の一六二三年、国王一座の幹部俳優ヘミングとコンデルの編集によって、シェイクスピアの最初の一冊本全集、大型の第一・二つ折《ファースト・フォリオ》本が出版された。「喜劇・歴史劇・悲劇の一覧」と銘打たれたタイトル・ページの下半分には、マーティン・ドルーシャウト作の銅板肖像画が載せられている。「マイ・ジェントル・シェイクスピア」と呼びかけ、「一時代ではなく、万代の人」と称えるベン・ジョンソンの追悼詩や、原稿には「書き損じがほとんどなかった」「自然《ネイチャー》の幸せな模倣者」と絶賛する、編集者の文章も掲載されている。高価な大判の全集が死後出版されたという事実は、盟友との深い絆とシェイクスピアの衰えぬ人気を物語っている。この全集には『ペリクリーズ』と『血縁の二公子』が収載されなかったが、喜劇、歴史劇、悲劇の順に合計三十六作が収められている。小型の四つ折《クォート》本で生前に出版されたのは十八作だったから、それ以外の十八作を今日、読むことができるのは、この全集のお蔭なのである。失われた作品の多かった当時にあって、希有の幸運に恵まれたと言えるだろう。

さまざまな伝記

シェイクスピアの伝記を書くのは容易ではない。本人の日記や手紙のたぐ

図２　シェイクスピアの墓碑銘

図3　第一・二つ折本に掲載のシェイクスピアの銅版画

図4　ホーリー・トリニティ教会にあるシェイクスピアの胸像

いはなく、個人的な感情、思考を表出したものは残されていない。現存するのは作品と公文書や契約書、そして同時代人のさまざまな言葉だけである。生前に描かれた肖像画もなく、前述の第一・二つ折本に掲載された銅版画と、墓所の教会に置かれた胸像が、死後ほどなくつくられたに過ぎない。しかも、この二つはあまり似ていない。残存するシェイクスピアの肉筆は、遺言書を含めた六種類の署名と、おそらくは戯曲『サー・トマス・モア』の加筆部分三頁だけだとされている。こうした状況では、多様な伝説が生みだされてきたのも当然だろう。伝説とは、人物の特色を純化したものだと言えよう。[6] シェイクスピアの最初の伝記は、十八世紀初頭にニコラス・ロウが編集した全集の序文に付けられた四十頁の文章で、伝説と史実の混じりあったものである。実証的な立場から、作家シェイクスピアの成長を跡づけたのがエドマンド・マローンであり、その文業は死後の一八二一年に上梓された。ロマン派のシェイクスピア崇拝が続いたあと、二十世紀に執筆された伝記の金字塔はと言えば、E・K・チェインバーズの労作『ウィリアム・シェイクスピア——事実と問題点の研究』[7]（全二巻）であり、今日なお色あせていない。それ以後に書かれた多くの重要な著作のうちで、標準書と言えるものをあえて選べば、サミュエル・シェーンボームの『ウィリアム・シェイクスピアの生涯——記録を中心とする』[8]とパーク・ホーナンの『シェイクスピア——生涯』[9]である。両者ともに「記録」を重視し、想像力をストイックなまでに抑制しようと努めている。

二十世紀の七〇年代から、ポスト構造主義、脱構築、新歴史主義、文化唯物論、フェミニズム、ポストコロニアリズムなどが台頭し、シェイクスピア批評にも激しい地殻変動が起こった。「歴史」や「主体」の概念が問い直され、それらが客観的に実在するという幸せな信仰が揺らいだのである。伝記の分野にも当然、変化が起こらざるを得ない。天才シェイクスピアを崇めるロマン派的な見方が衰微し、偶像破壊の動きがあらわになる。シェイクスピア自身の改訂・加筆や他の作家との合作という考えが次第に受けいれやすくなってきた。『ソネット集』に付けて出版された詩『恋人の嘆き』や、歴史劇『エドワード三世』の一部または全部をシェイクスピアの作品だとみなす研究者が増え、キャノン（正典）の考え方が柔軟になりつつある。[10] 伝記を書くに際しても、今世紀に入ってからは新たな傾向が目につく。たとえば、物議をかもした、キャサリン・ダンカン・ジョーンズの『アンジェントル・シェイクスピア』。ベン・ジョンソン以来、「ジェントル」がシェイクスピアの修飾語として定着していたのを反転させ、「高みから引きずりおろす[11]」と宣言してはばからない。新歴史主義の領袖スティーヴン・グリーンブラットの野心的な伝記も、当時の政治、社会、文化の文脈のなかでシェイクスピアが形成された過程を「想像力」を駆使して動的に捉えなおそうとしている。[12]「シェイクスピアの伝記には不備がつきもので、協力して行うプロジェクトだ[13]」というホーナンの言葉には説得力がある。今後もシェイクスピアの伝記は、書き直され、修正され続けるにちがいない。

注

（1）この問題に関する最近の研究動向については、Robert Bearman, "John Shakespeare: A Papist or Just Penniless?," *Shakespeare Quarterly* 56. 4 (2005), pp. 411–33 を参照。

（2）小津次郎『シェイクスピア伝説』（岩波セミナーブックス二六、岩波書店、一九八八）、一〇一―一九頁。

（3）James Shapiro, *A Year in the Life of William Shakespeare 1599* (Harper Collins, 2005), pp. 36–39.

（4）G. E. Bentley, "Shakespeare and the Blackfriars Theatre," *Shakespeare Survey* 1 (Cambridge, 1948), p. 48.

（5）Park Honan, *Shakespeare: A Life* (Oxford University Press, 1998), pp. 393–94.

（6）Jonathan Bate, *The Genius of Shakespeare* (Picador, 1997), p. 5.

（7）E. K. Chambers, *William Shakespeare: A Study of Facts and Problems* (Oxford University Press, 1930).

（8）Samuel Schoenbaum, *William Shakespeare: A Documentary Life* (Oxford University Press, 1975). 大部の本書を簡便にまとめたのが、*William Shakespeare: A Compact Documentary Life* (Galaxy Book Edition, 1977, 78) であり、小津次郎他訳による『シェイクスピアの生涯』（紀伊國屋書店、一九八二）が出版されている。

（9）Park Honan.

（10）Richard Proudfoot, "Is there more toyle?": Editing Shakespeare for the twenty-first century," *Shakespeare Studies* 42 (Shakespeare Society of Japan, 2005), p. 10.

（11）Katherine Duncan-Jones, *Ungentle Shakespeare: Scenes from His Life* (Arden Shakespeare, Thomson Learning, 2001), p. x.

（12）Stephen Greenblatt, *Will in the World: How Shakespeare Became Shakespeare* (W. W. Norton, 2004).（河合祥一郎訳『シェイクスピアの驚異の成功物語』白水社、二〇〇六）

（13）Park Honan, p. 424.

第二章　シェイクスピアの時代

玉泉八州男

シドニーの死の周辺――十六世紀後半の国際状勢

一五八七年二月十六日、宮廷の華と謳われたエリザベス朝の文人政治家サー・フィリップ・シドニーの葬儀が聖ポール大寺院で盛大に執り行われた。前年九月二十二日オランダのズットフェン包囲戦の最中、一発のマスケット銃弾が騎上の彼の右大腿骨を砕いた。退却途中、出血の激しさから喉の渇きを覚えた彼は、水を所望する。差しだされた水筒を口にした途端、負傷兵が水を求める姿が眼に留まる。「お前の方が必要のようだ」、そういってその水を与えると、彼は司令官艇でアルンヘムへ運ばれていった。時恰《あたか》もオランダ独立戦争の真只中、カトリック国スペインの支配を脱せんとする低地帯《ネーデルランド》のプロテスタント勢力を支援すべく、二十数年ぶりにイングランドが海外派兵の禁を解いて二年たらずのことであった。

　通称『シドニー伝』[1]でこの有名な逸話をものした親友フルク・グレヴィルは、当時現場にはいなかった。材源も不明のままだ。あるいはプルタルコスの『対比列伝』のアレクサンドロスの項(四二・三―六)にヒントをえた

図5　サー・フィリップ・シドニーの肖像

かもしれない。

アルンヘムで四週間医者や夫人の看護をうけたシドニーは、十月十七日午後二時から三時の間に敗血症で死んだ。フリッシンゲンへ運ばれた遺体は八日間留めおかれた後、十一月一日そこを発って五日ロンドン塔埠頭に到着、ただちにオールドゲイト郊外旧ミナリズ修道院に安置された(となれば、葬儀までに四ヶ月は経っている。「柩は空」だったかもしれない)。

『名士小伝』[2]でそう書いたジョン・オーブリーは、九歳頃父の友人宅でみたこの葬儀の銅版画の思い出でシドニーの項を締め括っている。「子供心に強い印象をうけた」その絵は、シドニーや義父フランシス・ウォルシンガムに仕えた一種の御用画家トマス・ラントの手になる、長さ三十八フィート以上、幅七・七五インチの代物、バイユー・タピスリー[3]の小型イギリス版といったところだ。図版の数三十枚、そこに三百四十四名が登場する。自発的参加者を含めれば、総勢約七百名。沿道は柩の通る余地がないほどの人だかりで、家々の窓も鈴なりだったという。

だが、トレント川以南を管轄する上級紋章官ロバート・クックが仕切ったこの行列図版《ゴーデッシュ》をみて、腑におちないことがある。王室関係者以外での初の国葬にしては、政府関係者や高位聖職者、外国大使らの姿がみえないのだ。オランダ議会代表はいるが、特別派遣ではなく戦費増額交渉に訪れていた関係者らしい。それだけではない。駐英スペイン大使の本国宛書簡では、オランダのゼーランド議会は彼らの政府費用でのシドニーの葬儀を望んだものの、自らの費用で行うからとエリザベス女王に断られたという。

図６　シドニーの葬儀

ところが奇妙なことに、ウォルシンガムが葬儀をめぐりレスター伯ロバート・ダドリーに出した手紙が残っている。シドニーの借金を抱える債権者を破産させずに盛大な葬儀をどう執り行うか、お知恵を拝借した上で采配を振りたいという文面だ。葬儀費用の分担を頼みたいらしい。さらに、借金の一部肩代りを女王に哀願した様子が、バーリー卿ウィリアム・セシル宛の手紙から窺える。一方ラントの最後の図版説明には、「金に糸目つけずに葬儀を滞りなく行え」とウォルシンガムが命じたとある。どうやら国葬とは名ばかりで、実際はウォルシンガムの負担になる私葬(?)だったらしい。一体どうしてこんな手のこんだことになったのだろうか。

一五八五年九月三日、エリザベスはオランダ議会とついにナンサッチ協定を結び、オランダ独立戦争に正式に介入した。イングランド側はフリッシンゲンその他の町を担保に軍馬千頭と五千百人の歩兵を派遣するという内容だった。羊毛輸出国としてのイングランドにとって、ヨーロッパ最大のアントウェルペン(アントワープ)市場を、そのために北海の制海権を確保する上での、これは最後の賭けだっただろう。エリザベスは、決してこの低地帯からのスペイン軍の完全撤退を望んではいない。そうなったら、今度はフランスが参戦してきて、ヨーロッパの政情が昏迷の度をますのは眼にみえている。そもそも彼女は、表立った対外遠征を望まない。即位するなり対スコットランド戦争に勝利したのに味をしめ、フランス宗教戦争に介入して、カレーという大陸最後の橋頭堡を失って以来、懲り懲りと思っている。だから、八五年六月、低地帯諸州が君主の椅子を差し出した時も断わったのだった。ところが、独立戦争の英雄オレンジ公ウィリアムが八四年七月暗殺されたのも手伝って、スペイン総督パルマ公が次々と議会軍の占領地を奪い返し始め、八五年八月にはアントウェルペンに迫っていた。

低地帯でのスペインの失地回復の動きに合わせるかに、イングランド国内でも不穏な動きが増していた。八三年のサマーヴィル事件、スロッグモートン事件に続き、八四年にはクレイトン事件が発覚する。八六年になれば、幽閉中のスコットランド女王メアリの処刑を決定づけたバビントン事件も明るみにでるはずだ。エリザベス女王を暗殺し、イングランドをカトリック国に戻そうとする企みだが、背後にはつねにスペインがいる。ために、八四年暮れには生命がけで女王を守ろうとする五千人からの署名になる「結社の誓い」が結ばれる。八五年時の参戦に際して女王名で出された数ヶ国語の宣言書に、女王の「生命を狙う数々の陰謀と侵入計画」が中立政策破棄の理由として掲げられるのはその故だろう。

しかし、参戦に際して何よりものいったのは、政府内において一時タカ派がハト派を抑えた事実ではなかろうか。エリザベスの政府にはウィリアム・カートライトのような新教徒の超左翼はいないし、主流はカトリックを含めての「中道」を歩もうとするセシル一派だが、外国勢力と結託し、武力に訴えてでもプロテスタンティズムの大義を守ろうと考えるレスターやウォルシンガムの一派、即ち「国際武闘派」と呼び慣わされる人達もいる。

この穏健な国内派と過激な国際派の色分けは、官僚《トーガティ》対軍人《ミリティア》ないし「法官貴族」(noblesse de robe)対「武官貴族」(noblesse d'épée)とほぼ重なるところがある。彼らの考え方の相違は神と女王への比重の置き方に顕著に現われていて、以下の二人の大立物の言葉に明らかだ。一方の雄セシルは死の直前の九八年七月十日、息子ロバート宛の直筆の手紙でこう記している。

「女王に仕えることで神に仕えなさい。他のすべての務めは、悪魔への隷従と心えること。[4]」

他方、ウォルシンガムはしばしば「神の栄光を、次に女王の安全を」を口にする。そしてグレヴィルはシドニーについて「国家への思いと宗教的大義を決して切り離さなかった」と書いたが、当人は八六年三月前線から義父宛に書いた手紙で、大義への愛が揺らぐことはないと述べた後で、女王の支援打切りの可能性に触れながら次のようにいう。

「でも、陛下とて所詮は神の手先……身を引かれても必ずや他の泉が湧きでてこの行動を支援してくれるものと確信しております。[5]」

女王と神の関係をどう捉えているかは、文面から明らかだろう。いいかえると、彼ら国際武闘派は、トリエント宗教会議(一五六三)以後のヨーロッパを国家の枠をこえた宗教改革側と反宗教改革勢力との間の、神の正義を賭けた十字軍の場と捉え、イングランドはその聖戦の陣頭に立って戦うべしと考えているということだ。死守すべき最前線が、保守派の説く北海や「呑みこむ」英仏海峡でなく、マアス川（オランダ）やロワール川（フランス）となる所以だろう。

彼らの主張の拠ってくるところは、二つある。一つは殉教者魂をこの一派に譲り渡して一五八七年世を去ってゆく通称『殉教者列伝』の著者ジョン・フォックス(6)の選民《エレクト・ネーション》思想。それは、イングランドが国際舞台での指導者たれという主張にはっきり採り入れられている。もう一つは、七二年八月二十四日新教徒ナヴァールのアンリとカトリック教徒ヴァロワのマルグリットの結婚式前夜（聖バルトロミューの日）にパリで勃発した新教徒虐殺事件。当時ウォルシンガムはパリ大使として当地に赴任中。三人の供廻りと四頭の馬を連れて二年間の語学研修の旅に出たシドニーも、たまたまパリで惨事に遭遇する。と同時に、そこに滞在中ウォルシンガムの紹介でザクセン公国パリ大使ユベール・ランゲと運命的な出会いを果たし、低地帯諸州、ドイツ新教徒諸連邦、そしてイングランドによる新教徒同盟の夢を吹きこまれる。七二年暑いパリでおこった四千人の新教徒の犠牲とユグノー派知識人外交官の熱弁もまた、イングランドの国際派の将来に大きく関わることとなるだろう。

この夢は、イスラム勢力のヨーロッパ侵入の野望を砕いたレパント沖海戦（一五七一）後意気上がるカトリック神聖同盟への対抗策として、イングランド政府にも一時共有されたらしい。七七年二月シドニーは二年ぶりに大陸再訪の旅にでる。表の用向きは前年父を亡くした神聖ローマ皇帝ルドルフ二世に女王の弔意を伝えるにあるが、同盟の可能性を諸侯に打診するのが裏の任務だった、とグレヴィルはいう。「出張命令《インストラクションズ》」にはそれは明言されていないものの、要人との会見を告げる書簡が精力的な活動を物語る。

だが、五月、彼に突然帰国命令が下る。そして女王との関係が、その後急速に冷えてゆく。何故なのか。彼は「命令」に背くどんな動きをみせたのか。歴史は黙して語らないが、オレンジ公との「協定覚書」への女王の返事が残っている。そこで彼女は、スペインのフェリペ二世の低地帯への主権を侵害する気はないと述べた後、以下のようにいう。

「私は外国のいかなる君主といえども、ウェールズ長官やアイルランド総督、あるいは私の配下のいかなる為政者を対象とするにせよ、その種の秘密の連帯を結ぶのを好みません。それは、いずれにせよ彼が私に負っている服従心を蔑ろにすることとなるからです。(7)」

ウェールズ長官云々はシドニーの父の肩書だが、「連帯」云々は娘マリーをシドニーと妻せたいと望むオレンジ公の提案を指すらしい。大袈裟にいえば、女王はその提案にシドニー家謀叛の芽を嗅ぎとっている。フェリペはおろか自らの退位すら招きかねない同盟の結成と、やがては同盟の指導者に担がれかねないシドニーの人望と血気に惧《おそ》れを抱いているということだ。フランス王アンリ三世の弟アランソン公と女王との結婚反対表明を俟《ま》たずして、彼やその仲間が干されてゆくのは、彼らの信奉する国際路線と無縁ではあるまい。ヨーロッパ史を大きく塗りかえたかもしれなかった壮大な試みは、こうして挫折した。シドニーの葬儀は、この試み自体の十年遅れの葬儀の趣きなしとしない。国葬を装った私葬とは、葬られても不死鳥のように甦る国際派の意地の現われだったのだろうか。

一五八五年女王は国益のため中立主義の禁を破り、国際派の首領にしてシドニーの叔父レスター伯を総指揮官とする援軍を低地帯に送りこんだ。しかし、アントウェルペンはすでに陥落していたばかりか、行政官としても軍人としてもレスターは次々と無能さを曝けだす。フランドルのスロイス港防衛失敗、味方の裏切りによる重要拠点喪失と事態は悪化をたどる中で、彼は総督辞任を決意し、イングランドへ戻る。そして翌年五月、スペインのアルマダ(無敵艦隊)来襲に備えて自国の海岸線を守るべしとの命が派遣部隊に下る。レスターは、艦隊撃退に湧く八八年九月、志をえずして死んだ。

軍事介入は、国際派にとっても失敗だった。だが、それを即政策の誤りと認めたくはない。ラントに王侯なみの葬儀図を描かせ、歩兵や騎兵まで登場させて凱旋行列の趣きを添えたのは、大義のための聖戦続行の気概をオーブリーの父の友人のような大衆に伝えたかったためではなかったか。シドニーは死してなお宣伝価値ある、この派の象徴的存在であった。

エセックス登場――イングランドの世紀末

一五八八年七月二十九日から八月十二日頃まで二週間にわたって英仏海峡から北海を舞台に繰り拡げられたアルマダの海戦は、イングランドの勝利に終わった。帆船の約半数の六十三艘、二万五千人ほどの兵士・水夫のうち五千五百人からの戦死者、行方不明者(残りもほとんどが廃人)を出したこの敗北を、スペイン側は嵐に帰した。イングランドは神の大義を読み、十一月二十四日聖ポール大寺院で女王臨席の下戦勝祝賀のミサを盛大に執り行った。しかし、これをもって対スペイン戦争の最終決着と信じた列席者はおそらくいなかっただろう。実際その後十三年間に計四回イングランドはアルマダの脅威に曝される。しかも、私拿捕船による掠奪への報復を除けば、カトリックの大義が絡んでいた。

エリザベスは、一五七〇年代後半までは他人の良心に踏みこむのを是としなかった。八〇年六月、エドマンド・キャンピオンとロバート・パーソンズら大陸で訓練を受けたイエズス会士が密入国する頃から、事態は一変する。

九一年にはさらに不都合な事件が加わった。フランスのアンリ三世暗殺を機におこった、スペインによるノルマンディ占領だ。カトリック勢力は、政情不安な低地帯より確かな侵略基地をイングランド対岸に築いたことになる。イングランド国内は色めきたち、エセックス伯ロバート・デヴルーらを急遽ノルマンディに遣わす一方、議会承認抜きで布告を出して、市や港に治安係《コミッショナー》を配置、海外からの不審者を邸宅内に匿う者の徹底調査に乗りだす。「神学校、イエズス会士、国賊」による侵略時の手引や治安の揺さぶりを防ぐためだった。

　法王をスペインの「ミラノ人下僕」呼ばわりするこの煽情的な布告にパーソンズらイエズス会士はさらに下卑た小冊子で受けてたった。だが、挑戦は逆効果と判断したロバート・サウスウェルは、宗教的寛容を求める「ささやかな嘆願」を女王宛に認める。信仰の領土（国王）帰属主義[8]の故に非国民呼ばわりされ、人間的、経済的、宗教的一切の次元で否定さるべき対象となってしまったカトリック愛国者の悲しみを綴ったものだ。しかし、死の蔑視が殉教の憧憬に直結し、「殉教しないことが殉教」（ジョン・ダン）の状況に改善は望めない。「新しい苦悩の終りなき迷路」は、カトリック教徒が政府転覆を企てた火薬陰謀事件（一六〇五）以後さらに出口が遠のくだけだろう。サウスウェルは九二年二月逮捕され、三年間の投獄、拷問の末九五年二月殉教した。

　フランスをめぐる緊張は、一五九八年ひとまず解ける。アンリ三世のあと王位を継承したナヴァール公アンリ（アンリ四世）がカトリックに再改宗し、ナントの勅令を発して新旧両教徒の共存を認め、ついで同盟国を裏切ってスペインと単独講和を結んだからだった。これを機に、イングランド国内の関心は（オランダ状勢が有利に展開していることもあって）自ずとアイルランドに向かうこととなる。

　この年二人の大物が世を去っている。第四回アルマダ出撃の報を聞かずに九月、己れの排泄物に塗《まみ》れてフェリペ二世が死んだが、前月にはバーリー卿も亡くなっている。この頃は世代の交替期、レスターの死にはすでに触れたが、前後して女の世紀を彩った二人の女傑、スコットランド女王メアリ（一五八七）、夫のアンリ二世亡き後三人の王子の摂政として隠然たる勢力を揮ったカトリーヌ・ド・メディシス（一五八九）が去り、ウォルシンガムと女官長パリー（一五九〇）、大法官クリストファー・ハットン（一五九一）らが後を追った。マーティン・フロビッシャー（一五九四）、フランシス・ドレイク、ジョン・ホーキンズ（ともに一五九五）と、アルマダの英雄たちもやがて姿を消す。六十歳をすぎた女王を囲むのは、五、六〇年代に生をうけた面々のみ。これから「生ける屍《モルタ・ノン・セプルタ》」と化した女王の寵愛をめぐって、彼らの死闘が始まるのである。

凶作と人口増、それに伴う物価高と貧困、次々にそうした社会問題に見舞われた九〇年代のイングランドを、人呼んで「セシル王国《レグナム・ケキリアヌム》」という。ウィリアム・セシル、ロバート・セシル二代による権力独占の謂だ。エドマンド・スペンサー流にいうと、レスターこと「穴熊」亡き後、ウィリアム「狐」が巣を汚し、私腹を肥やし、「自らの取巻き以外職にありつけない」というわけだ。だが、王国云々の言葉が八五年のウィリアムの手紙にすでに現れるところをみると、レスターの死以前から通用していたらしい。となれば、レスター、エセックス（義理の）親子は、戦わずして敗れていたことになる。どうしてそんなことになったのか。八〇年代までの政治体制からみてゆくとしよう。

「君主制共和国」とも称すべきそれまでの政治体制を支えてきたのは、貴族と官僚の「共同責任体制《カレッジアリティ》」だった。彼らが協調して独裁制を阻んできた理由はただ一つ、エドワード六世以後新教、旧教、新教ときて次は旧教に傾きがちな振子の動きを阻止するにあった。メアリ処刑以前にエリザベスが倒れたら内乱必至の状勢の下で、王権を弱め、枢密院や議会の権限を強化するに如くはない。一切の努力はそこに注がれた。状況は、メアリの死で一変した。キプロスへ着いたオセローさながら、彼らは張りをなくし、心の空白を派閥抗争で埋めようとする。

では、どうしてエセックスは敗れたか。理由は一つ、女王が官僚の実務能力を是としたに尽きる。しかも、エセックスの場合フランシス・ベイコンのための猟官運動に明らかなように、女王の気持を忖度しない強引さが目立つ。愛他主義と自己拡大癖の区別がつかない上に、「他人に仕切られるのが嫌」で身内のいうことにすら耳を傾けない。腹心のベイコン兄弟まで最後は敵に廻す理由は、ここにある。

エセックスの欠陥はまだある。現実離れした極度の小児性だ。好例は、リスボンでの滑稽極まりない振舞い（一五八九）。ポルトガル僭主ドン・アントニオに同情してのリスボン攻め（当時はスペイン領）が失敗とわかった時、悔しまぎれに城門に矛を突きさし、城内へ大音声で呼ばわった。「わが思い人エリザベス女王のために一騎打ちに応ずる者はおらぬか」と。彼の生き方には、中世騎士道ロマンスの雰囲気がいつまでもつきまとう。

こうした「崇高なる愚行」は、しかし、彼の専売ではない。彼はシドニーの最高の剣を形身の品とし、その未亡人と秘密結婚したところからわかるように、生涯シドニーを師と仰いだ。悪評さくさくたるリスボン攻めからの帰還時、ジョージ・ピールに「歓迎牧歌」を書かせ、そこで自らを「偉大なる羊飼よきフィリシデス」(9)の後継者と呼ばせているところからも、それはわかる。ところが、そのシドニーからして、行動にどこか腑に落ちないところがあった。上官がつけていないと聞いて、「純粋な競争心」から戦場で「腿当て」を外し、それが因で致命傷を負ってしまうところ。「堕落した下品ないし下劣なことを考えたことがなかった」気質は、おそらく「武人らしからぬ愚かな軽装」と表裏をなす。高潔ながらも鼻もちならぬエリートの現実感覚のなさ《ファンタジイド》。オーブリーが「外科医が止めるのも聞かずに妻の肉体を求めた」のが死に繋がったと余計な一行を加えたのは、そこに一種の愚行を、生き方自体に死にいたる病を認めたからではなかったか。

こうした彼らの愚行の原風景は、一五八七年聖ジョージの祝日にオランダ総督として何千人もの異邦人を前にレスターが行った「王侯らしい盛大な」ミサにある。飛躍を恐れずにいえば、国際武闘派の面々の場合いかに声高に宗教的大義を叫ぼうと、それはつねに騎士道的華やかさに包まれた個人の栄光と名誉に優先されていたということだ。過渡期の人間故の悲しさと面白さ。「セシル王国」云々は、近代へ向かう政治文化の十字路で現実政策《レアルポリティーク》と勤勉な実務者感覚を欠く故に、敗者の道を運命づけられた「レスター共和国《コモンウェルス》」の怨嗟の声でしかなかったのである。

エセックスに話を戻すとして、この派全体の特徴をとりわけ強くもつ男の場合、野心が正常な流れを妨げられると、狂気に走り、「健全な身体と心《メンス・サナ・イン・コルポーレ・サノ》」をもつ人間らしからぬ振舞いに及ぶことがある。九八年セシル父が死んだにもかかわらず旗色がますます悪くなる中で、彼の言動は常軌を逸してくる。アイルランド総督のポストをめぐって自らの推薦が通らぬとみた彼は、女王に背を向けた。すかさず平手打ちが飛んだ。彼は思わず刀の柄に手をかけたが、周囲にとりなされて、怒りで頬を紅潮させながら枢密院を後にした。そのポストが廻り廻って彼のものとなった九九年三月二十七日、彼は一万七千の歩兵と千三百の騎兵を従えてダブリンに赴く。そこに到るアイルランド状勢を簡単に述べれば、以下の通り。

前年八月四日、バーリー卿が死んだ日にティローン伯ヒュー・オニール率いるアイルランドの叛乱軍がブラックウォーター川沿いのイエロー・フォードのイングランド軍を粉砕した。経済権益と身分保証を求めてアルスターとコノートで始まった諸侯の乱が、良心の自由とカトリシズム再公認を求めての宗主国との全面戦争へ発展した結果だった。イエロー・フォード陥落は、女王がアイルランドほぼ全域を失ったことを意味する。四一年以降名実ともに支配者となったイングランドが迎えた最大の危機といってよい。ロンドンの観客は、『ヘンリー四世・第一部』に登場するウェールズの豪族グレンダワーにオニールを重ね、鎮圧に赴いたハル王子(のちのヘンリー五世)ならぬエセックスに、『ヘンリー五世』五幕冒頭の説明役《コーラス》なみの期待を寄せたに違いない。

ところが、彼らの期待は裏切られる。過去最大の資力と兵力を注ぎこんだ遠征ながら、レスターの場合同様、芳しい成果をあげられなかった。アルスターのオニール攻めを先延ばしにして二ヶ月をミュンスターとレンスターの叛徒との小ぜり合いに費やした関係で、北攻めを決意した八月には兵士の数が大幅に減っていた。しかも、ようやく実現した北伐では戦火を交えることがなかった。九月七日アルスター王国の境界近くのベラクリント要塞で、腹近くまでラガン川に馬を乗り入れたオニールとさしで話しあったエセックスは休戦に同意した。話の中身は秘密ながら、互いの王国実現のため力を合わそうと誓いあったという噂が流れる。よからぬ企てを嗅ぎとった女王は、彼の帰国を禁ずる。命に背いて九月二十四日僅かな供廻りとともにアイルランドを発ったエセックスは、二十八日ナンサッチの女王の寝室に無断で入りこみ、手にキスをした。女王はまだ髪も梳らない素顔のままだった。何という不敬罪《リーズ・マジェステ》。彼は翌日から蟄居を申しつかる。未遂の反乱をおこし、大逆罪で果てるのは、一年半後の一六〇一年二月二十五日のことであった。

無謀な企てをなぜ敢行したのか、その理由を尋ねられたら、取巻きに唆かされて君側《くんそく》の奸《かん》を取り除きたかっただけ、と彼は言訳をしたかもしれない。謝れば赦されるという甘えも、当然あっただろう。しかし、ハムレットさながら緞帳を短剣で始終刺すほど猜疑心が嵩じていた最晩年の女王に、すでにその度量はない。かつてシンシアと崇められたエリザベスは、今や「老いた女性の政治に倦き倦きしていた人々」に「月さながら借物の威厳で治めている」と陰口を叩かれながら、二年後の一六〇三年三月二十四日の早朝六十九歳の生涯を閉じた。

革命の世紀の入口に立って——国際武闘派の終焉

女王が逝って約八時間後の同日午前十時すぎ、白宮殿とロンドン市中の二ヶ所でロバート・セシルがジェイムズの即位を告げ、ここに薔薇(イングランド)と薊(スコットランド)は事実上合体した。王位継承問題をエセックスに任せきりにしていたジェイムズは、一六〇一年の乱で大きな危機を迎える。混乱なく宣言が読みあげられたのは、ひとえに「かくも忠実かつ聡明なる相談相手《カウンセラー》」セシルのお蔭だった。ジェイムズは四月六日ベリックでツイード川を渡って、イングランド入りを果たす。先祖のヘンリー七世が一四八五年八月ミルフォード・ヘイヴンに上陸し、キャドウォラダー[10]の赤い龍の軍旗を靡《なび》かせてウェールズからイングランドに雪崩れこんだ時と同じく、まったくの異邦人としてだった。違いは、ヘンリーが進取の気性に富む郷紳階級《ジェントリー》の重用といわゆる「モートンの両取り《フォーク》[11]」によって王者にふさわしい権力と財力の確保に腐心したとすれば、ジェイムズは「約束の地」の豊かさに有頂天になり、最初の一年で八百人からの勲爵士をつくり、四万七千ポンドを高価な宝石に費やした点だった。これでは財政破綻は眼にみえている。失敗に終わるものの、一六一〇年に封建的特権と引き替えに年間二十万ポンドの収入を確保する「大契約《グレイト・コントラクト》」を議会と結ぼうとしたのは、そうした事情による。

セシルの立場からみてさらに困ったのは、政のやり方の相違だった。前女王の下で国務長官を務めた時には、自己裁量で多くを運ぶことができた。王権を絶対視する新王の下では、そうはいかない。一年の半分は猟場にいて不在でも、必ず判断を仰がねばならない。おまけに、スコットランド出身の「お側衆《ベッドチェインバー》」の力が強く、彼の影響力行使を妨げる。厖大な赤字と対人関係の難しさが胃癌を悪化させ、死期を早めたのは疑いを容れない。

幼少時の恐怖体験が手伝って、ジェイムズは平和主義者だった。宗教的反目や民族的偏見が生む戦争の不毛さにも気づいていた。スコットランド人の彼には、スペインへの敵意は元より存在しなかった。だから、一六〇四年三月の第一回議会で「平和への愛は、キリスト教国にとって少なからざる祝福」と述べると、早速対スペイン講和にとりかかり、八月十九日の条約遵守の宣誓にまで漕ぎつけたのだった。

不思議なのは、その際表立った反対の声が聞かれなかったことだった。戦争の長期化による厭戦気分の拡大、歳費の節約、エセックス亡き後の国際派のリーダー不足等々、そこにはさまざまな理由が考えられる。だが、新王朝が抱える余りの問題の多さが外交から国民の眼を逸らせた最大の原因ではあるまいか。

ジェイムズはエドワード六世亡き後五十年ぶりの男系で、ヘンリー八世亡き後五十六年にしてイングランドが迎えた家族持ちの王だった。国民の期待はいやが上にも高まる。しかし、それはすぐに裏切られた。舌が長く、言語不明瞭、食事の作法も悪い。身体のバランスが取れず、他人の肩に掴まらないと真直ぐに歩けない。おまけに、もう片方の手はつねに股袋に置かれている。強い対人恐怖症でもある。幾ら学識があろうと、人気のでるはずがなかろう。

おまけに、「若い寵臣を女性以上に愛する」性癖がある。バッキンガム公の登場でそれは頂点に達し、側近政治の弊害をモロに露呈するが、それ以前のロバート・カーの場合も眼に余る寵愛ぶりをすでに示していた。馬上槍試合で彼が落馬した時のこと、観覧中の王は血相かえて侍医を呼び、自ら数時間枕許に付き添ったという。カーのブレイン、サー・トマス・オーヴァベリー毒殺事件も、この寵愛に発する。エセックスの息子の嫁と道ならぬ恋におちたカーは、王の了解の下で、相手の実家ハワード家と結んで離婚を策する。ことを円滑に運ぶため、影響力低下を恐れて反対するオーヴァベリーをロンドン塔に幽閉、毒殺した。二年後の一五年、牢関係者から事件は発覚する。共犯者の二人は、裁判でウェブスター劇並みの宮廷の魔力と腐敗を口にした。

宮廷批判はこれで一気に高まったが、ジェイムズ一世の無軌道ぶりは一六〇六年義弟デンマーク王クリスティアンのイングランド訪問時からすでに語り種になっていた。ティブルズでの余興の折、「希望」や「信仰」を演ずる役者は酔ってロレツが廻らない。贈物を持参したシバの女王役は、つまずいてクリスティアンの膝に筥《はこ》の中身をぶちまけてしまう。彼女と踊ろうとしたジェイムズは足を滑らせ、立ち上れずにベッドに運ばれるソロモン王らしからぬ体たらく。こう問題が多くては、スペインとの和平条約締結直後から「王国中が破棄を望む」声がおころうと、無視されて当然だろう。

国民の不満解消に、前女王が果たした役割も無視できない。彼女は「中道《ウィア・メディア》」の唱道者だったはずだが、新王朝ではなぜか君主制共和国の推進者にして国際武闘派として再登場する。後者はアルマダの勝利を中心に据えたトマス・デカーの『バビロンの娼婦』(一六〇六)に明らかだが、前者はオリヴァー・クロムウェル辺りまでの共和制論者のエリザベス評に共通する見方だ。ステュアート朝君主の王権神授説への反動が招いた、歴史の皮肉だろう。だが、民衆劇の分野でサミュエル・ローリーの『見ればわかる』(一六〇四)、トマス・ヘイウッドの『某がおわかりにならぬとは』(一六〇四、〇五)といった劇を誕生させたエリザベスないしテューダー王朝への郷愁は、一六一〇年頃でひとまず止む(二〇年代に再燃)。これには、当局の介入もさることながら、不満の受け皿としてジェイムズの息子ヘンリーの宮廷の創設が絡んでいた。

一六一〇年六月四日、ウェールズ皇太子に任ぜられたヘンリーは、前祝として馬上槍試合を開催した。その時のベン・ジョンソンの演しもの『ヘンリー皇太子の矢来』では、尚武の精神の復活を告げるかにアーサー王伝説の魔法使いマーリンが「騎士道」を長き眠りから醒めさせ、ヘンリーは「神の騎士《ミレス・ア・デオ》」の転綴語《アナグラム》「モエリアデス」として登場した。父と対照的に子供の頃から法王やスペインに激しい憎しみを抱いてきた彼は、国際武闘派や志をえない知識人・文学者の期待を今一身に集めつつある。一六〇九年『妖精女王』に「無常篇」が加わり、一一年エドマンド・スペンサーの全集が出版されるのも、それと無関係ではあるまい。

しかし、プロテスタントとカトリックの間で四度も悪名高い宗旨がえを行ったにもかかわらずヘンリーがその見識を高く買っていたアンリ四世は、ドイツ新教徒連合との同盟に調印して僅か三ヶ月で狂信者の凶刃に倒れる。ヘンリーの宮廷創設直前の惨事だった。翌々年四月、そのドイツ連合とイングランドも防衛同盟を締結。同年五月、ジェイムズは娘エリザベスとファルツ選帝侯フリードリヒの結婚交渉を再開し、九月選帝侯がロンドン入りを果たす。民衆の熱狂は最高頂に達した。と、その矢先の一六一二年十一月六日、ヘンリーはおそらく腸チフスで死んでしまう。享年僅か十八歳。五月におきたロバート・セシルの死とは異なり、当時としては原因不明の突然死であった。目ぼしいものだけで三十篇をこす哀悼詩が寄せられる。エリザベス女王を凌ぐ数の、シドニーの死亡時に匹敵する賑わい(?)であった。

イングランドの国際派は、その後エセックス三世やアランデル伯に一時担われることがあるものの、実質的にはここで終焉を迎える。まことにあっけない幕切れではあった。だが見方によっては、それ故にこの派が抱える矛盾を曝さずにすんだといえなくはない。この派には、鼻祖ジョン・フォックス以来「帝国の主題の宗教的利用」あるいは宗教の政治的利用の趣きがあった。騎士道倫理の究極に敬虔《ゴッドリー》なる羊飼帝国を据えていたということだ。だから、プロテスタンティズムの大義といい対スペイン強硬姿勢といい、すべて覇権主義の裏返しといったところがある。ヘンリーも死の直前ジョージ・チャップマンに妹の結婚祝賀劇を依頼し、そこでスペインへの対抗策としての植民奨励の立場を明確に打ちだしていた。早逝は、少なくともこの派に帝国主義者のレッテルを貼らずにすます役割だけは果たしたといえるだろう。

もう一つは、「君主制共和国」という名辞矛盾。そこに人々の想像力は未だ及ばない。共和制志向という「マキャベルリ的瞬間」は、通過法案ゼロの「混乱議会《アドルド》」（一六一四）、バッキンガム公の登場（一六一八）を経て大権支配《プレロガティヴ》に基づく体制が確立する頃から萌すとして、君主制廃止はまだ想定外に留まっている。国王弑虐は、議会で水平派《レヴェラーズ》、長老派といった左右両派を抑えて独立《インデペンデンツ》派が権力を独占するための非常手段として、いわば「青天の霹靂」のかたちでしか訪れない。思考に及ぼす慣性力の強さの一つの証しだろう。

だから、「革命の世紀」が進んでも、多くの王党派にとって王権という樫の木の不倒神話は生きている。中でも対スペイン講和後に長じた世代の場合は殊更で、洗練さを旨とする彼らの生き方からすると、国際武闘派は過去の遺物、ブリタニアから追放されて然るべき野獣＝悪徳にしか映らない。ジョルダーノ・ブルーノの『傲れる野獣の追放』に則ったトマス・ケアリーの仮面劇『ブリタニアの天』（一六三四）でジュピターことチャールズ一世のそうした意向を伝えるあら捜しの神モムスは、こともあろうに、ブルーノがその作品を捧げたシドニーの山荒しの家紋を兜飾りとしてつけている。おまけにその意向の伝達場所がまた、エリザベス女王やヘンリー王子の魂が集い、「選民国家」の使命遂行を宣し（ジョン・レノルズ『天の声』［一六二四］）、エセックスの亡霊がエリュシオン（エリザベス？）の野から戻って対スペイン聖戦を唱えた（トマス・スコット『エセックスの亡霊』［一六二四］）「天の星室院《スター・チェンバー》」ときている。尚武の精神への否定的スタンスは極まれり、といったところだろう。

ところで、革命の世紀が都市《シティ》と地方《カントリー》が宮廷《コート》への対立を尖鋭化させる一六一〇年代の終り頃から始まり、そこまでを「先代の名残り」（サミュエル・ダニエル『フィロタス』）と捉えれば、ここで跡絶える国際武闘派のエートスは、広義のエリザベス朝の精神風土そのものだったことになってくる。そして、実際、イニゴ・ジョーンズを含むアランデル伯一行のヨーロッパ旅行（一六〇九―一三）の影響で、時代の感性もこの頃から大きく変わりだす。どこか合理的になった人々の意識からは、騎士道精神や古典神話が次第に遠のき始める。中世の死であり、ルネサンスの黄昏だ。巨人《ジャイアント・レイス》族の時代は終わった。「後は洪水」（ドライデン）。それがあらぬか、隠れカトリックながら、エセックス＝サウサンプトン派の一員としてこの風土を生きてきたシェイクスピアも、時代の潮目に筆を擱《お》くのである。

注

（1）著者の死後約半世紀を経て出版（一六五二）された際にP.B.なる人物によりつけられた通称。現存の写本の一つには「サー・フィリップ・シドニーへの献辞《ディディケーション》」とあるだけ。悲劇や政治論考の献呈に添えたオマージュだが、加筆訂正された結果、現存するのは雑多の要素を含む一種の聖者伝になっている。

（2）十七世紀の好古家John Aubrey (1626–97) の手になる、十五―十七世紀の有名人の伝記・逸話集成。四百人以上の記録が草稿には残されているというが、編纂が後世人の手に委ねられたせいで、版毎に収められた人物、記述内容が異なり、たとえばシドニーの死因などは、具体的に触れられていない版がある。

（3）フランスはノルマンディのBayeuxに残る、一〇六六年のノルマン人によるイングランド征服を描いた、七十メートル×五十センチのタピスリー（実際は刺繍）。

（4）Cambridge University Library, MS Ee iii 56, no. 138, Burghley to Cecil, 10 July 1598, qtd. in John Guy (ed.), *The Reign of Elizabeth I* (Cambridge University Press, 1995), p. 50.

（5）Albert Feuillerat, ed., *The Prose Works of Sir Philip Sidney* (Cambridge University Press, 1912), III, p. 166.

（6）John Foxe (1516–87) イングランドの宗教家。カトリックの女王メアリ治下の亡命者の一人。最初大陸で（一五五四、五九）ラテン語で、帰国後の六三年以降は英語で出版された『行為と事績』、通称『殉教者列伝』の著者兼編纂者（執筆は全体の十分の一以下）。フォックスの死後も書き継がれたこの書物の眼目は、殉教者の記録を「時代の証言、真理の光、生きた記憶」に用い、新教徒国家と国家宗教を樹立せんとするところにあるが、英国民をして人類を教皇支持から解放する使命を担った「選ばれた国民」とみなし、解放をキリスト教が公認されたコンスタンティヌス治下のローマ帝国への回帰と捉えるところに特徴がある。

（7） Baron Kervyn de Lettenhove, *Documents relatifs à l'histoire de la Belgigne* (Brussels, 1890), qtd. in James M. Osborn, *Young Philip Sidney 1572–1577* (Yale University Press, 1972), p. 496.

（8） 'cujus regio, ejus religio'（領土の属する人に宗教も）。スイスの神学者・医者トマス・エラストゥス（一五二四―八三）の思想（Erastus は本名 Lieber［愛すべき］のギリシア語化）。教会事項への国家権力の優位を説くこの考えの実質的影響はウエストミンスター宗教会議（一六四三―七）以後ながら、考え方そのものはヘンリー八世による国家宗教の樹立以来イングランドの政治思想の要をなすものであった。

（9） Philisides. フィリップ・シドニーのこと。詩中で言及される時のラテン語風合成語（ポエティック・ネーム）。

（10） 古代ブリトン王国最後の（半ば伝説的な）王。サクソン人の侵入を防いだとされる英雄。脆弱な王位継承権しか持たないウェールズ人（ブリトン人の末裔）ヘンリー七世は、ウェールズの龍の旗を立ててイングランド入りしたばかりか、ブリトン王の再来によりイングランドに黄金時代が甦るとするアーサー王伝説のマーリンの予言を最大限に利用せんと図り、キャメロット城があったとされるウィンチェスターで王妃を出産させ、誕生した「皇太子《プリンス・オヴ・ウェールズ》」をアーサーと命名するなど、王権の基盤づくりに腐心した。

（11） John Morton (c. 1420–1500) 枢機卿兼カンタベリー大司教（『リチャード三世』［三幕四場］ではイーリー司教）。王の財政再建のため、贅沢な暮し向きからは資力ありの理由で、質素な暮し向きからは蓄財しているという理由をつけ、貧富を問わず、税の「両取り」をはかった。（考案者はウィンチェスター司教リチャード・フォックス（Fox）という説もある。）なお、最初の世俗劇メドウォールの『フルゲンスとルクリース』は大司教邸の大広間で上演され、召使B役を当時大司教の小姓だったトマス・モアが演じたといわれている。

第三章　シェイクスピアの喜劇

蒲池美鶴

喜劇の効用

演劇の目的は「自然に向かって鏡を掲げることだ」(『ハムレット』三幕二場)と言うハムレットの台詞は有名だが、演劇の中でも「喜劇」の効用をシェイクスピアはどう考えていたのだろうか。『じゃじゃ馬ならし』の序幕の最後に出てくる名もない使者の次の台詞は、彼の喜劇観を簡潔に示してくれる。「楽しい浮かれ事に心を向ければ、あらゆる災いは遠ざかり、寿命も延びることでしょう。」これが世阿弥(一三六三?—一四四三?)の編んだ『風姿花伝』の中に出てくる演劇の目的(諸人快楽《しょにんけらく》、天下安全、寿福延長)と非常によく似ているのは興味深い。

世阿弥が能・狂言を含めた演劇全体に言及していることを考えれば、シェイクスピアの喜劇は一般に「喜劇」と呼ばれるものよりも守備範囲が広いのではないかと思われる。また、十四—五世紀の日本の演劇が観客を楽しませながら安全と寿福を祈願する祭祀の役割を果たしていたように、十六—七世紀のシェイクスピア喜劇にも「災いを遠ざけ、寿命を延ばす」祭礼の要素があったと考えてよい。演劇は、疫病や戦争が日常だった時代に世阿弥やシェイクスピアという「心の医者」が処方した、癒しの薬でもあった。
「お祭り騒ぎ」を意味するギリシャ語「コーモス」(kômos) に「歌」を意味する「オード」(ōidē) がついて「コメディ」(comedy) という言葉ができたという説を信じるとすれば、喜劇はお祭りで歌われる歌の中から発生したことになる。楽しく笑いにみち、しばしば歌の登場するシェイクスピアの劇が現在でも喜劇と呼ばれているのはその意味でも正しい。だが一方で、「お祭り騒ぎ」からは程遠いダンテの『神曲』の原題が『喜劇』(*Commedia*) だったのはなぜか。「喜劇」とはたとえ笑いがなくても、「さまざまな困難をへて最後に幸せな結論にたどり着く」ものだという、中世以来のもう一つの定義がそこに浮かび上がる。

シェイクスピアの喜劇は以上の二つの要素を兼ね備えているだけでなく、世阿弥の作品にも通じるもう一つの大切な隠し味を持っている。それは、無常観としか言いようのない憂い、今この瞬間の楽しみも喜びもやがては過ぎ去り消えていく、という諦念である。「今を生きよ」(‘carpe diem’)、「花は萎れないうちに摘め」(‘carpe florem’) と言い換えることもできるこの「儚さ」の感覚は、お祭り騒ぎにつきものだとはいえ、本質的には悲劇にこそふさわしいのではないか。

また、同じ事件がそれに関わる人の立場によって喜劇になったり悲劇になったりする事実を考えれば、あらゆる方向からさまざまな人物に脚光を当てるシェイクスピアの喜劇に悲劇の影がさすのも決して不思議ではない。たとえば『ヴェニスの商人』がポーシアを中心とする喜劇なのは確かだが、裏返せばシャイロックを主人公とする悲劇にもなりうるのは、歴代の演出が示している通りだ。

シェイクスピア喜劇の特色は、こういった変幻自在な視点の転換、そして悲劇と背中合わせになった人間存在の二重性にある。‘To be, or not to be.’（『ハムレット』三幕一場）という究極の選択を迫られるのが悲劇の世界だとすれば、‘is and is not’（『十二夜』五幕一場、『トロイラスとクレシダ』五幕二場）の不思議な感覚が喜劇の世界だと言ってよい。その複雑さは、自然そのもの、世界そのものの複雑さを映し出している。

喜劇のジャンル

一つの劇を喜劇、悲劇、あるいは歴史劇や牧歌劇に分類することの難しさは、シェイクスピア自身が『ハムレット』の中でポローニアスの口を借りて滑稽に述べている（「悲劇的喜劇的歴史劇的牧歌劇」二幕二場）。とはいえ、現代でも一般にシェイクスピアの作品が喜劇、悲劇、歴史劇などに分類されているのも事実だ。では、題名を見ただけで喜劇をそれと見分けるための方法はあるのだろうか。

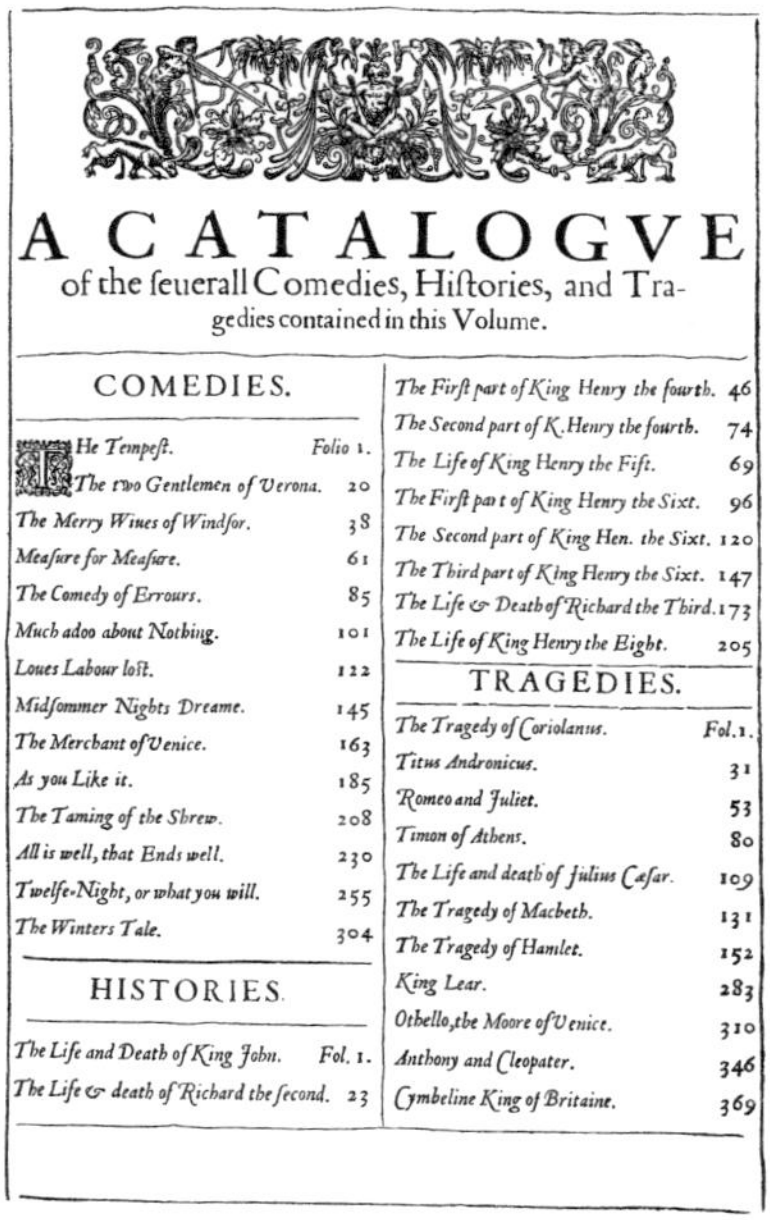

A CATALOGVE
of the seuerall Comedies, Histories, and Tragedies contained in this Volume.

COMEDIES.	
THe Tempest.	Folio 1.
The two Gentlemen of Verona.	20
The Merry Wiues of Windsor.	38
Measure for Measure.	61
The Comedy of Errours.	85
Much adoo about Nothing.	101
Loues Labour lost.	122
Midsommer Nights Dreame.	145
The Merchant of Venice.	163
As you Like it.	185
The Taming of the Shrew.	208
All is well, that Ends well.	230
Twelfe-Night, or what you will.	255
The Winters Tale.	304

HISTORIES.	
The Life and Death of King John.	Fol. 1.
The Life & death of Richard the second.	23
The First part of King Henry the fourth.	46
The Second part of K. Henry the fourth.	74
The Life of King Henry the Fift.	69
The First part of King Henry the Sixt.	96
The Second part of King Hen. the Sixt.	120
The Third part of King Henry the Sixt.	147
The Life & Death of Richard the Third.	173
The Life of King Henry the Eight.	205

TRAGEDIES.	
The Tragedy of Coriolanus.	Fol. 1.
Titus Andronicus.	31
Romeo and Juliet.	53
Timon of Athens.	80
The Life and death of Julius Cæsar.	109
The Tragedy of Macbeth.	131
The Tragedy of Hamlet.	152
King Lear.	283
Othello, the Moore of Venice.	310
Anthony and Cleopater.	346
Cymbeline King of Britaine.	369

図7　第一・二つ折本の目次ページ

　シェイクスピアが亡くなって七年後に友人たちが編集した全集（第一・二つ折本《ファースト・フォリオ》）の目次を眺めていれば、その疑問は解けてくる。ここに収められた作品は「喜劇」「歴史劇」「悲劇」の三つに分けられているが、「歴史劇」と「悲劇」に属する作品の題名には、必ず主要な登場人物の名前が含まれている。それに対し、「喜劇」に分類された作品の題名には、個人の名前が一切出てこない。この現象は、シェイクスピアの喜劇について大切なことを語っているように思われる。

歴史劇がある歴史上の人物を中心としてその時代を語っていくのは当然だろう。また悲劇は、気高い魂を持ちながらわずかな弱点を持っていたために時代や状況に翻弄されて命を落とす人物の運命を追っていく。いずれにしても、観客は主人公と一体になり、主人公の目線で劇の世界の中に巻き込まれていくことが多い。

だが、喜劇の観客は登場人物たちよりも上に立つ。『夏の夜の夢』の中で、惚れ薬をまぶたに塗られて大混乱に陥った恋人たちを見ながら妖精パックの言う台詞——「ああ、人間たちって、なんて馬鹿なんだろう!」(三幕二場)——笑いとあきらめと慈しみのこもったこの台詞が、シェイクスピアの喜劇の基本的な観客反応を表わしている。全体を見渡せる観客は、何も見えずに右往左往する登場人物を見下ろしながら、さまざまな人間の絡み合いの滑稽さや、その作り出す状況の面白さを楽しむ。喜劇の題名に特定の人物の名前が出てこないのもそのためだろう。

しかしどの劇が「喜劇」なのかというジャンル分けは、実を言うとそれほど簡単ではない。第一・二つ折本の中で喜劇に分類されている十四作品のうち、『尺には尺を』と『終りよければすべてよし』は、その笑いの質があまりにも苦く問題を含んでいるため、現代では「問題劇」として分類されている。また『冬の夜ばなし』と『あらし』は、第一・二つ折本には含まれていなかった『ペリクリーズ』、また悲劇として分類されていた『シンベリーン』とあわせ、「ロマンス劇」というジャンルに入れられている。これらについては後にふれることにして、まずは今も昔も「喜劇」と呼ばれている十作品のストーリーを覗いてみよう。

喜劇の題材

『間違いの喜劇』

シラキューズのアンティフォラスは、幼い頃海で遭難して離れ離れになった双子の兄を探して旅に出る。偶然たどり着いたエフェサスで彼は頓珍漢な人違いに遭遇するが、それは、顔も名前もまったく同じ双子の兄がそこで暮らしていたからだった。兄弟にそれぞれ仕える双子の召使ドローミオも同じ顔に同じ名前なので、周囲の人々に取り違えられて大混乱となる。しかし最後には二組の双子のアイデンティティが判明、シラキューズから来た父と、エフェサスで尼僧院長になっていた母もあわせて家族全員が再会を果たし、大団円を迎える。

『ヴェローナの二紳士』

仲の良いヴェローナの二紳士ヴァレンタインとプローテュースは、相前後してミラノの宮廷に赴き、二人とも大公の娘シルヴィア姫を愛するようになる。ところがプローテュースにはヴェローナで愛を誓い合ったジューリアという恋人がいた。彼女は男装して彼を追い、その小姓になりすます。不実なプローテュースはシルヴィアを力づくで自分のものにしようとするが、ヴァレンタインにはばまれる。自分の行為を恥じて謝るプローテュースに向かい、ヴァレンタインはなんと、男同士の友情の証としてシルヴィアを譲ると言い出す。それをそばで聞いていたジューリアは卒倒し、彼女の正体が判明する。プローテュースはジューリアにも謝って二人はもとのさやにおさまり、二組の男女は無事結婚することになる。

『じゃじゃ馬ならし』

手のつけられないじゃじゃ馬のカタリーナは、おしとやかな妹のビアンカと違って、嫁に貰い手がないと誰もが信じ込んでいた。ところがカタリーナに輪をかけたような元気のよい男ペトルーキオが現れて、強引に彼女と結婚する。そればかりかあらゆる手立てをつくして、彼女を「従順な妻」に仕立て上げていく。最後にはなんと、夫の言いつけをきかない妹ビアンカに向かいカタリーナが、妻たるものの心得をとうとうと演説して聞かせる始末。劇全体が、酔っぱらって寝ている間に領主様に仕立て上げられてしまった鋳掛け屋スライの前で上演される劇中劇の形をとっている。

『恋の骨折り損』

ナヴァール王とその三人の家臣たちは、禁欲と節制のうちに三年間学問に励むという誓いを立てる。そこへフランスの王女とその三人の侍女たちが訪ねて来る。やむをえず四人に会った王と三人の家臣は、たちまち誓いを忘れて恋に溺れ、女性陣に求愛する。そこに折悪しくフランス王の逝去が伝えられ、喪が明けるまで結婚はおあずけとなる。脇役として風変わりなスペイン人アーマードーや頓智のきく小姓モス、衒学者ホロファーニーズなども登場し、言葉遊びと機知合戦が縦横に繰り広げられている。

『夏の夜の夢』

妖精の王と女王が仲違いしているアテネ近郊の森の中で、ハーミアとライサンダー、ヘレナとディミートリアスという二組の若い男女が、恋のさやあてに奔走する。最初は二人の若者がともにハーミアを追っていたのだが、いたずら好きの妖精パックが惚れ薬を間違って使ったため、二人ともヘレナのほうを追いかけて大混乱となる。しかし最後に二組の恋人は無事ペアを組み、公爵の婚礼の席で一緒に式をあげる。その余興として演じられるのは、アテネの職人たちの演じる稚拙で滑稽な悲劇である。惚れ薬を塗られた妖精の女王とロバの頭に変えられた織物工ボトムの奇妙な恋愛も登場する幻想的な劇。

『ヴェニスの商人』

ヴェニスの若者バサーニオは友人の貿易商アントーニオに頼んで、ベルモントに住む美しいポーシアに求婚するための費用三千ダカットを借りてもらう。その相手はユダヤ人の金貸しシャイロックだった。キリスト教徒のアントーニオに差別を受けてきた彼は、借金のかたにアントーニオの胸の肉一ポンドを要求する。亡くなったポーシアの父は、金、銀、鉛の三つの箱の中からポーシアの絵姿の入ったものを選んだ人物と結婚するようにとの遺言を遺していた。その箱選びに見事成功したバサーニオは晴れてポーシアと結婚するが、持ち船がみな嵐に遭って戻らないアントーニオは、期限までに借金を返すことができない。夫の友人の危機を知ったポーシアは若い裁判官に変装して、見事な機転で彼の命を救う。一方シャイロックはアントーニオの命をねらった罰として、ユダヤ教からキリスト教に改宗させられてしまう。

『ウィンザーの陽気な女房たち』

太鼓腹でほら吹き、女たらしで金欠病の老騎士フォールスタッフは、ウィンザーの陽気な女房たちを誘惑して金を巻き上げようと企み、フォード夫人とペイジ夫人に同じ文面の恋文を送る。怒った二人は彼を懲らしめようと計画を練る。おびき寄せられて彼がフォード夫人の家に来たところへ嫉妬深い夫のフォードも登場。フォールスタッフは大きな洗濯籠の中に押し込まれてテムズ川にほうり込まれたり魔女のようなお婆さんに変装させられて棍棒でぶたれたりと、さんざんな目にあう。『ヘンリー四世』二部作とは違う「恋するフォールスタッフ」を見てみたいというエリザベス女王のリクエストに答えて二週間で書かれたという伝説のある作品。

『から騒ぎ』

独身主義者のベネディックと勝気で弁のたつビアトリスとは、顔を合わせるたびに機智合戦を繰り広げている。友人たちが一計を案じ、彼らに「噂話」を聞かせて、互いに相手が自分への深い愛を告白できずにいるのだと思い込ませる。もともと相手を憎からず思っていた二人は見事にだまされ、恋におちる。ベネディックの親友クローディオとビアトリスの従妹ヒーローも愛を誓い合うが、悪党の策略によりヒーローの貞節が疑われる。結局その疑いは晴れるものの、この副筋は楽しい主筋にやや暗い影を落としている。

『お気に召すまま』

弟のフレデリックに地位を奪われた公爵はアーデンの森でロビンフッドのように自由気ままに暮らしている。その娘ロザリンドも追放され、男装して父のいる森に向かう。フレデリックの娘シーリアも仲の良いロザリンドと行動をともにする。さらにロザリンドを想うオーランドーが、彼の命を狙う兄オリヴァーに追われて森にはいって来る。だがライオンに襲われそうになったところをオーランドーに助けられたためオリヴァーは改心し、最後にはフレデリックも前非を悔いて公爵領を兄に返す。結局ロザリンドはオーランドーと、シーリアはオリヴァーと結ばれて大団円となる。男装のロザリンドの魅力に加え、道化のタッチストーン、皮肉屋の貴族ジェイクイズたち脇役の活躍もあって、森と宮廷の対比を浮き彫りにした味わい深い劇となっている。

『十二夜』

海で遭難して双子の兄セバスチャンと別れ別れになったヴァイオラは、男装して漂着した国の公爵オーシーノーの小姓となり、ひそかに彼に思いをよせる。そのオーシーノーは伯爵令嬢オリヴィアに恋焦がれており、皮肉なことにヴァイオラをその恋の使者としてつかわす。ところがオリヴィアは、りりしい若者姿のヴァイオラに一目惚れしてしまい、ここにユーモラスな恋の堂々巡りが生まれる。このもつれを断ち切ってくれるのは、溺死したはずのセバスチャンの登場である。瓜二つの姿の彼をヴァイオラと間違えたオリヴィアは秘密裡に彼と結婚。混乱が頂点に達したのち、双子の兄と妹は感動的な再会を果たす。こうしてすべての誤解が解け、ヴァイオラはオーシーノーと結ばれる。ここでも道化のフェステ、執事のマルヴォーリオ、侍女のマライア、サー・トービー、サー・アンドルーといった脇役たちが大活躍する。

双子と男装

以上の十篇は、恋愛を中心に据えて結婚で終わることが多いため「ロマンティック・コメディ」とも呼ばれる。その中で最後に書かれ、最も円熟した作品とされている『十二夜』を中心に据えながら、シェイクスピア喜劇のテーマのいくつかを探っていきたい。

興味深いことに、喜劇十篇の題材は男同士の双子の再会(『間違いの喜劇』)に始まり、男女の双子の再会(『十二夜』)

に終わっている。これは、双子が「取り違え」という喜劇に欠かせない状況を生むのに最適の設定だからかもしれない。シェイクスピアが『間違いの喜劇』でお手本にした古代ローマの喜劇作家プラウトゥスの『メナエクムス兄弟』でも双子の取り違えがテーマとなっていた。

またシェイクスピア自身、男女の双子(ハムネットとジューディス)の父であり、取り違えの喜劇を故郷のストラットフォードで身をもって体験したと思われる。しかし一五九六年、ちょうど喜劇時代の真中で、双子の一人ハムネットが亡くなる。それが原因かどうかは別として、後半の劇には無常観と悲哀の影がかすかに漂い、そのために喜劇の味わいがさらに深まっているようにみえる。

双子の再会が感動を呼ぶのは、失われた最も貴重なものを再び奇跡的に取り戻したい、という人間の共通の願いに裏打ちされているからだろう。観客の無意識の底には、自分の魂の片割れを見出したいという奥深い願望が潜んでいる。特にそれが男女の双子の場合、同じく潜在意識の中に隠れている両性具有の願望と重なる。『十二夜』の中で兄セバスチャンを追慕するヴァイオラのりりしい男装姿にオリヴィアだけでなく私たち観客が惹かれるのもそのせいだと思われる。

ハムネットが亡くなったのは十一歳の時だった。男らしく、女らしくなる直前に死によって分かたれた二人の子どもたちは、服装と髪型を同じにすれば本当に見分けがつかないほど似ていたのかもしれない。言い換えれば、男女を分けるのは個人の資質だけでなく服装や髪型、そして男女はそれぞれかくあるべし、という社会通念の力が大きいとシェイクスピアは感じていたのではないか。ジェンダー、フェミニズムという言葉が生まれるはるか前から、シェイクスピアの女主人公たちはジェンダーの壁を軽々と飛び越えていた。

『ヴェニスの商人』のポーシア、『お気に召すまま』のロザリンド、そして『十二夜』のヴァイオラたちは、男装をして初めて、その真の魅力が観客の目の前に現れる。男の服装が、それまで隠れていたもう一人の自分、新しい可能性を引き出してくれるからだ。国の政の頂点に立ち臣下たちの生殺権を握った強大な君主がエリザベスという女性だったことが、男勝りの女性に喝采を送るこの時代の観客の好みを左右していたのかもしれない。彼女はシェイクスピアたちの上演する劇の大事なパトロンでもあった。

また当時は女性が舞台に上がることは禁じられていたため、女性の役は皆声変わり前の少年俳優によって演じられていた。つまり、男装のヒロインを演じる役者たちは皆、本来のジェンダーに戻って生き生きと演技していた、という逆説も存在していたのである。

道化と阿呆

言葉遊びと頓智はシェイクスピアの喜劇全体に遍在するが、その専門家である道化の存在を忘れるわけにはいかない。一五九九年頃シェイクスピアたちの劇団（宮内大臣一座）にはいったロバート・アーミンは、「賢い道化」とも呼ばれる職業道化を演じる稀有な才能に恵まれた役者だった。『お気に召すまま』のタッチストーンや『十二夜』のフェステのように、「阿呆という隠れ蓑をつけ、その陰から機知の矢を放つ」（『お気に召すまま』五幕四場）道化は、アーミンがいて初めて創造できた登場人物だと言える。

しかし「賢い道化」、特に『十二夜』のフェステには、どこかものごとが見えすぎる人の憂愁が漂っているように見える。自分をオリヴィアの「言葉の遊び人」（'her corrupter of words'）と呼び、言葉なんて近頃まったく信用できないという彼を見て、「あの人は賢いからこそ阿呆のまねができるのね」とヴァイオラは言う（三幕一場）。つねに物事の二面性が見えるフェステにとって、駄洒落（pun）は単なる遊びではない。一つの言葉にまったく違っ

図8　『十二夜』(1987年11月・12月, 銀座セゾン劇場公演). オリヴィア(毬谷友子)とマルヴォーリオ(フランキー堺). (撮影＝谷古宇正彦)

た別の意味や価値観が含まれていることを一瞬のうちに示し、人々の凝り固まった観念をほぐして笑わせるのが彼の役目である。しかし言葉と物、シニフィアン(指し示すもの)とシニフィエ(指し示されるもの)が乖離する狭間には複雑で不安定な世界が垣間見える。

同じ笑いをとると言っても、フェステは天然阿呆のサー・アンドルーや、しかつめらしい顔で周りの人々を非難したために手痛いしっぺ返しを受けてからかわれる執事のマルヴォーリオとは逆のタイプの人間である。フェステも加担するこの「マルヴォーリオいじめ」の段は、おそらくシェイクスピア作品の中でも一番観客を笑わせてきた場面だろう。拾った手紙が女主人オリヴィアからの恋文だと思い込まされたマルヴォーリオが、手紙の指示に従って謹厳な顔に無理やり笑みを作り、黄色い長靴下と十字の靴下止めをみせびらかしながらオリヴィアに迫る姿は滑稽の極致だ。彼こそ、シェイクスピア喜劇に登場する阿呆のスーパースターと呼んでよい。しかし、狂人扱いされて暗い部屋に閉じ込められた後、恋文が偽物だったと知り、「一人残らず復讐してやるぞ！」と言いながら退場する彼の姿はどこか哀れを誘う。

シェイクスピアの後期の喜劇には、最後の大団円から疎外される人物が必ず存在する。「この世は劇場、人は皆役者」（'All the world's a stage, / And all the men and women merely players.'）の台詞（『お気に召すまま』二幕七場）で知られた世捨て人ジェイクイズしかり。喜劇の裏には悲劇ありというこの二重性の認識は、シェイクスピアの喜劇に陰影と深みをもたらし、人物たちに現実感と丸みを与えてきた。だがこの影はやがて劇全体をおおうようになり、シェイクスピアは喜劇の時代から問題劇、悲劇の時代へと移っていく。

問題劇

十九世紀の末以来、『終りよければすべてよし』と『尺には尺を』は喜劇の枠からはずされ、第一・二つ折本では悲劇に分類されていた『トロイラスとクレシダ』とともに「問題劇」というジャンルに入れられてきた。まずこの三つの劇の主題を見た上で、『トロイラスとクレシダ』を中心に、いったい何が「問題」なのかを考えてみたい。

『終りよければすべてよし』

ロシリオン伯爵家に仕えた侍医の娘ヘレナは、若い伯爵バートラムに思いを寄せている。亡父から教わった秘法で王の病を治した彼女は、その褒美としてバートラムとの結婚を願い出る。この結婚に不満なバートラムは、「僕の指輪を手に入れ、僕の子どもを産んでみせない限りお前を妻とは認めない」と書き残してイタリアに逃げる。ヘレナは巡礼を装って彼を追い、そこで暗闇に乗じて、彼が思いを寄せた女性の身代わりとなる。こうして難題を遂行したヘレナは、彼女が亡くなったという噂を信じていた夫の前に姿を現す。驚いたバートラムは、前非を悔いて彼女の許しを乞う。

『尺には尺を』

ウィーンの公爵に留守中の代理を託された厳正なアンジェロは、風紀取り締まりのための古い法律を持ち出し、婚約者を妊娠させたかどでクローディオに死罪を宣告する。しかし、兄クローディオの命乞いに来た見習い修道尼のイザベラを見て彼の中に邪な欲望が生まれ、兄の命を助けたければ体を差し出すようイザベラに要求する。イザベラは修道士の一計に従って、以前アンジェロに捨てられた婚約者マリアナに身代わりを頼み、暗闇に乗じて彼女をアンジェロのもとに送り込む。実は修道士に変装して最初からすべてを見ていた公爵は、アンジェロを叱責してマリアナと結婚させ、自分はイザベラに結婚を申し込む。

『トロイラスとクレシダ』

出口の見えないトロイ戦争のさなか、トロイ側の王子トロイラスはパンダラスの導きで恋人クレシダと思いを遂げ、愛を誓い合う。しかしその翌朝、彼女は捕虜になっているトロイの将軍と交換に敵のギリシア方へ引き渡される。クレシダの様子を見にギリシアの陣営に忍び込んだトロイラスは、敵将ダイオミーディーズに心を移す彼女の姿を目の当たりにしてしまう。兄ヘクターも宿敵アキリーズに殺され、いつ終わるともしれない戦争の中で、トロイラスは絶望におそわれながらもなお戦い続ける。

この劇のテーマは「分裂」だと言ってよい。心変わりの後、トロイラスが陰で見ているとは知らないクレシダは、皮肉にも彼のほうに向かってつぶやく。「トロイラス、さようなら。一方の目はまだあなたのほうを見ているけれど、もう片方の目は、私の心と一緒に別の方角を見ているの。」それを聞いたトロイラスは叫ぶ。「あれはクレシダであってクレシダではない！　俺の魂の中で今不思議な戦いが始まっている、分かつことのできないは

ずのものが、天と地よりも大きく離れてしまったのだ。」（五幕二場）

この作品が書かれた十七世紀の初頭には、天動説に基づく確固とした宇宙観と神学体系が揺らぎ始め、エリザベス朝終焉の予感が、先の見えない不安と閉塞感をもたらしていた。『トロイラスとクレシダ』では皮肉な笑いの中に愛の不毛、名誉や戦いの虚しさが響きわたる。二人の恋人の名前を掲げたこの劇は、現代的な悲劇と呼ぶほうがふさわしいのかもしれない。他の悲劇と違って恋人たちは最後まで命を落とさないが、死ねないことがむしろ悲劇であるような不透明な感覚が漂う。自分探しの旅に出て、失った魂の片割れを見つけるのが喜劇のテーマとすれば、『トロイラスとクレシダ』ではまさに魂を砕かれる過程が描かれている。そしてこれは、暗闇に乗じた「ベッド・トリック」が劇の要となる『尺には尺を』『終りよければすべてよし』という二篇の問題劇の主題に通じるだけでなく、その後に続いていく悲劇の作品群のテーマでもある。

ロマンス劇

砕かれた魂が再び癒され、その全体性を取り戻すことは果たしてあるのだろうか。悲劇時代の後に書かれたロマンス劇の底には、別れから再会へ、憎しみから愛へ、葛藤から許しへ、というテーマが「時」の重低音とともに流れている。壊れたものは決して元通りにはならない。しかし、若い世代の無垢で純粋な力が未来に何か救いをもたらしてくれるのではないかという希望が、御伽噺《おとぎばなし》のような枠組の中に描き出されるのがシェイクスピアの最晩年の四作品である。‘What has been’ではなく、‘what might have been’の世界を描いた作品群だと言ってもよい。その背景にはつねに、死から再生をもたらす「海」のイメージがある。

『ペリクリーズ』

まず古の詩人ガワーが説明役《コーラス》として登場し、中世のような雰囲気を舞台にかもしだす。主人公であるタイアの領主ペリクリーズはさまざまな冒険の末、ペンタポリスの姫セイーサと結婚するが、タイアに帰る船が嵐に遭い、妻は女の子を産み落として息絶える。海に葬られたセイーサの棺はエフェサスに流れ着き、実は仮死状態だった彼女は名医セリモンの手で再び甦る。この蘇生の瞬間は、「復活の詩」と呼ばれるのにふさわしい言葉で語られている。一方、何も知らないペリクリーズはターサスに着き、長い船旅に耐えられないであろう赤ん坊を太守夫妻の手に預けた後、やっとタイアに帰り着く。マリーナと名づけられたこの子は美しく賢い娘に成長し、嫉妬にかられた育ての親に命を狙われるものの、密かに生き延びる。

この劇のクライマックスは、マリーナの死の知らせを聞いて絶望におちいっていたペリクリーズが彼女と再会する場面である。「王の墓を見つめながら優しく微笑む忍耐の像」のように見えるこの娘が本当に自分の子どもであると知ったペリクリーズは、「天球の音楽」('the music of the spheres') を聴いて眠りに落ちる(五幕一場)。ルネサンスの文学に登場するこの「天球の音楽」とは、肉体を離れた純粋な魂だけが聞くことのできる、妙なる宇宙のハーモニーだった。最後にペリクリーズとマリーナは、エフェサスでダイアナの神殿に仕えていたセイーサとも再会を果たす。

『シンベリーン』

ブリテン王シンベリーンの娘イモジェンは、父の意に反し、貧しいけれど心正しい紳士ポステュマスと結婚、王の怒りにふれた夫はイタリアに追放される。そこに『オセロー』のイアーゴーを思わせる策士イアーキモが登場、イモジェンの貞操を疑わせるような証拠を示して夫のポステュマスを嫉妬に駆り立てる。だが悲劇の『オセロー』とはまったく違う方向にこのロマンス劇は展開していく。イモジェンの男装、幼い頃誘拐された兄たちとの偶然の出会いを経て、さまざまな悪だくみは暴かれ誤解も解け、最後は夫婦と親子の幸せな再会で終わる。

『冬の夜ばなし』

シシリア王レオンティーズは、身重の妃ハーマイオニが自分の親友であるボヘミア王ポリクシニーズと通じているという妄想に取り憑かれてしまう。彼女を投獄し、牢で生まれたばかりの娘も捨てさせてしまった彼は、ハーマイオニと幼い息子マミリアスの死の知らせを聞いた後、初めて自らの非を悟り嘆き悲しむ。

ここで説明役《コーラス》の「時」が登場して十六年の歳月が過ぎ去ったことを告げ、劇の雰囲気は一転する。ボヘミアの海岸に捨てられて羊飼いに拾われたレオンティーズの娘パーディタは美しく成長し、ポリクシニーズの息子フロリゼルと手をたずさえてシシリアに帰ってくる。そればかりか、悔悟の日々を過ごしてきた王の身に思わぬ「奇跡」が起きる。亡くなった妃ハーマイオニの彫像が完成したと言うので見に行った彼の目の前で、その像はゆっくりと歩み出すのである。実はハーマイオニは生きており、娘が見つかるまでの間ずっと姿を隠していたのだった。

‘Nature’と‘Art’の対比がこの劇の大きなテーマだが、自然を模した人工物であるはずの「彫像」が動き出し、そこに暖かい命が通っているのがわかるとき、Art は Nature の驚異の一部としてその中に溶け込んでいく。Art を「鏡」、あるいは「演劇」と解釈することもできるだろう。「自然に向かって掲げた鏡」である演劇が「自然」そのものと合体する魔術的な瞬間が、この場面で見事に描かれている。それはまた、硬い石像に凝結された罪と悲嘆の時間が、自然で暖かい「許し」の中に溶け出す瞬間でもあった。

『あらし』

ミラノの大公だったプロスペローは、魔術の研究に心を奪われていたため、ナポリ王と結託した弟に位を簒奪され、幼い娘ミランダとともに流れ着いた孤島で十二年間暮らしてきた。今彼が支配しているのは、この島にもともと住む魔女の息子キャリバンと妖精エアリアルだけである。プロスペローは魔術を使って、近くを通りかかった仇敵たちの乗った船を難破させた上、復讐を果たそうとするが、かろうじて憐みの心でふみとどまる。船に乗っていたナポリ王の息子ファーディナンドと娘ミランダが恋に落ちるのを見届け、さらに弟から公爵領を取り戻した彼は、魔法の杖を折って再びミラノへと帰っていく。

父王が溺死したと思って嘆いているファーディナンドの耳に響く妖精エアリアルの次の歌には、死から再生へ、憎しみから愛へというこの劇のテーマが集約されている。「父は五尋の海の底、骨は珊瑚で眼は真珠、その身は海で変化して、類稀なるものとなる」（一幕二場）。かつて『トロイラスとクレシダ』の中で分裂してしまった「眼」すなわち「自己」(eye = I) は、海という人間を超えた大きな存在の中で、真理を象徴する「真珠」へと生まれ変わる。

娘ミランダの婚約を祝って上演していた仮面劇を、命を狙われていたことを思い出したため突然中断したプロスペローは、消え去った劇中劇に人生をたとえる。裏切り、陰謀という変わらぬ現実に対する怒りのただなかでふと生まれたこのヴィジョンは、彼の、ひいてはシェイクスピアの無常観、そして演劇観を伝えるものとしてあまりにも有名である。Nature と Art すなわち「自然」と「鏡」が溶け合い、その先に魂の故郷が垣間見える幽かな安らぎの感覚——これこそ、シェイクスピア喜劇の最も大切な隠し味であることに思いを巡らしつつ、本稿を終えることにしたい。

宴は終わった。役者たちは皆、
前に言ったように、妖精たちで、
空気の中に溶けていった、薄い空気の中に。
そして、空中に織り成されるこの幻のように、
雲を頂く塔、豪奢をきわめた宮殿、
荘厳な寺院、この偉大な地球そのもの、
その上にある一切のものはやがて溶け去り、
今消えうせた幻影と同様、
あとには一ひらの雲も残しはしない。
われわれ人間は夢と同じもので作られている。
そしてわれわれの短い一生は、
眠りで終わりを迎えるのだ。

（四幕一場）

＊本稿におけるシェイクスピア作品の訳は拙訳による。

第四章　シェイクスピアの歴史劇

中野春夫

シェイクスピア劇のなかには、タイトルを一見しただけで「歴史もの」と想像がつくものが十作(あるいは十一作)存在する。『ジョン王』を除けば、『リチャード三世』のようにすべてナントカ・ナン世というイングランド国王の名前がタイトルになっている作品である。では、これらの「歴史もの」がすべて国王を主人公とするお芝居かというと、かならずしもそうとは言えない。ここが「歴史劇」と呼ばれるジャンルの面白さとも言えるが、その劇世界で描かれるのは王国制度という伝統的なイングランド社会そのものであるからである。

今から九百年前、イングランド王国の不動産(land)にかんし、今日の所有権(property)に相当するものを持っていたのは国王だけであった。国王は王国の不動産を分割し、軍事奉仕(military service)と引き換えに、その保有権(tenure)を直接受封者(barons)に与えていた。直接受封者たちはその保有権をさらに分割して、騎士奉仕(knight service)と引き換えに、分割された不動産保有権を騎士に与えていた。これが「(狭義の)封建制」と呼ばれる、はるか遠い時代の不動産保有の形態である。では現在はと言うと、あくまでも法観念上の解釈になるが、今でも連合王国内の不動産に対して、完全な所有権を有しているのは国王(女王)だけになり、不動産にかんする国民の権利は形式上、国王(女王)から与えられる保有権にとどまるとされている。私たち日本人には理解しにくい話であるが、イングランド(イギリス)社会では、今日でも封建的な土地所有の観念が生きつづけているのである[1]。

シェイクスピアが作り上げた歴史劇の世界は、根本的なところでシェイクスピア時代のイングランド社会と変わりはない。王国(realm)とは不動産にかんする最大の単位であり、王国全体の所有権は歴史劇の舞台設定となる時代でも、シェイクスピアの時代でも、はたまた(法観念の上で)現在でさえも、国王(女王)という一人の人間に属してきた。歴代のイングランド国王も、戴冠式の宣誓の際、まず真っ先に王国全体の不動産所有権を主張するのが慣わしだった――「父と子と精霊の御名において、私何々はイングランド王国の領土と王冠の権利を要求する (claim the realm of England and the crown)」。

歴史劇の歴史的背景

本章は、第一・二つ折本《ファースト・フォリオ》で「歴史劇」に分類されている十作と、近年シェイクスピア作品として認知を受けつつある『エドワード三世』を対象とし、上記の王国所有権に注目して、歴史劇の世界では何が描かれているのか、またその劇世界はその時代の観客たちにどう映ったのかを探ってみたい。まずその前に、歴史劇の背景について一点だけ押さえておこう。

歴史劇には「プランタジネット」という家名がたびたび登場するけれども、この家名自体はアンジュー家の別名であり、その一族はもともとアンジュー伯爵領を支配するフランス封建貴族であった。シェイクスピア歴史劇ではしばしばフランスが舞台となるが、その背景にはこの事情がある。

アンジュー家はヘンリー二世の代（一一五四―八九）に、ノルマンディ公爵領とアキテーヌ公爵領のほか、イングランド王国の所有権までも獲得し、英仏にまたがる広大な「アンジュー帝国」を形成していた。話が面白くなるのは、イングランド王国の所有権を獲得したフランス封建貴族が、「帝国」の相続争いを通じて、本拠地であるフランスの領地を失い、結果として異国の国王（イングランド王）として生きていかざるを得なくなったことである。この出来事が起きるのが、シェイクスピア歴史劇の舞台設定で最も古い時期となるジョン王の治世（一一九九―一二一六）だった。

では、歴史劇個々の作品において、どのような不動産所有権が、誰に、どのような法的根拠によって継承されていたかを、歴史背景を含めてごく手短に解説していきたい。

イングランド王国では、ノルマン征服（一〇六六）以降、ノルマン人とフランス人による支配が続いていたが、ホリンシェッドの『年代記』によって初めての「イングランド人」国王と認知されているのがヘンリー二世の第三子リチャード一世（在位一一八九―九九）と末子ジョン王であった。[2]

シェイクスピアの『ジョン王』は、ジョン王が甥のアーサーとの相続権争いを通じて、フランス領を次々と失い、イングランド王国の所有権だけが彼の手元に残される経過を描いている。『ジョン王』は愛国心鼓舞劇として知られてきたが、現実世界においても、ジョン王治世のイングランド王国は、アンジュー家の本拠地と切り離されることにより、言語と文化のさまざまな点で、自立の道を歩みだし始めるのである。

ジョン王以降ほぼ一世紀の間、アンジュー家の所有地はイングランド王国だけとなるが、一三二八年にカペー朝の男子直系卑属 (male descendant) が断絶する事態が生じると、エドワード三世（在位一三二七―七七）が女子直系卑属であった母親の相続権を根拠に、フランス王国の所有権を主張するようになった。この要求はフランスの封建貴族たちによって拒まれることになり、ここから一世紀以上にわたり、フランス王国領をめぐる英仏両国王の激しい攻防(百年戦争)が始まることになる。『エドワード三世』は、イングランド国王を片方の当事者とするフランス王国の所有権争いを描いているが、この作品と『ヘンリー五世』は英仏のフランス王国所有権争いを通じてその相続(inheritance)ルールの問題を明らかにする作品でもある。一口に長男子単独相続(primogeniture)といっても、女性の相続権を認めるか、認めないかで、相続優先順位は大きく変わってくる。歴史の上で、今日の皇位継承順位をめぐる議論とよく似たものが十四世紀の英仏間において激しく戦わされており、『ヘンリー五世』の一幕二場は、フランス側が女性の不動産相続権を否定するサリカ法典を根拠としてイングランド王のフランス王国相続を拒絶するのに対し、イングランド側がその反論を展開する場面となっている。

イングランド王国の所有権については、ジョン王からリチャード二世(在位一三七七―九九)まで、プランタジネット家の円滑な相続が行われていたが、直系卑属を持たないリチャード二世以降、長男子単独相続というルールからすると変則的な継承がしばしば起こることになった。『リチャード二世』と『ヘンリー四世』二部作、『ヘンリー五世』は一括して「第二・四部作」と呼ばれてきた作品群であるが、この四作は、リチャード二世が在位中に退位させられ、マーチ伯という公式の推定相続人がいたにもかかわらず、王国所有権がランカスター家のヘンリー・ボリンブルック(のちのヘンリー四世)とその男子直系卑属(ヘンリー五世、ヘンリー六世)にわたっていく一連の経過を描いている。

近年の十五世紀イングランド社会史研究によれば、薔薇戦争(一四五五―八五)として知られる内乱期のイングランド社会は、のちの一五四〇年代や一五九〇年代よりも政治経済の面ではるかに安定していた。シェイクスピアの『ヘンリー六世』三部作と『リチャード三世』(四作あわせて「第一・四部作」と呼ばれている)は実際には相対的に平穏だったこの時期を、ランカスター家とヨーク家の王国所有権争いによって未曾有の暴力が荒れ狂った時代にしている。興味深いのは、こと王国所有権の継承にかんする限り、『リチャード三世』の主人公が長男子単独相続のルールをきちんと守って(すなわち、自分より相続優先順位の高い人物を殺害、もしくはその相続権を無効にすることで)、イングランド王位に就くことである。

あるイングランド法制史研究者が指摘するとおり、歴史的に王国所有権の要求は相続権だけを法的根拠としていたわけではなく、「征服(Conquest)、神の選任(Divine Designation)、相続権(Inheritance)、支持(Acclamation)、議会の指名(Parliamentary Designation)という五つの法的理論のうち少なくとも一つを根拠として」行われてきた[3]。その点、テューダー朝の開祖ヘンリー七世(在位一四八五—一五〇九)は、ノルマン朝を開いたウィリアム一世(在位一〇六六—八七)を除き、歴代の王位継承者の中で最も相続権を法的根拠にしにくい国王であることが『リチャード三世』によって示唆されている。

リチャード王　王が亡くなったのか？　帝国の所有者がいなくなったのか？
この俺以外に、ヨークの相続者(heir)は生きておるのか？
ヨークの相続者以外に、誰がイングランド王になれるのだ？
(『リチャード三世』四幕四場四七〇—七二行[4])

E・M・W・ティリヤードによって「テューダー神話」と命名された一連のテューダー朝版王権プロパガンダが

生まれる背景にはこうした事情があり、ヘンリー・テューダーを「神の使者」として描くシェイクスピアの歴史劇も、この「テューダー神話」の一産物だと言える。[5] ただし、テューダー王朝礼賛の歴史絵巻を描くのが、シェイクスピアの意図のすべてだったとは、到底思えない。シェイクスピアが歴史劇の登場人物たちに語らせる台詞からすると、戦争(すなわち、王国所有権争い)そのものよりも、はるかにイングランド臣民たちの怒りを買うものがあったらしいからである。これについては後で論じることとし、まずは残る一作『ヘンリー八世』とその背景を解説していきたい。

歴史劇の舞台設定となる時代とシェイクスピアが生きていた時代の間で、王国所有権になにか違いがあったとすれば、シェイクスピア時代では王国所有権そのものが文字通り完全なものになったことである。一五三〇年代の宗教改革を境に、イングランドの大地はローマ教皇の課税権すら認めない、完全かつ自立した「帝国」(empire)となり、シェイクスピアの劇世界でも、上記の引用のように、イングランド王国がしばしば「帝国」と呼ばれることになる。[6] エリザベス一世(在位一五五八—一六〇三)とジェイムズ一世(在位一六〇三—二五)が相続したのも、他者の権利を一切排除し、留保条件をまったく認めない事実上の完全所有権である。ジェイムズ一世時代に執筆された『ヘンリー八世』は、教会組織でさえ政体の一部とみなされるヘンリー八世(在位一五〇九—四七)の王国(realm)が誕生する経緯を扱った劇作品に他ならない。

歴史劇の経済的背景

シェイクスピアの劇世界とその時代の現実世界では、不動産を保有するか、しないのか、あるいはどのような形態の不動産保有権を持っているかが、国王(女王)と一個人との政治経済関係のみならず、階層制度と呼ばれる王国全体の社会関係を決定付けていた。(7) 制度上、国王(女王)の王国所有権は、イングランド社会における諸制度の基礎となってきたのである。では、王国所有権を基礎とする社会関係に注目すれば、歴史劇はどのように見えてくるのだろうか?

シェイクスピアという人間は見方によっては、かなり意地の悪い劇作家と言えるのかもしれない。アジンコートの戦いの前夜に語るヘンリー五世の有名な独白によると、国王は統治の責任をすべて負わされる一方、その代償に得るものは「儀礼」(ceremony)、すなわちそれ自体なんの実質もない慣習的な礼賛だけになる。以下の引用はその一節、ヘンリーがこの「儀礼」を不動産に喩える箇所である。

> おまえ〔儀礼〕の借地料(rents)はいかほどか? おまえの諸収入(comings-in)はいかほどか?
> 儀礼よ、おまえの価値(thy worth)を見せてみろ!
> (『ヘンリー五世』四幕四場二四九—五〇行)

なぜここでシェイクスピアは、ヘンリーに不動産の比喩を使わせたのだろうか? ここでは貴金属や商品など、もっと無難な喩えがいくらでもあったように思われる。不動産の「借地料」や「諸収入」に言及すれば、観客たちには、彼らと国王との経済上の関係がわかってしまうからである。

王国の住人はすべて経済システムの上で借地料を受け取る立場か、あるいは支払う立場かに截然と分かたれるが、国王は借地料を受け取る階層の頂点に立つ人物である。どうやらヘンリーは、国王の統治責任には一切経済的代償がないと言いたいらしいが、この愚痴を額面通りに受け取る観客がいたとしたら、それは不思議な話となる。そもそも『ヘンリー五世』の一幕一場は、王国統治がタダではできないという現実的な話、すなわちフランス遠征の戦費を含め、王国統治に必要な費用を誰がどう負担せざるを得ないのかを示す場面から始まるからである。

「国王だけが持ち、臣下が持たないもの」はヘンリー五世の主張とは裏腹に、「儀礼」に限られるわけではない。イングランド国王とは、王領地 (crown lands) の莫大な不動産収入 (revenues) を受け取る王国最大の地権者 (landlord) なのである。さらに言えば、交易商品にかけられる関税 (customs) から、上納金 (aid) や不動産復帰 (escheat)、後見権 (wardship) など、封建的付随義務の収益まで、イングランド国王には巨額の「諸収入」が転がり込んでいた。以上が国王の主な「通常の諸収入」(ordinary revenues) であるが、この収入で王国統治を行うのが慣習であったにもかかわらず（「王は自らの収入で生きるべし」）、対外戦争や反乱などの有事が起これば、国王は必要に応じて議会に特別税 (subsidy) と十五分の一税・十分の一税 (fifteens&tenths) を要請することができた。しかもヘンリー八世以降の君主は一五三四年の議会制定法によって、平時でも特別税の徴収が可能となっていたのである。(8)

マニアックな指摘と思われるかもしれないが、これらの諸権利はすべて王国全体の所有権から生まれ、歴史劇の世界でも上記の用語、あるいはその権利に相当するものが繰り返し、登場人物たちの口から発せられている。とりわけ多いのが課税への言及であり、歴史劇の世界では、通常の経済負担以外の特別な課税を行うと、国王のみならず、徴収の責任者までとことん恨みぬかれることになる。

ホットスパー　あ奴［ヘンリー四世］は、リチャード王を退位させるや
　　王のお命を奪い、お命を奪うと間髪いれず

王国全土に課税したではないか (task'd the whole state)。

（『ヘンリー四世・第一部』四幕三場八四―八五行）

使者　ケイド閣下、獲物です。セイ卿をとっ捕まえてきました
こいつはフランスの町を売っぱらい、二十一回も
十五分の一税 (fifteens) を取り立て、ついこの間は、
一ポンドにつき一シリングの特別税 (subsidy) まで払わせやがった。

（『ヘンリー六世・第二部』四幕七場一八―二一行）

課税にかんする台詞から想像するにつけ、臣民にとっては、特別税といった、通常の経済負担以外に取り立てられる直接税の徴収こそが国王最大の悪政、もしかすれば王位争いや王位簒奪以上に許しがたい行為だったかもしれない。では、国王自ら、課税に言及する場合はどうなのか。以下の台詞が、観客に引き起こしたであろう感情は推して知るべしである。

ヘンリー六世　サフォーク卿、さっそくフランスへ。
いかなる条件でもかまいはせぬ、
マーガレット妃を無事イングランドへ
お連れし、ヘンリー王の忠実なお后として

お迎えいたすよう、手はずを整えてまいれ。
貴公の渡航費用および婚礼の支度金については、
臣民から十分の一税一本 (a tenth) を取り立てよ。
(『ヘンリー六世・第一部』五幕五場八七―九三行)

シェイクスピアの歴史劇を一言で表現せよと言われれば、イングランド王国の過去における王位争いを主題とする作品群としか答えようがないが、かといって、シェイクスピアは王国所有権の争奪戦だけを描いたわけではない。むしろ歴史劇は、その争いがイングランド社会全体にどのような影響を及ぼしてしまうのか、王国制度の仕組みを容赦なく明るみに出していたのである。シェイクスピア歴史劇の観客たちはまず経済の面で、王国所有権を獲得した人間が受ける利益と自分たちの階層が負わざるを得ない負担を、いやというほど思い知らされたはずである。

歴史劇の対外的背景

不動産所有権に注目してみると、歴史劇の世界ではもう一つ、上記の現象とは逆のことも起きていることもわかる。シェイクスピアは、歴史劇の観客たちに不思議な夢(より正確には、巧妙な錯覚)を見せたかったらしいのである。

「第一・四部作」と呼ばれる劇作群、とりわけ『ヘンリー六世・第一部』と『第二部』を見た観客たちには、イングランド王国がフランスの領土を立て続けに失っていくように感じられたことだろう。なるほど、今日の私たちにも、『ヘンリー六世』三部作はイングランドのフランス領が失われていく歴史的過程を描いた作品のように見える。とはいってもよくよく考えてみると、フランスがイングランド王国の属領 (dependency) になることは、「連合法」(Act of Union) のようなものが制定されない限りありえない。スコットランド王ジェイムズ六世がイングランド王国を相続したからといって、イングランド王国がスコットランド王国の属領になるわけではないのと同じ理屈である。

ところが、『ヘンリー六世』の『第一部』と『第二部』では、フランス王国がイングランドの一部であるかのような台詞を、さまざまな登場人物が口にする。

第二の使者　フランス (France) は今や、どうでもよい小さな町を除いて、
すべてイングランド人 (the English) の手から離れてしまいました。
（『ヘンリー六世・第一部』一幕一場九〇―九一行）

枢機卿　フランス (France) は今だって、我々のもの (ours) だ。これからもずっと守っていけよう。
（『ヘンリー六世・第二部』一幕一場一〇五行）

もしこれら一連の台詞によって、当時の観客たちがフランスは自分たちの領土と思い込まされていたとすれば、シェイクスピアの歴史劇は観客（読者）に対して、お芝居ならではの仮想体験を提供していたことになる。自分たちの領土が獲得、喪失されることに一喜一憂する体験、すなわち、法的権利とはまったく無関係であるにもかか

わらず、観客一人一人がいわばフランス王国の不動産共同保有者(cotenant)になる不思議な体験である。

一連の台詞を見る限りでは、シェイクスピアが王国制度を知らなかったように思われるかもしれないが、彼はその仕組みを正確に知っていた。(これもかなり意地の悪いやり方だと思うが)彼は法的解釈の上で正しい台詞を、劇の半ばから登場させるからである。

サマセット公　フランスの領土にかんする陛下の御権利(all your interest in those territories)は完全に失われました。今や、何も残っておりません。

(『ヘンリー六世・第二部』三幕一場八四―八五行)

シェイクスピアの歴史劇では、「征服」(conquer)という語がしばしば登場人物たちの口から飛び出るが、一連の歴史劇はこの語には二つの意味があること、すなわち劇世界における意味と、現実世界における正しい法的意味は違うことを否応なく観客に教え込む。「フランスを征服する」とは、芝居小屋か日常会話では武力でフランス軍を打ち破り、フランス王国領をイングランドの一部にするという一種の幻想を意味しうる。一方、法が支配する現実世界では、イングランド王国の所有権を持つ人間がフランス王国の所有権をも要求し、武力を背景に、その権利をフランス王およびその臣下に認めさせることなのである。対外関係の面で、歴史劇の観客は、芝居小屋で「征服」という夢を見たければ、現実世界で他人の権利のためにつらい負担を負わなければならないことを思い知らされたと思う。

スペインを破ったアルマダの勝利(一五八八)が一五九〇年代に起こる歴史劇ブームの社会背景にあるとすれば、

私たちは戦勝気分や愛国心以外にもう一つ、戦争の勝利がイングランド社会にもたらした置き土産を考慮しなければならない。戦争に勝ったからといって、それで下々の生活がよくなるわけではなく、一五九〇年代にはスペイン対策の名目で、特別税と十五分の一税・十分の一税を複数の単位で組み合わせた徴収が常態化していた。

歴史劇が上演された一五九〇年代とは年平均で十三万五千ポンドの特別税が徴収された十年間であり、十六世紀を通じて税負担が最も重い時期だった。しかも、その税金がどこでどのように使われるのかは、国王大権(royal prerogative)の領域になる。歴史劇の世界で再三言及される税金の横領、戦費の着服が起きても、議会のメンバーでない限り不満を持ち込むところはなかった。もしかすれば劇作家を含め、イングランド臣民にとって、芝居小屋だけが不満のはけ口になりえたのかもしれない。

ちなみにシェイクスピアその人は、現存する史料によると、一五九七年の特別税徴収に対して「十三シリング四ペンス」を滞納したまま他の教区へ引っ越しており(どう見ても脱税行為である)、一五九三年の特別税にかんしても、彼に課せられた「五シリング」がきちんと納付されたかは確認できない。納税者でもあった歴史劇の作者の声なき声が聞こえてきそうなエピソードではある。

歴史劇の法的背景

『エドワード三世』を含め、一五九〇年代に書かれたと推定されている(『ヘンリー八世』を除く)十作から明らかになるのは、この王国所有権の継承が、何らかのルールに則って円滑に行われていたわけではなかったことである。言い換えると、一五九〇年代の歴史劇にかんする限り、シェイクスピアは、フランスもしくはイングランドの王国所有権をめぐる争いが起こった時期(治世)ばかりを選んで、そのトラブルを劇化していたことになる。『リア王』や『お気に召すまま』といった悲劇や喜劇にも、その劇世界が不動産相続のトラブルから始まるものはあるが、歴史劇の『ジョン王』と『エドワード三世』はその先例になる。

『ジョン王』の劇世界は、王国と騎士封土（knight's fee）と規模の違いがあれ、二件の不動産所有（保有）権をめぐる、似たような争いから始まる。

フランス大使　今は亡き貴殿の兄君ジェフリー殿のご子息、
アーサー・プランタジネット様の忠実なる名代として、
フランス王フィリップ陛下はこの美しい島（this fair island）とその領地（the territories）
――アイルランド、ポワティエ、トゥーレーヌ、ならびにメーヌに対して
もっとも正当なる権利を要求いたします。
（『ジョン王』一幕一場七－一一行）

この引用に登場する「この美しい島とその領地」も先に述べた観客を錯覚させる表現で、実際には「アンジュー帝国」として知られるプランタジネット家（アンジュー家）の英仏にまたがる広大な所有地である。

『ジョン王』は「アンジュー帝国」をめぐるリチャード一世の末弟（ジョン）と甥（アーサー）の相続権争いを劇化したものであるが、同時にその劇世界の始まりでは、王国所有権争いのミニチュア版として、父親サー・ロバート・フォーコンブリッジの騎士封土をめぐる「長男」（eldest son）のフィリップと「法定相続人」（heir）のロバートの相続権争いも描かれる。では、観客が目撃する『ジョン王』の劇世界はというと、それは兄の長男（アーサー）を飛び越えて、弟（ジョン）が王国所有権を相続している世界であり、その権利が兄の長男に譲渡されることはな

い。同じくその世界では、父親の遺言によって「長男」フィリップの相続権が失われてしまうことにもなる。いずれも、長男子単独相続のルールからすると、変則的な相続が起きていることになるが、解決方法の点で、両者の相続トラブルには決定的な違いがあるところが面白い。

ちなみに一五四〇年に「遺言法」が制定されて以来、イングランド社会でも、遺言による不動産保有権の自由処分が認められ、長男子単独相続という慣習は、もはや誰もが守って当たり前とは言えなくなっていた。(9) また、動産と不動産とでは、前者は教会法、後者はコモンローという異なる法体系によって管轄されているため、相続のルールのみならず用語までまったく異なっていた。シェイクスピア劇でも、法定相続人が'heir'とも'the next of blood'とも呼ばれ、また遺言状も'will'とも'testament'とも呼ばれているのは、こうした法制度の不整備が背景にある。さらに言えば、同じ不動産相続でも、直系卑属が女性だけの場合は、男性が含まれる場合とは異なるルール(均等相続)が適用されていた。(10)

結婚の法的要件ほどではないにしろ、シェイクスピア時代の社会は、遺産相続でも画一的なルールがありそうでなく、いかにもトラブルを生みやすい社会なのである。その点、『ジョン王』の劇世界は同じ相続トラブルでも、法で解決できるものと解決できそうもないものがあることを明らかにしている。フォーコンブリッジ家のような相続トラブルであれば、裁判所の判決か国王直々の裁きで解決しうる。ところが、司法・立法を含む国王大権が発生する王国所有権そのものの相続トラブルが起きてしまうと、王国制度上、お手上げ状態になってしまうのである。

「第一・四部作」と「第二・四部作」として知られる八作は、国王の廃位という衝撃的な出来事が起こったリチャード二世の最晩年から、現女王エリザベス一世の祖父に当たるヘンリー七世の即位までの八十六年間に起こってきた歴史的事件を題材にしている。この八十六年間というのは、長男子単独相続というルールからすると五回も不規則な王位継承が起きてしまった期間になり、処女王エリザベスの治世でも、ある段階から直系卑属による王国相続は非現実的な話となっていた。

国王(女王)生存中の王位交代が可能であるのか、あるいは退位する国王が後継者を指名できるのかは、それ自体議論を呼ぶ問題であったが、一〇六六年以降、シェイクスピア時代まで、イングランド王国では国王の退位(事実上は強制的な廃位)がエドワード二世(在位一三〇七—二七)とリチャード二世(在位一三七七—九九)の治世に二度起きていた。ただし、前者の王位交代において、王国所有権は円滑に長男のエドワードに相続されたのに対し、直系卑属を持たなかったリチャード二世の場合には、結果として「簒奪」(usurpation)に該当しうる王位継承が生まれていた。ホリンシェッドの『年代記』が記述している通り、リチャードには、議会の指名を受けたマーチ伯親子(ロジャーおよびエドマンド・モーティマー)という公式の「法定推定相続人」(heir apparent)がいたが、実際の王国相続はマーチ伯を飛び越えて、エドワード三世の四男に当たるランカスター公の長男ヘンリー・ボリンブルックが行った。

シェイクスピアは歴史劇以外でも、しばしば不動産相続のトラブルを題材にとりあげており、『あらし』や『お気に召すまま』では、兄(プロスペローやロザリンドの父親)の公爵領が弟たちに奪われている。今日の私たちには、公爵という称号が奪われただけのように感じられるが、現実であれば文字通り死活問題となる状況が生まれていた。プロスペローやその娘ミランダ、旧公爵の娘ロザリンドたちは、不動産収入という生活手段を失った無収入者なのである。(11)

『あらし』などで起こる弟の「簒奪」は、現実世界ではそうそう頻繁に生じることはなかったと思われるが、それでもシェイクスピアの同時代に、弟のマッティアスに全所領を奪われてしまった神聖ローマ皇帝ルドルフ二世(在位一五七六—一六一二)のような例はある。ハムレットのように、長男が王国所有権を相続できなかった事例も、イングランド王国の過去にはスティーヴン王の治世(一一三五—五四)に起きていた。『冬の夜ばなし』では、ボヘミア王ポリクシニーズが一人息子のフロリゼルに対して相続権剥奪(disinheritance)を宣告するが、これまた同じ場面が一四六〇年のイングランド議会の場で演じられていた。『ヘンリー六世・第三部』の一幕一場で描かれるように、ヘンリー六世は長男エドワードの王国相続権を廃して、ヨーク公リチャードを推定相続人に指名することに合意したのである。

ウォリック　陛下、なぜため息を?
ヘンリー王　私のためではない。この私が自然の理に反して
　　相続権を廃する(disinherit)息子を思ってのため息だ。
（『ヘンリー六世・第三部』一幕一場一九七—九九行）

シェイクスピア喜劇の世界では、弟による簒奪が起こるなど、一見相続にかんして秩序がなさそうに見えて、最後には長男子単独相続の原則が回復する。その点喜劇はルールに基づく解決という、観客がお芝居ではそうあって欲しいと願うことが起きる世界である。一方歴史劇はどうかと言えば、それは一見、長男子単独相続が大原則のようでありながら、法や慣習では手に負えないことが起きてしまう世界である。法制度の面で、歴史劇の観客は、王国所有権の相続トラブルが起きてしまうともう誰にも止められないことを思い知らされる。

歴史劇の制度的背景

当たり前といえば当たり前の話ではあるが、歴史劇は、史実とされる過去との対照から分析されてきた。ところが、シェイクスピア時代にとって未来にあたる時代との対照の方が、はるかに歴史劇の面白さ(たぶん不気味さも)は見えてくるのかもしれない。

シェイクスピアの歴史劇が上演されたおよそ半世紀後に、チャールズ一世(在位一六二五—四九)と議会の激しい対立が起こり、共和制樹立を経て、十七世紀末に名誉革命を迎える。シェイクスピアの歴史劇と比較対照して面白いのは、この一連の出来事を通じて王権(kingship)が著しく制限され、その範囲が明文化されるようになったことである。これは王権が法の下に入ることを意味するが、今日の私たちにとって当たり前のことでも、シェイクスピア時代には必ずしも当たり前ではなかった。

シェイクスピア時代において、議会は王の名において召集され、裁判所も王の名において判決を下す。言い換えると、国王(女王)がいなければ、あるいは国王(女王)がその気にならなければ、議会も裁判も開けない。国王(女王)の存在そのものが法秩序の基礎かつ源泉であり、制度上あるいは法観念上、イングランド国王(女王)は「法の外側」にいることになる。「絶対君主」(absolute monarchy)という王権にかんする一つの立場がありえたのは、まさしくこの点である。

ところが一方、歴史的経過からすると、イングランド国王の国王大権はマグナカルタによって明文化されており、課税権など、王権の一部は議会の制約を受けるようになっていた。さらに十五世紀には、法学者のフォーテスキューによって「絶対君主」とは対照的な「立憲君主」(constitutional monarchy)論、すなわち法の下に統治する君主像が提示されていた。[12] では、シェイクスピア時代に王権と法の関係が議会制定法によって明文化されていたかと言えば、テューダー朝政体史の専門家G・R・エルトンの指摘によれば、テューダー朝を通じて、この肝心なところがあいまいにされてしまい、ひいては後の革命の遠因となっていく。[13]

結果からすると、「絶対君主」論と「立憲君主」論はシェイクスピア時代において、現在でも、未来でも、いつでも衝突しうる。その点、エセックス伯の反乱前日に、反乱者たちが上演させたと伝えられる『リチャード二世』という劇作品は、この衝突がシミュレイションとして描かれた野心的な実験劇だったように思われる。ここは強調しておきたいが、『リチャード二世』の劇世界で起こることは史実とみなされていたことの再現ではない。同じく、主人公のリチャード二世も史実のリチャードではなく、あくまでもシェイクスピアが作り上げた登場人物である。

『リチャード二世』の劇世界は、各種の年代記が伝える王位継承のトラブルを描いているが、この作品が歴史書とは異なるところは、シェイクスピアがトラブルの原因をかなり誇張していることである。王位交代の最大の原因はリチャード自身の失政にあるが、シェイクスピアはこの失政を、同時代の観客には致命的としか見えないものに作り変えていた。

ホリンシェッドの『年代記』の記述において最初に挙げられるリチャードの失政は、ロンドン市民から提案された「白地勅証」(blank charter) を受け入れ、同じものを全国に強制したことである。この「白地勅証」はシェイクスピア劇でもリチャード本人の口から言及されているが、シェイクスピア劇の場合、徴収人が強制上納の金額を自由に書き込めるというこの恐るべき勅証発行は、他ならぬリチャード本人によって、自分の途方もない浪費を埋め合わせる一策として考案されている。

ある歴史家の指摘によれば、リチャード最大の暴挙は、以前に相続を勅許状で認めていたにもかかわらず、ランカスター公爵領の相続権を公爵の長男ヘンリー・ボリンブルックから剥奪したことにある。[14] シェイクスピアもこの暴挙を再現しているが、現実世界のリチャードが曲がりなりにも不動産復帰の法的手続きに則って相続権剥奪を行ったのに対し、一五九〇年代の観客が目撃するリチャードは、その種の法的手続きなど一切お構いなく、臨終間際のランカスター公を訪れ、その死を確認すると即座に公爵領の不動産保有権の没収を宣告する暴君なのである。

一五九〇年代の観客たちにとってそれ以上の衝撃だったと思われるのは、彼らが何よりも嫌っていただろう寄付強制の濫発である。歴史用語で「強制融資」(forced loan) と呼ばれる、私的経済行為を装った非合法すれすれの課税手段が考案されたのが、まさしくリチャード二世の治世であり、この両刃の剣は、リチャード以降の国王によっても王室財政が逼迫するとしばしば利用され、ついには十七世紀半ばの革命を引き起こす最初のきっかけとなっていく。

ホリンシェッドの『年代記』も、「議会の同意なくして課税なし」という慣習の抜け道となるこの新たな課税手段に対しては大きな批判を投げかけていたが、シェイクスピアは一歩進んで(相当意地の悪いやり方だと思うが)、この裏道課税を、より観客の怒りを招くものに作り変えていた。

ウィロビー　白地勅書 (blanks) や善意寄進 (benevolences) などなど、知らぬ間に
毎日、新たな課税手段が考案されている (new exactions are devised)。
(『リチャード二世』二幕一場二四九―五〇行)

「強制融資」(forced loan) も「善意寄進」(benevolence) も名称の違いはあれ、いずれも議会の同意を経ない、恣意的な強制徴収である。ただ違いは、「強制融資」は形式上返済を前提として徴収されるのに対し、「善意寄進」の場合には返済意思すら表明されることなく、自発的な寄進を強制されてしまうことである。ちなみに歴史的にみて、「善意寄進」は「強制融資」の発展形であり、この名称が生まれ実際に行使されたのはリチャード治世のはるか後、エドワード四世治世(一四六一―七〇、一四七一―八三)の一四七四年のことになる。シェイクスピアが描くリチャード二世とは、あのエリザベス一世でさえ抜くことができなかった伝家の宝刀を、何のためらいもなく行使する独裁者なのである。(15)

退位後に語る独白からすると、リチャード二世その人にも、暴君もしくは非遵法者という意識があったように思われるが、在位中の彼にとって、国王とは「神に選ばれた代理人」、すなわち人間界の法や慣習を超えた存在に他ならない。この論理に従えば、(自然法に抵触しない限り)王国の法を守ろうが破ろうが国王は国王、臣下が国王を裁くことはありえない。

リチャード王　荒々しい大海の水すべてをもってしても、
聖別された国王の体から聖油を洗い流せはしない。
この世の存在に過ぎない人間どもの言葉が、
神に選ばれた代理人を廃することはできないのだ。

(『リチャード二世』三幕二場五四―五七行)

リチャードの暴政を目の当たりにしてきた観客たちにとって、そうそう納得できる台詞ではなかっただろうが、かといって、王国制度上、この考え方を真っ向から否定するのも困難だった。テューダー朝およびステュアート朝において、議会を開かずに（あるいは開いてもすぐ解散して）暴走する君主を抑制する法的歯止めは事実上なく、結局事態は、武力を背景とした二度にわたる国王の退位（チャールズ一世、チャールズ二世）まで行き着いてしまう。王国統治（政治）の面で、歴史劇の観客は、国王という制度上の存在を誰しも受け入れざるを得ないが、過去において、極端な暴走国王まで受け入れられてきたわけではないことに気づかされていた。

シェイクスピアの歴史劇は、材源となる年代記の演劇化という点では演劇版のテューダー朝礼賛物語である。ところが、シェイクスピアは歴史劇の世界に独自のフィクションを導入したり、あるいは公文書と年代記では十把一からげに扱われる「低い身分の者たち」（the mean sort）を数多く登場させ、印象深い台詞を語らせてもいる。王国所有権を基礎とする社会関係に注目し、国王によって統治される側の立場に立ってみると、歴史劇を上演した芝居小屋は、観客たちの間に暗黙の合意が形成される場になっていたように思われる――誰が王様になっても支持はする、大義がある限り対外戦争を起こしても支持はする、ただし、王国相続のトラブルと不必要な課税だけは絶対に勘弁して欲しい。シェイクスピア歴史劇の不気味なところは、統治される側の立場に立ってみると、圧制に対して許容できる限界が描かれているらしいことである。

注

（1） イングランドにおける不動産法の歴史については、以下を参照。J. H. Baker, *An Introduction to English Legal History* (Butterworths, 1990); A. W. B. Simpson, *A History of the Land Law* (Clarendon Press, 1986).「保有権」や「連

合法」など法律・歴史用語の訳語は『英米法辞典』(田中英夫ほか編、東京大学出版会、一九九一)、および『英米史辞典』(松村赳、富田虎男編著、研究社、二〇〇〇)を踏襲しているが、「善意寄進」(benevolence) など一部のものについては、訳し変えてある。

(2)　ホリンシェッドは「ヘンリー二世伝」の末尾で、イングランド生まれで英語を話す国王を「イングランド人国王」とみなすという、たいへん興味深い定義を提示している。詳しくは以下を参照。Raphael Holinshed, *Holinshed's Chronicles of England, Scotland, and Ireland*, 6 vols. (AMS Press, 1965), Vol. 2, p. 202.

(3)　J. B. Gohn, "*Richard II*: Shakespeare's Legal Brief on the Royal Prerogative and the Succession to the Throne," *Georgetown Law Journal* 70 (1982), pp. 943–73.

(4)　シェイクスピア歴史劇の引用はすべてアーデン版第二版に基づいている。訳はすべて筆者による。

(5)　E. M. W. Tillyard, *Shakespeare's History Plays* (Chatto & Windus, 1944). 本章の議論に即して言えば、どの王朝も王国所有権の法的根拠を相続権だけに頼れたわけではなく、H・A・ケリーが指摘するように、「ヨーク神話」もあれば「ランカスター神話」もあったことになる。以下を参照。H. A. Kelly, *Divine Providence in the England of Shakespeare's Histories* (Harvard University Press, 1970).

(6)　法律上の「帝国」の概念については、一五三三年の議会制定法 (24 Henry VIII, c.12) を参照せよ。

(7)　シェイクスピア時代における不動産保有権と社会階層の関係のついては、以下の同時代の記述を参照。Sir Thomas Smith, *De Respublica Anglorum*, ed. L. Alston (Cambridge University Press, 1906), The First Book, Chap. 16–23; William Harrison, *The Description of England*, ed. Georges Edelen (Cornell University Press, 1968), Chap. 5.

(8)　それぞれ立場は異なるが、一五三四年の議会制定法 (26 Henry VIII, c.10) の意義、およびテューダー朝における王室財政と課税の関係については、以下を参照。G.R.Elton, "Taxation for War and Peace in Early-Tudor England" in his *Studies in Tudor and Stuart Politics and Government*, 4 vols. (Cambridge University Press, 1974–92) Vol. 3, pp. 216–33; D. Alsop, "The Theory and Practice of Tudor Taxation," *The English Historical Review* 97 (1982), pp. 1–30; R. W Hoyle,

"Crown, Parliament, and Taxation in Sixteenth-Century England," *The English Historical Review* 109 (1994), pp. 1174–96.

（9） 32 Henry VIII, c.1. ただし、「騎士奉仕によって国王陛下の不動産を保有する者」の場合、自由に処分できるのは三分の二で、残る三分の一は国王に返却しなければならなかった。

（10） シェイクスピア時代のイングランド社会およびシェイクスピア劇における「相続権」(inheritance) と「長男子単独相続」(primogeniture) については、以下の辞典の当該項目に簡潔な解説が見られる。B. J. Sokol and Mary Sokol, *Shakespeare's Legal Language: A Dictionary* (Athlone Press, 2000).

（11）『あらし』における不動産相続のトラブルとその解決については、以下の拙論を参照してほしい。「シェイクスピアの最後の夢」(『英語青年』研究社、二〇〇六年三月号)、二六—二八頁。

（12） John Fortescue, *The Governance of England*, ed. C. Plummer (Oxford University Press, 1885), pp. 109–10.

（13） G. R. Elton, *The Tudor Constitution: Documents and Commentary* (Cambridge University Press, 1965), pp. 12–14.

（14） リチャード二世のランカスター公爵領の没収とその政治的な背景については、以下の論文が詳細な分析を行っている。C. Given-Wilson, "Richard II, Edward II, and the Lancastrian Inheritance," *The English Historical Review* 109 (1994), pp. 553–71.

（15） 「善意寄進」に関連する一連の情報を、本論は以下の論文に負っている。篠崎実「善意献金——歴史表象とアナクロニズム」(冬木ひろみ編『ことばと文化のシェイクスピア』早稲田大学出版部、二〇〇七)。

第五章　シェイクスピアの悲劇

加藤行夫

「悲劇」のリスト

一六二三年に出版された最初のシェイクスピア戯曲全集[1](第一《ファースト》・二つ折本《フォリオ》)では、目次のページに、「喜劇、歴史劇、悲劇の一覧(Catalogue)」として計三十五の作品名が挙げられている。このうち、「悲劇」の枠に入っているのは、『コリオレイナス』、『タイタス・アンドロニカス』、『ロミオとジュリエット』、『アテネのタイモン』、『ジュリアス・シーザー』、『マクベス』、『ハムレット』、『リア王』、『オセロー』、『アントニーとクレオパトラ』、『シンベリーン』の十一作品である。この記載順序は執筆年代を示すものではなく、また、この十一篇は今日われわれが「シェイクスピアの悲劇」とみなすものと過不足なく一致するというわけでもない。執筆順(巻末の年表を参照)からすれば、『アテネのタイモン』と『コリオレイナス』は最後にまわるべきだし、正しく「悲劇」に入るか否かという点では、ハッピーエンドの『シンベリーン』はきわめて疑わしい。なお、この目次ページに題名は出ていないが、全集の本体には「歴史劇」のすぐ後、「悲劇」の前の微妙な位置に『トロイラスとクレシダ』が入れられている。

そういった問題点を除けば、このリストは、古代ローマの劇作家セネカの影響を受けた『タイタス・アンドロニカス』を初期悲劇として、『ロミオとジュリエット』と『ジュリアス・シーザー』が十六世紀末に、そして世紀の変わり目から、『ハムレット』、『オセロー』、『リア王』、『マクベス』と、いわゆる「四大悲劇」が書かれ、『アントニーとクレオパトラ』、その他がそれに続く、という(後の研究で明らかにされた)実際の事情と大きくかけ離れるものではない。この全集編纂の時点、つまりシェイクスピアの死後数年にしてすでに、ある種の作品群を「悲劇」として括る感覚があったということ、そして、それはわれわれが現在それと認めるものとほぼ一致しているということ、その事実をまず確認しておこう。

「悲劇」というジャンル

ところが、エリザベス朝の初期においては、ある劇が「悲劇」であるかどうかということに共通の了解があったわけではなく、その定義について必ずしも明瞭に意識化されているとは言えなかった。(2) この全集が刊行される二十五年前、神学者フランシス・ミアズが評論集『知恵の宝庫《パラディス・タミア》』(3)で、「シェイクスピアの悲劇」として『リチャード二世』、『リチャード三世』、『ヘンリー四世』、『ジョン王』という、後に「歴史劇」として分類される四作品を数えている(その他、『タイタス・アンドロニカス』と『ロミオとジュリエット』を挙げているが、時期的にまだここまでしか書かれていなかった)。当時「歴史劇」と「悲劇」の境界線はあいまいで、同時代の劇作家トマス・ヘイウッドが『俳優弁護論』で述べたように、「混乱に始まり平和で終わるのが喜劇、静寂に始まり嵐で終わるのが悲劇(4)」という程度の大ざっぱな二分法ぐらいしかなかったのだ。

「悲劇(的)」(tragedy / tragic(al)) という語が劇のタイトルに入ることは多くあったが、それは作品全体のテーマなり印象なりを統括的に表わすものであるより、個別の登場人物(主人公であるとは限らない)の境遇について、単にその悲惨さを表現している場合がほとんどだった。それはシェイクスピア劇についても同じで、生前に出版された四つ折本《クオート》のタイトルを見ると、たとえば、歴史劇の『ヘンリー六世・第三部』が「ヨーク公リチャードの悲劇……」となっていたり、その『第二部』では長いタイトルの末尾部分に「……およびウィンチェスター卿の悲劇的末路」と付されていたりする。一方、『リア王』のタイトルは、「リア王の生と死、その年代記 (Chronicle History)」(第一・四つ折本《ファースト・クオート》)とあって「悲劇」とは記されていない。

この時期の「悲劇的」という形容詞は、「哀れな」(lamentable［原義は「涙を誘う」］)とほぼ同義で、現実の悲しい事件に遭遇した人物に与えられると同等の憐憫を表現する否定的なことばだった。逆に言えば、一般大衆から劇作家、文人貴族に至るまで、「悲劇」を、虚構形式としての演劇作品が観客に与える特殊な、そして肯定的な(「感動」、「歓喜」、「昂揚」といった)情感に関わるものとは考えていなかった。こういった事情をあわせ見ると、一六二三年の戯曲全集の「一覧」が「悲劇」を一つの独立したジャンルとして扱い始めていたという点はあらためて注目に値する(とはいえ、ここに『シンベリーン』が入っているという事実は、おそらく、ヒロインであるイモジェンらの「悲しい」受難のエピソードに焦点を合わせたためで、その意味では旧来のあいまいさが依然として混在していることになる)。

「悲しい劇」としての「悲劇」

実際、元をたどれば、「悲劇」とは「悲しい劇」のことだった。ジェフリー・チョーサーの定義がそれを端的に表わしている――「悲劇とは、かつては栄華を極めた者が、高位より失墜し、非業の最期を遂げる物語」。そして、それは同時に「教訓」でもあったと続く――「栄華を頼むことなかれ、栄枯盛衰の真実をもって銘ずべし」(『カンタベリー物語』(5)「修道士の話」一三八七―一四〇〇)。チョーサーのこの悲劇観は、ジョヴァンニ・ボッカチョによる『名士列伝』(6)(一三五五―六〇)の記録に基づいており、それをジョン・リドゲイトが翻訳した『王侯衰亡記』(7)(一四九四)、およびその続編としてウィリアム・ボールドウィンらによって書かれた『為政者の鑑』(8)(一五五九)へと「悲劇」のストーリーが引き渡され、シェイクスピア劇(『リチャード三世』、『リア王』など)に豊かな材源を提供した。ヘイウッドの定義がそれに念を押す――「悲劇は、誠意の成果と悪事の末路を見せることで、人間性と善行を説き、礼節と品行を教える」(『俳優擁護論』)。

「失墜」と「教訓」という初期の悲劇観に従ってシェイクスピア悲劇を見れば、それはそれで矛盾なく当てはまるのは確かだ。たとえば『ジュリアス・シーザー』では、将軍キャシアスの巧妙な勧誘に引き込まれ、揺れ動きながらもシーザー暗殺を実行したブルータスが、その直後アントニーによって煽動された民衆に追われてローマから逃亡し、アントニーの軍勢を前に自害する――この物語の少なくとも表面的な事実関係から見て取れるのは、主人公ブルータスの完膚なきまでの敗北にほかならないだろう。同じく、デンマーク王子ハムレットも、ブリテン王リアも、ヴェニスの将軍オセローも、悲劇の主人公はなべて高位の地位を失って死に至り、わけてもマクベスの悲劇は、王位簒奪という大罪の報いを受けて誅殺された教訓譚として読めるのは間違いない。

しかし、「シェイクスピアの悲劇」は、それだけのものなのだろうか。われわれの知っているあの深い「感動」は、悲惨な「失墜」と厳格な「教訓」などから生ずる類のものなのだろうか。

「教訓」から「賛美」へ

初期悲劇のなかで最もよく知られた『ロミオとジュリエット』を例にとって考えてみよう。この作品が材源としているアーサー・ブルックの物語詩『ロミウスとジュリエットの悲劇的物語』(9)(一五六二)は、こう始まる——「二人は道ならぬ情欲のとりこになり、両親の権威と友人の忠告をないがしろにし、迷信的な修道士に重大な意見を求め、みだらな生活のために不幸な死へと急ぐことになった」。親の言いつけを守らない子どもはこういう悲惨な目にあうことになる、というこの「教訓」は、だが、二人の恋人が死に、三千行にも達する物語が終わりに近づくころになると、いつしか様相が変わっている。殺人の嫌疑で捕らえられたロレンス修道士が、君主と裁判官の前で事の次第を長々と語り、「二人の愛は極めて強く、堅い誠意で結ばれていたのです」と締めくくる、すると、それがそっくりそのまま語り手の文になって、「みなの賞賛を受けたこのすばらしい愛の記憶が決して消え去ることがないように」と、二人の遺体が大理石の高い墓に埋葬されて物語は閉じられてしまうのだ。

この物語がタイトルで「悲劇」と謳っている意図は、明らかに最初は、愛におぼれた恋人たちの非業かつ自業自得の死にざまに対する叱責ないし呵責だったはずだ。ところが、彼らの愛が綿々と語られるうち、教訓が責める「悪事」は周囲の者たちだけに転嫁され(隠しごとをした乳母は追放、毒薬を売った薬屋は絞首刑)、当の二人はその純粋な愛のために最大限の賛辞が与えられることになる。それでもこれが「ロミウスとジュリエットの悲劇」として受容されたのなら、当然ながら「悲劇」の意味は、当時においてすでに古い時代のものとは大きく切り変わりつつあったと考えざるを得ないだろう。

そして、ブルックから約三十年、同じく「悲劇」とタイトルに付されたシェイクスピアの『ロミオとジュリエット』からは「教訓」の意味がほとんど消失してしまっている。愛に対する賛美は絶対的となり、二人を助けた者たちに何らの罰も加えられない――薬剤師はもちろん、乳母も劇の終幕には姿を現わさず、関わりすぎて失敗したロレンスは、すべてを明らかにしたあとも、「あなたの徳の高さはかねがね聞き及んでいる」(五幕三場)と君主の信頼を受けるのみ。そして、ブルックでは大理石の墓だった記念碑が、シェイクスピアでは愛の純粋さを象徴する純金の像に格上げされ、劇は美しく終わる。

「愛」の「悲劇」

しかし、これがどうして「悲劇」なのか。通俗的な理解では、モンタギューとキャピュレット両家の宿怨が悲劇の元凶ということになっており、事実、わずか十四行のプロローグで、「親たちの争い」、「親たちの怒り」、と「親」の責任が繰り返しあげつらわれ、それを「子どもたちの死」が償ったと語られる。しかし、何より見てとらなければならないのは、ブルックにとっての教訓(「子どもが悪い」)が結局は霧散してしまうのと同じく、シェイクスピアの枠組み(「親が悪い」)も物語の内実にとってはさほど意味をなしていないということである(たとえば、キャピュレットはロミオの宴会侵入を黙認している)。

ならば、何が悪かったのか。これも早々にプロローグで宣告されたように、「星の巡り合わせが悪い」、つまり「運が悪かった」ということはある。しかし、カタストロフィに向かういくつかの転向点のうち、運命という名の偶然によるのではない重大な事件がただ一つあった。それは、友人マーキューシオを殺されたロミオが、やむにやまれぬ怒りに駆られてジュリエットの従兄ティボルトを殺してしまったことだ。そのときですらロミオは、「運命に弄ばれる阿呆」(三幕一場)と嘆くのだが、われを忘れて逆上してしまったとは言えても、決していわれなき狂気に襲われたのではない。ロミオが怒りに突き動かされたのは、マーキューシオに対する友情のゆえで、抑えられなかった激しい憤りは、友への思いがそれだけ深かったことを証している。そして、このような友情は、その志向性の強さにおいてジュリエットへの愛情と等価なのだ。つまり、ロミオがジュリエットを深く愛していたことと、ティボルトを殺さざるを得なかったことは、まったく同一の人物から等しく必然的に生ずる行為だった。この「悲劇」の元凶は、したがって、他の何ものでもない、激しい愛それ自体ということになる。では、われわれは、ロレンスの「ほどほどに愛せよ」（二幕四場）という警句をこの劇の「教訓」と受けとめるべきなのだろうか。

いや、ロレンスの世間智はロミオとジュリエットの愛を際立たせる背景でしかないだろう。劇を見るわれわれ観客の意識は、もはや世間の価値基準のなかにはなく、ひたすら舞台上の人物の「生の輝き」に集中しているのだ。エドワード・ダウデンがいみじくも言ったように、「シェイクスピアが抱いている悲劇の主題は、物質的な繁栄や失敗のことではなく、処世の技に関わるものよりも高い次元を達成できるか否かということである。ある状況のもとで死ぬことは、生きることよりもはるかに崇高な喜びであるかもしれないのだ」（『シェイクスピア——精神と芸術の批評的研究』(10)）。この悲劇観は、何より、「教訓」で固められた否定的な世界から歓喜あふれる肯定的な世界へと「悲劇」を解き放った。二人は愛に生きた、そのことが死という現実を超えて深い感動を与え、その感動こそ、新しい時代の悲劇意識の内実を成すのだ。

「四大悲劇」における「性格」

このダウデンのロマン主義的シェイクスピア批評を受け継ぎ、二十世紀に入って一大悲劇論（『シェイクスピアの悲劇』(11)）を樹立したのがA・C・ブラッドリーである。彼は『ロミオとジュリエット』を「未熟」と断じ、生贄、陵辱、流血、殺戮に満ちた、ひたすら残酷なだけの復讐劇『タイタス・アンドロニカス』をシェイクスピア的な悲劇とはみなせないと排除し、劇の形式面や主題の諸相を超えて抽出される「純粋な悲劇」として四篇を残した。それは、後に「四大悲劇」と称される『ハムレット』、『オセロー』、『リア王』、『マクベス』だが、各篇に共通した論述の視点は、主人公の「性格」を徹底して探ることである。それというのも、ブラッドリーによれば、シェイクスピアの悲劇は人間の「行為」がその主要素となって進行し、その「行為」は「意志」によってなされ、「意志」は「性格」から引き起こされるのだから、ということになる。そして、これら四つの悲劇の主人公たちは、みなそれぞれに特異な「性格」を有しており、並みの人間を超えた偉大さを持ちながら、内的葛藤に重く苦しんでいる。その論調は、ときに神学的、ときに哲学的なものだが、生きることと死ぬことの暗鬱な実相を語るという点では「悲劇」を明らかに否定的な局面においてとらえていると言ってよいだろう。

シェイクスピア批評史のその後の展開のなかで、ブラッドリーのこの方法は「性格批評」として批判されることになる。劇中の登場人物をあたかも生身の血肉を備えた人間であるかのように扱うのは誤謬で、「マクベス夫人に子供は何人いたか?」(L・C・ナイツによるブラッドリー批判論文のタイトル)[12]などと詮索するのは無意味というわけだ。もちろん、作品のなかに書き込まれていないことまで思い巡らせるのは危険な営為なのだが、しかし、いかに虚構とはいえ、舞台の上には確かに「人間」がいるわけで、そのキャラクター(character「登場人物」/「性格」)造型を考えることに意味がないはずはない。ブラッドリーからすでに百年が経ち、「性格批評」の意義と方法を新たに考え直そうとする気運もある。[13]

「悲劇」を成立させる「意志」

ただ、ここでは「性格」には急がず、ブラッドリーがその一歩手前に述べた「意志」というキーワードで「四大悲劇」を見てみよう。考えてみれば、われわれが『ロミオとジュリエット』に感動したのも、死をも厭わなかった愛という明瞭な「意志」のかたちが確認できたからだった。強い「意志」の存在、そこに光を当てれば、「悲劇」の明るく肯定的な局面が立ち現れてくるのではないか。

『リア王』は、「真実を知ろうとする意志」のドラマと言えよう。主人公リアは、三人の娘への愛情テストによって、「だれが父を最も愛しているか」（一幕一場）を知ろうとした。その愚行に気づかず、本当の愛を逃してしまい、やがては正気をも失う。すべてをなくして、ようやく自分が「愚かな老いぼれ」（四幕七場）に過ぎないという真実の姿を知り、末娘コーディリアに謝罪する、が、その直後彼女は惨殺され、再び狂気のなかにさまよい出す。しかし、認識への強い意志は決して途絶えず、「目がかすむ、ケントではないのか？」（五幕三場）と、長く付き添っていてくれた忠臣に必死のまなざしを向ける。そして、すでに息せぬコーディリアの口元に生気の幻覚を見て、「見ろ、これを見てみろ」（二つ折本のみ）と歓喜のなかでこときれた。リアの視線は最後のところで対象に行き着かなかったが、それゆえにこそ、この「知ろうとする意志」の気高さが観客のなかに深く刻まれるのだ。

『オセロー』は、「愛しすぎた意志」の悲劇だろう。イアーゴーの巧妙な奸計にだまされたとはいえ、貞淑な妻を殺してしまうとは、いかにも愚か。すべてを知ったあとの自害も直前の長台詞も、なにひとつ彼の愚かさを救うものとはならない。その最期を見届けた周囲の者たちは、口をそろえて「無謀な犬死に」（五幕二場）を嘆くのみ、やむを得なかったと慰めるわけでもなく、主人公の絶望的な悲哀を共有するわけでもない。かくも孤独に死んでいったオセローだが、しかし、その生は観客のなかでは一挙に肯定されるのだ。価値の逆転をもたらす鍵は、「めったに嫉妬したことがない」男が「愛することを知らずして愛しすぎた」（五幕二場）というオセロー自身の台詞にある。愚かだった、馬鹿だった、愛を賢く処することができなかった、何も見えないほど愛におぼれてしまった――だからこそ、その愛は限りなく「純粋」なのだ。「愛しすぎた意志」の崇高さを、最後に観客だけが理解するのである。

『マクベス』は、「悪を極める意志」に取り憑かれている。この主人公も、終幕で他の登場人物たちに一斉に「極悪非道」と糾弾され、その転落と斬首が喝采される。マクダフが「ここに暴君あり」（五幕一〇場）と面罵したように、マクベスは謀反人と命名されて死んだが、それゆえにこそ彼は確固たる存在として生きたことになる。ここで問われているのは現実世界の善悪やモラルではない、名づけ得る何者かであったか否かということなのだ。マクベス夫人の死に臨んで、「明日、そしてまた明日、そしてまたその明日」と続く人生に「意味するものは何もない」（五幕五場）と悟ったマクベスにとって、「悪人」とは迷妄の果てに獲得した最大の称号なのだ。

これら三篇の悲劇に共通するのは、主人公が舞台上の第三者によって賞賛されることは決してなく、むしろ嘆き、侮蔑、断罪といった、感動からはほど遠い情感に包まれながら、その実、観客の意識のスクリーンには主人公の鮮烈な「意志」が投影されるように仕組まれているという点だろう。死によって生の輪郭が明瞭になり、そのなかではっきりと「かたち」を与えられた強靱な「意志」の存在こそが、われわれ観客にとっての羨望であり、見果てぬ夢なのだ。

だが、『ハムレット』は難しい。主人公の意志的行動の目的は「復讐すること」であるはずなのだが、多すぎる逸脱や逡巡の背後からそれがなかなか見えてこないのだ。異常なまでに自意識的な彼は、行動できない、わからない、ということを観客に向かって繰り返し告白する。そのとき観客が実感するのは、何かに向かう「意志」ではなく、行為から切り離された「意志」そのものの孤立状態なのだ。リアが「見えない」ことで「見る意志」を顕在化させたように、逆説的な反転現象がここでも起こっている。他の三悲劇に共通して見られた直截な「意志」の存在は、こと『ハムレット』に至って、行動できない「意志」それ自体がグロテスクなまでに肥大し、観客だけに特権的に共有される。こういった「ハムレット体験」は、もはや端正な「悲劇」の枠組みに収まらず、劇であることの虚構を暴いた劇ならぬ劇、つまり「メタドラマ」の世界へとわれわれを導く。

暴虐な運命、果敢な闘い、自己認識、輝く生、そして従容《しょうよう》たる死、という自己完結的な古典悲劇と比べれば、シェイクスピアの「四大悲劇」はどれもその範疇から外れている。劇の外、つまり観客の意識のなかで完結するという意味で、それらは程度差こそあれみな「メタドラマ的」なのだが、それゆえに新しい近代悲劇として深い説得力を持つとも言えるのだ。(14)

「悲劇」の「すれ違い」

「シェイクスピアの悲劇」はそれからどうなったか。気前のよさゆえに財産を使い果たし、かつて恩恵を施した友人たちに助けを求めても断わられ、人間不信に陥った『アテネのタイモン』の主人公は、森の洞窟にこもって埋蔵金を発見するも身近な者たちに分け与え、再び寄ってくる友人たちを罵りながら死んでゆく、その人物像は説得性に欠け、したがって「悲劇」としての完成度は低い(作品自体が未完という説もある)。祖国ローマのために闘い、しかし市民の反感を買ってローマから追放され、宿敵とともにローマを攻撃し、母や妻に説得されて和解するが、宿敵によって刺殺されるという『コリオレイナス』の主人公は、何らの自己認識を得ることもなく、ひたすら直情的なだけのその姿から深い悲劇性は感じられない。

『アントニーとクレオパトラ』は、『ロミオとジュリエット』の十数年後に書かれた同じく「愛の悲劇」だが、すでに若くはない二人の「意志」はことごとくすれ違う。最終場にもならないうちに、女王が死んだとの誤報を受けて、アントニーは「恋人のベッドへ急ぐように」(四幕一五場)みずからの剣の上に身を投げてしまう。すると二階舞台に登場し、瀕死のアントニーを見下ろすクレオパトラ、「最後のキスを」と恋人に乞われるも、「できませんわ」と動こうとしない。そして、アントニーの身体が綱で引き上げられると、追い打ちをかけるように、「(魚釣りをして)遊んでいるみたい」とクレオパトラが戯れて、深刻なはずの場面を茶化してしまう。さらに、アントニーの死の直後、悲嘆のあまり倒れたクレオパトラが、「亡くなってしまわれた」と悲しむ侍女たちを後目にまた起きあがる、と一連の場はあたかも「悲劇」のパロディとしてしつらえられたかのようだ。この劇の材源であるプルタルコスの『英雄伝』では、クレオパトラは、侍女とともに必死にアントニーを引き上げ、ベッドに彼を寝かせてからも、「彼の不幸を憐れむあまり、彼女自身の不幸はほとんど忘れていた」とあって、二人の恋人たちの一心同体性を強調こそすれ、シェイクスピアの悪ふざけはいささかも見られない。

『ロミオとジュリエット』においても、ジュリエットが死んでいると思い込んでロミオが毒を仰いだ直後にジュリエットが目覚めるという「すれ違い」はあったが、それはむしろ二人の愛を際立たせる効果を持っていた。しかし、『アントニーとクレオパトラ』のこの「すれ違い」の距離は、あまりに大きすぎて悲劇性を損なっている。

その距離が致命的なまでに深刻となるのは『トロイラスとクレシダ』だろう。トロイ戦争のさなか、トロイの王子トロイラスは、彼を裏切り、ギリシアの将軍ダイオミーディーズに心を寄せるわが恋人を「クレシダであってクレシダでない」(五幕二場)と分裂した気持ちのまま、しかし想いを断ち切ることができない。パンダラスを通じて渡されたクレシダの恋文を彼は「心のない、ただのことば」（五幕三場）と破り捨てるが、未練は捨てきれない。そして、「離ればなれになるはずもないものが、天と地よりもはるかに大きく別れてしまった」（五幕二場）という索漠たる気持ちのまま、トロイラスはダイオミーディーズと戦うが、いつまでたっても勝負がつかず、クレシダがその後どうなったかもわからない。恋愛劇として見たときに、この「すれ違い」は、愛する「意志」の消失にほかならず、『トロイラスとクレシダ』をもって「シェイクスピアの悲劇」は終焉を迎えたことになる。

注

（1） Charlton Hinman, ed., *The Norton Facsimile: The First Folio of Shakespeare* (W. W. Norton, 1968).

（2） Lawrence Danson, *Shakespeare's Dramatic Genres* (Oxford University Press, 2000); Michael Mangan, *A Preface to Shakespeare's Tragedies* (Longman, 1991).

（3） Francis Meres, *Palladis Tamia: Wit's Treasury*, ed. Arthur Freeman (Garland, 1973).

（4） Thomas Heywood, "An Apology for Actors," *The English Stage: Attack and Defense, 1577–1730*, ed. Arthur Freeman (Garland, 1973). 訳文は拙訳による。以下同様。

（5） Geoffrey Chaucer, *The Canterbury Tales*, ed. by Walter W. Skeat (Oxford University Press, 1906).（笹本長敬訳『カンタベリー物語』英宝社、二〇〇二）

（6） Giovanni Boccaccio, *The Fall of Princys Princessys and Other Nobles*, English Experience 777 (W. J. Johnson, 1976; Reprint of the 1494 ed., London).

（7） John Lydgate, *Lydgate's Fall of Princes*, Early English Text Society, Extra series; No. 121–24, ed. Henry Bergen (Oxford University Press, 1967).

（８） William Baldwin, *The Mirror for Magistrates*, edited from Original Texts in the Huntington Library by Lily Bess Campbell (Barnes & Noble, 1960).

（９） Arthur Brooke, *Brooke's 'Romeus and Juliet' being the original of Shakespeare's 'Romeo and Juliet.'* (*The Tragicall Historye of Romeus and Juliet.*), ed. J. J. Munro (Chatto and Windus, 1908).（北川悌二訳『ロウミアスとジューリエット』北星堂書店、一九七九）

（10） Edward Dowden, *Shakespeare: A Critical Study of His Mind and Art* (Routledge and Kegan Paul, 1875).（宮本和恵・宮本正和訳『シェイクスピア――精神と芸術の批評的研究』こびあん書房、一九九四）

（11） A. C. Bradley, *Shakespearean Tragedy: Lectures on Hamlet, Othello, King Lear, Macbeth* (Macmillan, 1904).（中西信太郎訳『シェイクスピアの悲劇』岩波文庫上・下巻、一九三八、三九）

（12） L. C. Knights, "How Many Children Had Lady Macbeth?: An Essay in the Theory and Practice of Shakespeare Criticism," *Explorations: Essays in Criticism Mainly on the Literature of the Seventeenth Century* (Chatto & Windus, 1946).

（13） 代表的な研究として、John Bayley, *Shakespeare and Tragedy* (Routledge & Kegan Paul, 1981).

（14） 加藤行夫「『ハムレット』は悲劇か――「四大悲劇」と観客の意識」（青山誠子編著『ハムレット』ミネルヴァ書房、二〇〇六）

第六章　シェイクスピアの詩

篠崎　実

詩集出版の時代

シェイクスピアの主要な詩作品は、二篇の物語詩『ヴィーナスとアドーニス』、『ルークリース凌辱』と、恋愛ソネット連作『ソネット集』とそれに併録された悲嘆詩『恋人の嘆き』である。これらを統べるのは、性愛への関心と、隠された宝石と秘密という主題である。本稿は、そのことに着目し、彼の詩を、詩の出版を取り巻く近代初期イングランドの文化状況という文脈のなかに定位していく。

エリザベス朝恋愛詩における隠された宝石の形象がもつ文化的意味を考える枠組みを示してくれるのは、パトリシア・ファマートンが語る、エリザベス一世の重臣サー・ロバート・セシルが書いた詩をめぐる、次のような逸話である。あるときセシルは、女王の前で歌手に唄わせようと詩を書いた。女王の他の者への寵愛に嫉妬せず、現在の待遇で満足している、ということが内容の一部だった。シュルーズベリー伯にその詩の手稿と執筆事情を説明する手紙を送ったウィリアム・ブラウンによれば、この詩は次のような経緯によって書かれたという。セシルの姪に当たるダービー伯夫人の胸もとに下げられたロケットを見とがめた女王が、なかの細密画を見せるよう求めると、彼女はそれを拒む。女王が無理矢理奪いとって蓋を開けると、セシルの似姿が入っていた。これが執筆事情に関するブラウンの「説明」なのだが、ここからは伯爵夫人が下げていた伯父の細密画を見た女王の反応も、セシルが詩を書いた目的もわからない。彼は「すべて秘密だと聞いている」ため他のだれにも詩を送っていないと言うが、その手紙も秘密を伝えてはいない。ファマートンは、そこに注目し、秘密を示すようでいて、その実、隠蔽に終始する恋愛ソネットと細密画に近代初期イングランド文化の美学を見出す。細密画は、王侯たちの屋敷の奥に位置する私室の飾り箪笥にしまわれ、親密さの儀式として客人に見せられるが、そのことで心のうちがさらけ出されることはない。恋愛詩も、同様に愛の秘密を語ることはないというのだ(1)。

だが、ファマートンは、エリザベス朝恋愛詩に関わる重要な文化的要素を見落としている。そのことを端的に示すのが、作者サー・フィリップ・シドニーの死後一五九一年に出版され、ソネット集流行の端緒を開いた『アストロフェルとステラ』初版の序文で、原稿調達者トマス・ナッシュが、作者生前には少数の者しかその手稿を見られなかったこの詩集の出版について、「貴婦人の宝石箱に閉じこめられた」宝石を外に出すという比喩を用いていることだ(2)。シュルーズベリー伯とは違って、執筆事情にたいする好奇心を満たそうとつとめてくれる特別な情報源をもたない一般大衆に、詩とその執筆に関する情報をもたらすのは印刷本の詩集で、上流階級の秘密にたいする庶民の好奇心が恋愛詩出版の流行を支えていたのだ。

イングランドにおいて十六世紀後半は、詩の公表方法の過渡期だった。ウィリアム・キャクストン(一四二一？―九二)による印刷術導入から一世紀以上が過ぎてはいたものの、特に個人的感情を扱う抒情詩に関しては、上流階級のあいだでその印刷出版を忌避するいわゆる「印刷の汚辱」意識が根強く、シドニーら宮廷詩人たちの詩は身近なサークル内で手稿回覧によって受容されていた。だが、出版業者たちは、上流階級の恋愛模様にたいする庶民の好奇心を当てこんで、そうした詩を集めて雑録詩集として出版することから始める。さらに、一五九〇年代には、前述『アストロフェルとステラ』の死後出版が、個人詩集の出版に道を拓き、作品の出版を目的とする職業詩人の活躍が顕著になりはじめる。(3)

作者名の頭文字しか示さず、他の詩人の詩もおさめ雑録詩集として出版されたシドニーのソネット集初版の出版形態は、当時どんな仕掛けが庶民の好奇心を刺激したのかを示している。一方、匿名出版されたジョージ・ギャスコインの作品集『百花繚乱』(一五七三)所収の詩物語「F・J氏の冒険」は、こうした好奇心が創作にも影響を与えたことを物語る。ギャスコインは、主人公F・Jと夫をもつ貴婦人のあいだに交わされた詩にそれらの執筆事情を織りまぜて紡ぎだした、この愛と嫉妬の物語の冒頭に、A・B、H・W、G・Tという署名つきの、出版事情を説明する三つの虚構の序文を置き、G・Tが詩を集めて制作した雑録手稿を借りたH・Wが、無断でA・Bに出版させたものという体裁を与えている。(4)こうして雑録詩集という形式から小説の原型とも言える詩物語を生みだした彼は、読者の興味を刺激する出版者の戦略を創作に利用しているのである。

シェイクスピアの詩が置かれた文脈とは、このように、上流階級の「印刷の汚辱」意識が根強いなか、書籍商と詩人たちが貴人の秘密を売り物に恋愛詩集の市場を開拓しているという状況だったのだ。フランシス・ミアズの評論集『知恵の宝庫《パラディス・タミア》』(一五九八)の、「親しい友人たちに読まれている甘い『ソネット集』(*Sonnets*)」(5)という証言から、われわれは『ソネット集』を手稿文化と直結させがちだ。だが、そのまとまった手稿は存在せず、ミアズがそれを印刷本の『ヴィーナスとアドーニス』、『ルークリース凌辱』と並べていること、そして、この証言が印刷本でされていることの意味を考えなければならない。そのことを念頭に置き、人目をはばかる秘め事や心の奥にしまわれた感情などといったものがシェイクスピアの詩で主要な主題となっていることの意味を考えていくことにしよう。

『ヴィーナスとアドーニス』

二作の物語詩の執筆時期は、ロンドン市当局と劇団の対立と疫病流行によって演劇興行が禁じられた一五九二年六月二十三日から九四年六月三日までの期間である。だが、だからといって、出版目的の詩の執筆が不承不承のものであったとか、シェイクスピアの創作活動において周辺的であったということにはならない。両作に見られる、サウサンプトン伯ヘンリー・リズリーへの詩人による署名つき献辞は、詩人に出版の意図があったことをうかがわせる。また、ウィリアム・シェイクスピアという名が戯曲の標題頁を飾ることは九七年出版の『リチャード二世』までなく、彼の名を印刷本読者にはじめて示したのはこれら物語詩だった。

さらに、『ヴィーナスとアドーニス』は、印刷本市場にはぐくまれたオウィディウス風物語詩というジャンルに属する。劇場で活躍する若い詩人たちが、トマス・ロッジ作『スキュラの変身』(一五八九)を嚆矢とするこのジャンルを用いて、印刷本というあらたな場で才能を示したのだ。彼らは、先行作品の細部として使われたオウィディウス作『変身物語』所収の神話を題材としてあらたな詩を書き市場をにぎわせた。シェイクスピアは、マーロウの『ヒアローとリアンダー』(一五九八)冒頭の、ヒアローのガウンの袖に描かれた図柄に想をえたようだ。[6]

シェイクスピアは、この詩で、『変身物語』第一〇巻所収の美神ウェヌスと美少年アドーニスの物語に二つの変更を加えている。少年が女神の求愛を拒絶することと、原話で大きな部分を占める、女神が語るアタランタとヒッポメネスの物語の省略である。それにより美神の美少年への求愛が詩の中心となり、読者のエロティックな興味を惹きよせることになる。

　読者を惹きよせたのは、女神が美少年を押したおし、自身の身体を猟苑に、相手をそこで草をはむ鹿に喩えながら誘惑する、次の部分である。

「お馬鹿さん」と彼女は言う、「こうしてあなたを囲いこんでしまった、
この象牙色の囲いのなかに。
私が猟苑となるから、あなたは私の鹿となるのです。
好きなところで食べてちょうだい、山でも、谷間でも。
私の唇で草をはみ、その丘が乾いていたら、
下のほうに行くのよ、快楽の泉があるから。

「この辺りには、食べるものはいくらでもあるわ、
香りたつ下草や歓びの高台、
こんもりとした小山や翳になった茂みなんかが、
そのなかに入れば嵐や雨もしのげるわ。
だから、私の鹿になって。こんなに素晴らしい苑なのだから。
犬たちにあなたを追わせはしないわ、いくら吠えたてても。」

（二二九―四〇行）[7]

少年を鹿に擬えるこの箇所は、秘密という文脈で当時大きな意味をもっていた、狩りの途中、沐浴するディアーナの裸身をかいま見て、鹿の姿に変えられ、自分の猟犬に喰い殺されたアクタイオーンの神話を喚起する。ヴィーナスとアドーニスが、ディアーナとアクタイオーンに重ねあわされるのだ。このことは読者の体験について深い示唆を与えてくれる。アクタイオーン神話は当時「君主の秘密を知ること」[8]の寓意とされるが、これはエリザベス一世＝ディアーナの同一視に由来する。とすると、ヴィーナスの裸身をかいま見た読者は、同時に、女王の秘密に触れたような錯覚にとらわれることになる。事実、この詩の最初の証言者は、ヴィーナスを女王とみなしている。その人物とは、女王とその重臣たちに支離滅裂な請願や警告の手紙を送りつづけた狂人ウィリアム・レノルズである。彼は、女王が自分を誘惑して、狂気をあばき立てるために『ヴィーナスとアドーニス』を出版したと考えたのだ。[9]エロティックな幻想と政治的謀略の妄想が絡みあうこの読解が狂人の夢想であったことは重要だ。この詩がエリザベスについて語るものと思えるとすれば、それは女王を好色な年増女と考える読者の幻想に過ぎない。だが、献辞つきという出版形態は、唯一の、本来の読者へのメッセージの存在を読者に期待させる。ヴィーナスの裸身と同時に女王の秘密をかいま見たような錯覚に読者を誘うこの瞬間は、エリザベス朝性愛文学とシェイクスピアの詩の、いわば「秘密の詩学」のありようを示す特権的瞬間と言える。

『ルークリース凌辱』

「より真剣な労苦の産物」(『ヴィーナスとアドーニス』献辞、一二行)たる『ルークリース凌辱』は、皇帝追放と共和制成立のきっかけとなったとされる、ローマ皇帝タルクウィニウス・スペルブスの息子セクストゥスによるタルクウィニウス・コラティヌスの妻の凌辱という歴史的事件を扱った詩である。この詩で顕著なのは、飾り箪笥に隠された宝石と書物の出版という二つの主題である。その読解は、強姦者タークウィンとの同一化によって読者をエロティックな世界に引きこみ、梗概が約束する政治的意味を置きざりにする、本作の性愛文学特有の過程を明らかにする。

読者は、詩の冒頭で、コラタインによる美しい妻ルークリースの貞淑ぶりの吹聴を「鍵を開けて宝物を見せた」とする比喩に出会う（一六行）。この比喩は、タークウィンの「差しだされた報酬が素晴らしい宝物であるとき」（一三二行）だれもが死を忘れるとの独白や、「それほどの宝があるのだから、だれが難船を恐れようか」（二八〇行）という自問、さらには、凌辱されたルークリースが決意した死を「宝が盗まれたあとで、それが入っていた罪のない小箱を焼くという、救いにならない救い」（一〇五六―五七行）と呼ぶ独白で反復される。また、彼女の部屋を表わす 'cabinet'（四四二行）は、「飾り箪笥」をも意味する。

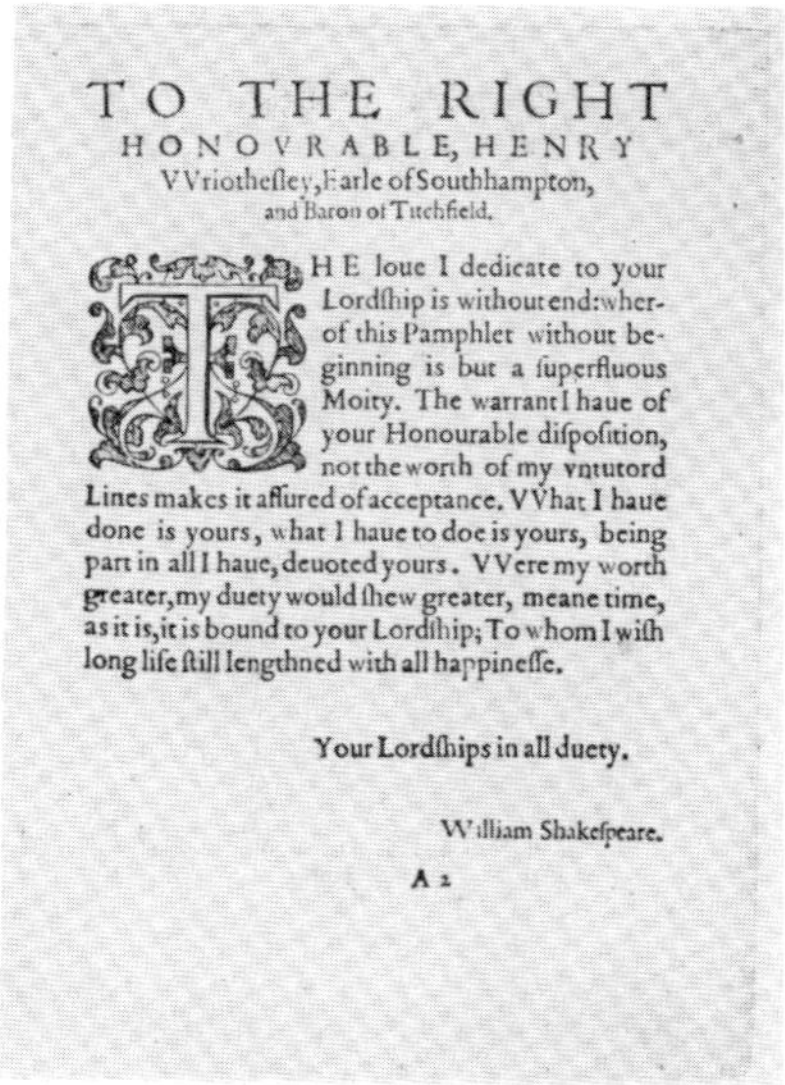
TO THE RIGHT
HONOVRABLE, HENRY
VVriothesley, Earle of Southhampton,
and Baron of Titchfield.

THE loue I dedicate to your Lordship is without end: wherof this Pamphlet without beginning is but a superfluous Moity. The warrant I haue of your Honourable disposition, not the worth of my vntutord Lines makes it assured of acceptance. VVhat I haue done is yours, what I haue to doe is yours, being part in all I haue, deuoted yours. VVere my worth greater, my duety would shew greater, meane time, as it is, it is bound to your Lordship; To whom I wish long life still lengthned with all happinesse.

Your Lordships in all duety.

William Shakespeare.

A 2

図９『ルークリース凌辱』の献辞

この比喩は、ルークリースの部屋に忍びいるタークウィンの歩みにそって、読者を彼女の裸身へと導く。彼が部屋のなかに入り、彼女の姿がその目に入ると、身体描写《ブレイズン》（三八六―四二〇行）が展開し、読者の眼差しを凌辱者のそれと一体化させる。この身体描写の、手を百合とデイジー、頬を薔薇、目をキンセンカに喩える花の比喩（三八六―九九行）から胸を象牙、静脈を青金石《ラピスラズリ》、肌を雪花石膏《アラバスター》、唇を珊瑚に擬える宝石の比喩（四〇七―二〇行）への移行は、その視線の向かう先を明瞭に示す。飾り箪笥のなかの宝石が読者を誘惑するのだ。サー・ジョン・サックリングの詩「ウィリアム・シェイクスピア氏の不完全な原稿への補遺」はこの部分への読者の惑溺を示す事例であり、「百合のような手が薔薇色の頬 (her rosy cheek) の下に置かれ／枕から当然の権利であるキスを奪っていた」（三八六―八七行）という一節に変更を加え、「彼女の白い手が彼の紅潮した頬 (his rosy cheeks) の下に置かれ……」と情交後の充足を表わす場面に作りかえた手稿は、前作になかった媾合の場面を望む読者がいたことを示している。[10]

一方、この詩に頻出するいま一つの、書物をめぐる主題は、読解の不可能性を示す。ルークリースにはかりしれない意図をもつ凌辱者の顔は本に喩えられ（九九―一〇二行）、彼女はトロイ戦争を描いた絵を「読む」（一五二七行）が、そこには柔和な外見でトロイの人びとをだまし破滅におとしいれたシノーンが描かれている。さらに、彼女自身が本となる。凌辱を受けた彼女が侍女を呼ぶと、侍女は主の悲しみの原因を理解できない。「哀れな女たちの顔は、その過ちを書きとめた本である」（一二五三行）が、その意味を読みとれない侍女は事情の説明を求め、それができないルークリースはみずから夫への手紙を書くにいたる。

とすれば、この主題系は、エロティックな興味が詩の重要問題を追いやってしまう、この詩の流れを浮かび上がらせるものとなっているようだ。この詩に附された梗概は、ローマの君主制から共和制への移行のきっかけとなった、ルクレティア凌辱という事件の政治的意味を強調する。だが、詩の結末では「ローマ人たちはうなずいて／タークウィンの永久追放を承諾した」（一八五四―五五行）とあるだけで、暴君の追放と君主制の崩壊は描かれない。ルークリース凌辱という扇情的な出来事への興味が、政治的な意味を凌駕してしまうのである。出版に関わる 'publish' という語の効果的な使用が、このずれを浮かび上がらせている。詩の冒頭で、妻のすばらしさを吹聴し、暴君の息子に凌辱のきっかけを与えてしまう夫コラタインは「吹聴者コラタイン」（'Collatine the publisher' 三三行）と呼ばれる。先に見たルークリースの身体描写が、文字通り彼女の身体を出版によって人目にさらすものとなっており、この、出版への最初の言及はそこに向けて伏線を張る。一方、結末では、夫と父親が運んできたルークリースの亡骸をおろして周囲の人びとに示した目的が「タークウィンの忌まわしい罪を公に示すため」（'to publish Tarquin's foul offence' 一八五二行）とされるが、詩は、彼女の亡骸がローマ市民に及ぼした効果を示すことなくその三行あとで終わる。

こうして、『ルークリース凌辱』の、隠された宝石と書物の主題は、女性身体へのエロティックな興味が物語の政治的意味の読解を阻む、この詩自体の読みの過程をなぞり、教訓的意味を口実として読者の性的欲望を刺激する性愛文学のありようを示している。ここに見られるのは、他の詩作品に見出されるのとは別位相の秘密の詩学である。

『ソネット集』と『恋人の嘆き』

「かつて印刷されたことのない」との惹句を添え、『恋人の嘆き』を併録して一六〇九年に上梓された『シェイクスピアのソネット集』は、謎めいた献辞や、意味ありげな大文字の使用、詩人と青年および、黒い女《ダーク・レイディ》の関係の物語の喚起、秘密という主題の多用により、作者の個人的体験を語るとよそおい、読者を秘密探求にいざなう。被献呈者W・H氏の正体をめぐり繰り広げられた甲論乙駁ぶりが、そうした誘惑の証左と言える。

読者を誘うこうした身振りは、本稿冒頭に見たギャスコインの『百花繚乱』とシドニーの『アストロフェルとステラ』に酷似する。ただ、著者の出版への関与の仕方が、この身振りが著者による戦略である前者の場合とも、出版者のものである後者の場合とも異なる。ミアズの証言は詩人が書いたソネットの少なくとも何篇かが手稿で回覧されたことを示すが、それが印刷本所収の詩とどう関係するのかわからないし、手稿の残存状況に詩人が自作を手稿で流通させた形跡は見られない。[11] また、ソネット集プラス悲嘆詩という構成は、イタリアから移入された十四行詩の、イギリス出版市場における独自の展開を示すものである。サミュエル・ダニエルの『「ディーリア」と「ロザモンドの嘆き」』(一五九二)以来、恋愛ソネット集に悲嘆詩を添えて出版することが習慣として定着するのである。その意味でシェイクスピアのソネット集に『恋人の嘆き』が併録されていることは、詩人に出版の意図があったことを物語っている。『ソネット集』は、詩人が友人のあいだに手稿を回覧した個人的な詩集を出版業者が無断で出版したものではない。詩人と出版者の両者が詩人の個人的秘密に読者をいざなう身振りを示す本作は、『百花繚乱』と『アストロフェルとステラ』の中間的事例なのだ。とすれば、『ソネット集』における秘密の主題や、秘密の開示の身振りとその最終的な隠蔽は、この詩集のもたらす効果の中核にあるものと言える。

『ソネット集』でも、飾り箪笥に隠された宝石の比喩は多用されている。目と心が青年の姿をめぐって法廷で争い、その結果、目は青年の外見をとり、心はその愛情をえることに決められた、という四六番は、心を「輝く目でさえも見透かすことができない飾り箪笥」(六行)に擬える。青年を宝物('treasure')に喩える比喩は『ソネット集』全般(二番六行、六番四行、二〇番一四行、五二番二行、一二六番一〇行)に見られるが、この詩は、細密画を他人の目のおよばない飾り箪笥のなかにしまう習慣に言及しているのだ。愛の秘密をしたためた、この一篇をはじめとする詩人のソネット自体も飾り箪笥に擬えることができる。

こうした愛の秘密は、本来、手稿文化に属する。ソネット七七番は、それ自体が手稿文化のなかで生まれたもののように見える。

きみの鏡はその美貌が衰えていくさまを、
きみの時計は貴重な刻一刻がむなしく過ぎるのを見せるだろう。
この白紙の頁にはきみの心が刻みこまれるだろう。
そうして、この手帳から、こういう教訓を学んでほしいものだ、
つまり、鏡がありのままにさらけだす顔の皺が
口をあけて待ちかまえている墓を思いおこさせるということを。
また、日時計の影のひそかな歩みから、
永遠に向かって盗人のように進む時の経過を知ってほしいものだ。
記憶にとどめきれないことはなんでも、
この白い紙に書きしるすがいい。そうすれば、
乳母にあずけてあった、きみの頭が生んだ子供たちと会い、
はじめて会うような思いをするだろう。
鏡や時計の働きぶりを、見れば見ただけ、
きみは利益を得るだろうし、手帳もずっとゆたかになる。

手帳への書きこみという手稿文化的な行為を主題とするばかりでなく、贈り物の手帳に添えられた詩とされるこ(12)の詩自体が手稿文化に属しているものと見える。「売り物も同然なのだ、持ち主が／その高価な価値を吹聴する(publish)ような愛は」(三―四行)という詩行が「原稿の持ち主がそれを称える詩をいたるところの出版業者にも

ちこむような愛は」とも読める[13]一〇二番や、他の詩人たちと違って自分は売るために愛する人への賞賛をつづるのではないと言う二一番なども、手稿文化への参画の身振りを示している。こうして、『ソネット集』所収の詩は、シェイクスピアが青年と女性との交渉のなかで書かれ、そのいくつかはそれらの相手に贈られたもののように見える。

秘密の甘い誘惑に誘われて『ソネット集』を読み進めるとき、意味ありげなのは、‘Rose’や‘Hews’などの語における、人名を示すかのような大文字の使用だ(『ソネット集』一、二〇、五四、六七、九八、九九、一〇九、一二〇番)。そして、一三五、一三六番で、読者は決定的と思われる言葉‘Will’に遭遇する。この言葉は作中の詩人を著者ウィリアム・シェイクスピアと重ね合わせる役割を果たすものと見える。「他の女はいざ知らず、お前は望みのウィルを手に入れた、／おまけのウィルも、余分のウィルも」(‘Whoever hath her wish, thou hast thy Will, / And Will to boot, and Will in overplus’)という一三五番の冒頭で、読者は、詩人を惑わす女の夫も、詩人の愛する青年も、そして詩人もウィルという名をもつとの示唆に心をときめかす[14]。また、この二つの詩で‘will’という語は、願望以外に、性的欲望や、男性器、女性器など多様な意味をもち、その読解の作業によって詩人を取り巻く禁断の世界に入りこんでいくような感覚はいやがうえにも高まる。だが、次の一三六番を読み終わると、読者のこうした期待と惑溺は、失望に変わる。詩を見てみよう。

私がそばに寄りすぎる、とお前の心がとがめるのなら、
これは私のウィルだと盲目の心に誓うのだ。
彼も知っているように、そうすれば私の思いがかなえられる。

お願いだから、そのぐらいは私の愛の願いを聞きいれてくれ。
ウィルの愛がお前の愛の宝庫を満たしてやる。
そうさ、数多の思いでいっぱいにする。私の思いはその一つだ。
たくさん入る容れものでは、多くのなかの一つのものは
数のうちに入らぬことも容易に証明できる。
だから、多数のなかで私を勘定に入れないでくれ、
私がお前の財産目録のなかでの一項目であるとしても。
私をゼロと見てほしい、ただ、そのゼロの私を、
すてきなものと思ってくれるのなら。
私の名前だけを恋人にして、それをいつも愛してくれ。
それで私を愛することになる、わが名前がウィルだから。

'Will will fulfill . . . / fill it full with wills . . . .' という同音の反復がたたみかけるようなリズムを刻み、露骨に性関係を迫り、'treasure' という言葉が秘密への到達を示唆する五─六行が、読者の心をざわめかせる。だが、用意された結末は落胆だ。というのも、このソネットの結句は、当時よく知られていたなぞなぞに依拠したものだからだ。それは、'My lover's will / I am content for to fulfil; / Within this rhyme his name is framed; / Tell then how he is named' というもので、謎かけの文に潜む、愛する女性の望みをかなえるものの名はウィリアム (will / I am) である。ここで語り手が、自分の名前がウィルであることを根拠に、自分の名前を恋人にすれば、相手の

女性が自分を愛することになると言う理由は、詩からはわからない。だが、このなぞなぞを知っていれば、ウィルは女性の望みをかなえる男性の名であるからだとわかる。ジョン・ケリガンは、このことを指摘して、「詩が自伝的に明快であるかに見えるまさにその箇所で、われわれは紋切り型に出会う」と註記している。[15] こうして、読者は、二重の意味で隠された宝石を見られずに終わる。詩人と女性の性関係は成就せず、彼の個人的秘密を知ることもできないのだ。

『ソネット集』に添えられた『恋人の嘆き』は、奇妙な中空構造によって、『ソネット集』の読者が味わった、秘密への到達をはばまれる感覚をなぞる詩となっている。

語り手が、川辺で涙にくれる女の姿を見ることから始まるこの詩は、悲嘆の理由を尋ねた隠遁の老人に向かって彼女が語る、自分を捨てた不実な男の求愛をその中核とする。こうして、この詩は、語り手が聞く、隠遁の老人が聞く、女が聞いた、男の求愛の言葉という三重の枠をもつ、入れ子細工的な語りの構造を顕著な特徴としている。

この構造を複雑にしている要素は、女が破り捨てている紙と破壊している指環である(「紙を引き裂き、指環をまっぷたつに割っている」[六行]、「彼女はたたまれた紙をおびただしくもっており、／それを読んではため息をつき、破り、小川に流していた」[四三―四四行])。これは、男が宮廷で女たちから愛の徴として贈られたものである(「白い真珠や血のように赤いルビーの／貢ぎ物」[一九七―九八行]、「それぞれの石のすばらしい性質や、価値、資質をしたためた／深い意味のこもったソネット」[二〇九―一〇行])。彼女の美しさを自分の言葉で表現できない男は、それを愛の表現として贈ったのだ(「これらすべての愛の徴をあなたのものとするのです('Take all these similes to your own command')」[二二七行])。とすると、それらは冒頭で捨てさられているため、重層的な語りの構造に導かれて女の受けた求愛の言葉に興味をいだいた読者にとって、最も読みたかったはずのものはあらかじめ捨てさられていたことになる。入れ子式の箱をあけてみたところ、そこにはなにも入っていない——目の前にあるように見える秘密にたどり着けない読者のこうした経験が、われわれが『ソネット集』に、そして物語詩に見てきた、シェイクスピアの詩に共通する要素だった。それは、手稿文化と印刷文化がオーヴァーラップする時代にあって、秘密をかいま見る歓びをちらつかせ、読者を獲得する書籍商と、読解のゲームに巻きこむ詩人がしかけた罠である。

注

（1）Patricia Fumerton, "'Secret Arts': Elizabethan Miniatures and Sonnets," *Representations* 15 (1986), pp. 57–97 (63–64).

（2）*Sir P. S. his Astrophel and Stella* (T. Newman, 1591), [STC 22536] A3.

（3）Cf. J. W. Saunders, "The Stigma of Print: A Note on the Social Bases of Tudor Poetry," *Essays in Criticism* 1 (1951), pp. 139–64; Arthur F. Marotti, *Manuscript, Print, and the English Renaissance Lyric* (Cornell University Press, 1995).

（4）George Gascoigne, *A Hundreth Sundrie Flowres*, ed. G. R. Pigman III (Oxford University Press, 2000), pp. 3–4, 141–216.

（5）G. Gregory Smith, ed. *Elizabethan Critical Essays*, 2 vols. (1904; rpr. Oxford University Press, 1974), II. p. 317.

（6）William Shakespeare, *The Complete Sonnets and Poems*, ed. Colin Burrow (Oxford University Press, 2002), pp. 16–18.

（7）シェイクスピアの詩からの引用に際しては注（6）に掲げたオックスフォード版詩集を使用し、筆者による訳文を掲げ、本文中括弧内に引用箇所を示すこととする。訳出に当っては、柴田稔彦、高松雄一両氏の訳業を参照させていただいた。

(8) Francis Bacon, *The Works of Francis Bacon*, ed. James Spedding, et al., 7 vols. (Longman, 1857–59), VI. p. 719.

(9) Katherine Duncan-Jones, "Much Ado with Red and White: The Earliest Readers of Shakespeare's *Venus and Adonis* (1593)," *Review of English Studies* 44 (1993), pp. 479–501 (487).

(10) Burrow, ed., p. 45.

(11) Bruce R. Smith, *Homosexual Desire in Shakespeare's England: A Cultural Poetics* (University of Chicago Press, 1991), p. 239.

(12) William Shakespeare, *Shakespeare's Sonnets*, ed. W. G. Ingram and Theodore Redpath (1964; rpr. Hodder and Stoughton, 1982), p. 178.

(13) William Shakespeare, *Shakespeare's Sonnets*, ed. Stephen Booth (Yale University Press, 1977), p. 330.

(14) *Ibid.*, p. 467.

(15) William Shakespeare, *The Sonnets and A Lover's Complaint*, ed. John Kerrigan (Penguin, 1986), pp. 367–68.

第七章　シェイクスピア作品の印刷本と本文編纂

金子雄司

シェイクスピア作品の「原典」？

こんにちシェイクスピア作品を読むことは、取りも直さず作品の編纂本を読むことである。もちろん、読者の中には、編纂本とは後世の編纂者の介入の集積であり、そのようなプロセスを一切排除するべきと考える極端な読者もいることは事実である。そのような読者はシェイクスピア時代の印刷本（つまり、四つ折本《クォート》による単独作品と第一・二つ折本《ファースト・フォリオ》による作品集成）こそシェイクスピア作品の原典であると考える。しかし、現実には当時の印刷本を手にすることは容易なことではないので、そのファクシミリ版で代用するのが普通である。だが、シェイクスピアの生前、および没後約七年後に刊行された印刷本が果たしてシェイクスピアの書いた原稿を忠実に写しているのであろうか、という疑問は当然のことながら一方にはある。無名の編纂者が何らかの印刷用稿本を編集して印刷本にしたことは間違いのないことである。そうすれば、最初期印刷本でさえ、編集プロセスを経ていることになる。このように考えるならば、シェイクスピア作品の「原典」とは何かという問いも自ずと生じる。

そこからまた、われわれが通常使用する編纂本とはどのような性質のものか。同じ作品でも、複数の編纂本を比較するとかなりの相違があるのはなぜか。二十世紀に出版されたおびただしい数の編纂本、そして編纂の任に当たった人は何を目指して、また、何の根拠に基づいてそれぞれの編纂本を公にしてきたのか。このような問を念頭に置きながら、シェイクスピア作品の編纂本について本章は述べる。

実はシェイクスピア作品の肉筆原稿は一枚も残っていない。われわれがシェイクスピア作品の「原典」として手にすることができるのは印刷本だけである。「原典」と表記するのにはそれなりの理由があってのことである。つまり、シェイクスピアの最終稿と最初期印刷本との関係がよくわからないからである。作者原稿を忠実に活字化することが当然となった近代の作者像をそのままシェイクスピア時代の、特に、劇作家原稿と印刷本の関係にそのまま当てはめることはできないと考えられるからである。ありていに言えば、シェイクスピア自身が自作の芝居本出版に関心、あるいは、執着を持っていたと推測できる証拠がほとんどないのである。

シェイクスピア初期の印刷本

まずは、印刷本から見てみよう。十八篇の劇がシェイクスピア生存中に出版された。これらの印刷本を、当時の出版組合(ロンドン市の書籍商による組織。組合員の間には近代の版権に相当する権利が認められていた)の登記簿、検閲関係文書などを調査しても、シェイクスピアが出版にかかわったとおもわれる事実は浮かんでこない。これらは四つ折本と呼ばれるフォーマット(印刷用全紙を二回折りたたみ、その真ん中を綴じて八ページとする書物の作り方)である。サイズはおおよそ縦十七センチ、横十二センチである。値段は約六ペンスで、製本はされていなかった。シェイクスピア作品の中で現存する最初の四つ折本は『タイタス・アンドロニカス』と現在では『ヘンリー六世・第二部』として知られる作品であり、刊行は一五九四年のことである。これら十八篇の四つ折本のタイトル・ページには、作品名と演じた劇団名が例外なく印刷されてはいるが、作者シェイクスピアの名を印刷したものは約半数である。中でも人気が高かった四つ折本としては『リチャード二世』が挙げられる。この四つ折本は一五九七年から一六一五年の間に五回版を新たにした。しかし、『恋の骨折り損』などは二回目の四つ折本が出るのは一六三一年であった。『オセロー』と『血縁の二公子』(ジョン・フレッチャーとの合作)の四つ折本はシェイクスピアの没後一六二二年と一六三四年にそれぞれ出版された。

シェイクスピア第一・二つ折本

シェイクスピアの死後七年経った一六二三年に、所属劇団(国王一座)の幹部俳優二名(ジョン・ヘミングとヘンリー・コンデル)の編集になる劇作品集成 (*Mr. William Shakespeares Comedies, Histories, & Tragedies. Published according to the True Originall Copies*) が二つ折本で出版された。通称、シェイクスピア第一・二つ折本。劇作品集成と訳す理由は、この印刷本には劇以外の詩、ソネット集が含まれていないことがその理由である。この集成には三十六篇が収録された(ただし、『ペリクリーズ』は収録されていない)。推定七百五十部発行で、価格は一ポンド。ちなみに、二つ折本とは印刷用全紙を二つ折りにし四ページとした本のことである。おおよそ、縦三十四センチ、横二十三センチの版であり、神学、哲学、歴史など重厚な分野の著作の印刷本に多く用いられた。劇作品のような軽い分野にこの版を用いたのは一六一六年に刊行されたベン・ジョンソン作品集が最初である。第一・二つ折本はシェイクスピア作品のその後の運命にとって大変に大きな役割を演じた。その第一は、シェ

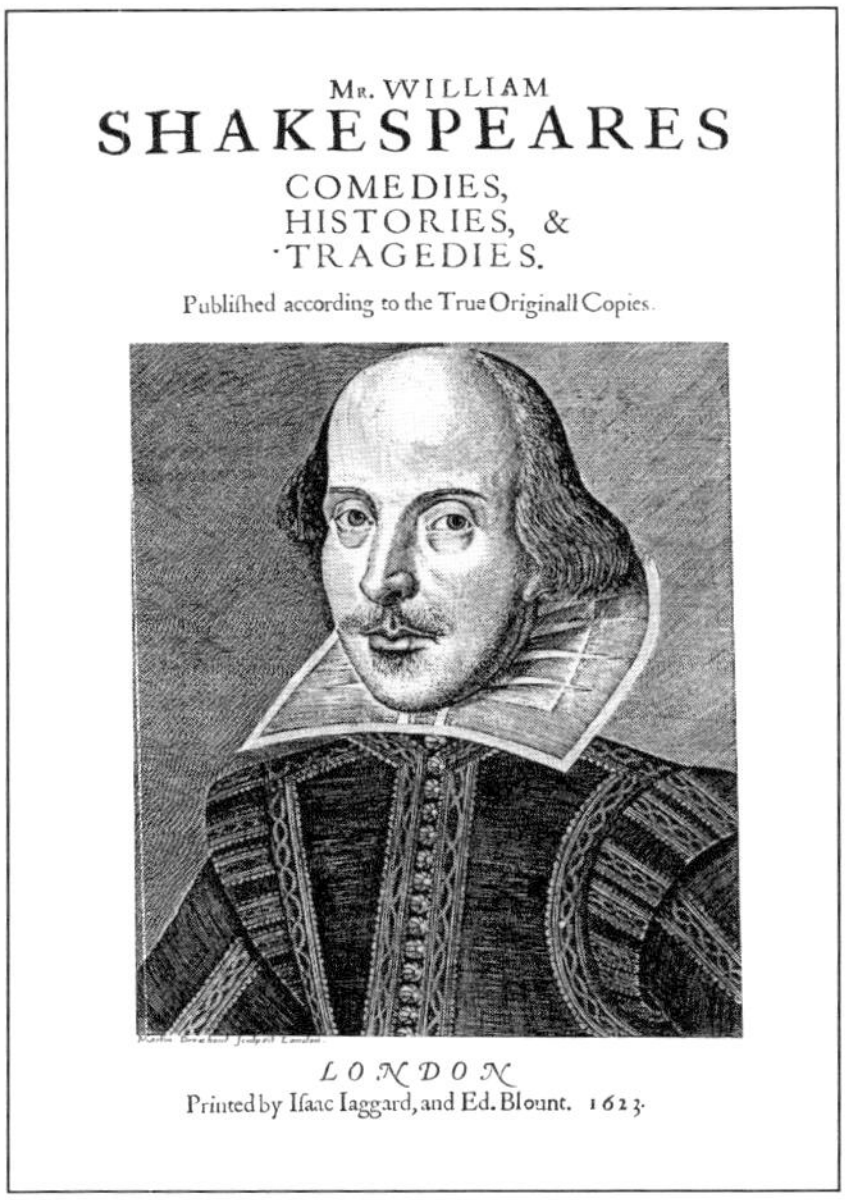

図10　第一・二つ折本タイトル・ページ

イクスピア生前にいかなる形でも出版されなかった劇十八篇が納められているからである。即ち、『あらし』、『ヴェローナの二紳士』、『尺には尺を』、『間違いの喜劇』、『お気に召すまま』、『じゃじゃ馬ならし』、『終りよければすべてよし』、『十二夜』、『冬の夜ばなし』、『ジョン王』、『ヘンリー六世・第一部』、『ヘンリー八世』、『コリオレイナス』、『アテネのタイモン』、『ジュリアス・シーザー』、『マクベス』、『アントニーとクレオパトラ』、『シンベリーン』十八作。第一・二つ折本出版がなければ、後世にこれらの作品が残っていなかったかもしれない。というのも、その他の作品は第一・二つ折本出版以前に四つ折本で出版されているからだ。

ところで、第一・二つ折本タイトル・ページの中で、編纂者たちは「正真正銘の作者の手になる印刷用稿本に依り出版」(‘Published according to the True Originall Copies’) と謳っている。「読者諸賢へ」と題する序文の中で、編者の二人はシェイクスピア作品稿本を収集したこと、および、作者の原稿も実際に見たと「原稿には書き直しの痕がほとんどなかった」と書いている。さらには、読者に向けて、シェイクスピア作品の四つ折本を非難しておおよそ次のように述べている――これまでに出版された四つ折本の諸作品は、違法、不法な手段により出版されたものであり、シェイクスピアの原稿とは大いに異なる。したがってわれわれ編者はそのゆがめられた作品をもとの形に戻す、云々。十八―九世紀のほとんどすべてのシェイクスピア研究者はこのことばを額面通りに受け取ったのであった。つまり、複数の印刷本が現存する作品本文の権威は問題なく第一・二つ折本のそれにあるとしたのであった。二十世紀初めまでに出版された数多くのシェイクスピア編纂本の本文編纂の底本として第一・二つ折本が用いられたことが何よりの証拠である。

さて、第一・二つ折本の編纂者たちのこの言葉をどの程度まで信用してよいものであろうか。書誌学、本文研究の専門家による過去一世紀の研究結果に従えば、額面通りに受け取ることはほとんどできないということになる。というのも、第一・二つ折本の目次で喜劇と分類されている十四篇をその順序に従って、本文編纂の底本について現代の書誌学・本文研究結果の概略を示すと以下のようになる。


『あらし』　第一・二つ折本のみ。筆耕レイフ・クレインによる作者原稿からの転写。

『ヴェローナの二紳士』　第一・二つ折本のみ。筆耕クレインによる作者原稿からの転写。

『ウィンザーの陽気な女房たち』　第一・二つ折本は筆耕クレインによる上演用台本からの転写。

『尺には尺を』　第一・二つ折本のみ。上演用台本からの筆耕クレインによる転写。

『間違いの喜劇』　第一・二つ折本のみ。印刷用稿本は作者原稿。

『から騒ぎ』　第一・二つ折本は一六〇〇年刊の四つ折本の再版。上演用台本も利用。

『恋の骨折り損』　第一・二つ折本は基本的に一五九八年刊の四つ折本の再版。

『夏の夜の夢』　第一・二つ折本は（一六一九年刊の）第二・四つ折本の再版であるが、上演用台本を参照。第一・

四つ折本は作者原稿による。

『ヴェニスの商人』　第一・二つ折本は一六〇〇年刊の四つ折本に基づくが、上演用台本も参照。作者原稿あるいはその正確な転写原稿を基にしている。

『お気に召すまま』　第一・二つ折本のみ。上演用台本もしくは作者原稿の転写に基づく。

『じゃじゃ馬ならし』　第一・二つ折本以前に三種の四つ折本がある。しかし、第一・二つ折本との関係については不明な点が多すぎ、本文研究上最も議論を呼ぶ作品の一つ。

『終りよければすべてよし』　第一・二つ折本のみ。作者原稿を印刷稿本とする。おそらく、第一・二つ折本植字工が作者原稿そのものを印刷用稿本とした唯一の例。

『十二夜』　第一・二つ折本のみ。おそらくは作者原稿からの筆耕による転写。

『冬の夜ばなし』　第一・二つ折本のみ。上演用台本からの筆耕クレインによる転写。

右に述べたことはすべて推定であるので、細部についてはさまざまな見解があることは事実である。そうではあるものの、第一・二つ折本編纂者たちの「正真正銘の作者の手になる印刷用稿本に依り出版」したということばを額面通りに受け取ることができるのは四篇に過ぎないと考えられる。この見解は多くの専門家に共有されている。

また、悲劇から例を引くならば、『ハムレット』には一六〇三年版(第一・四つ折本)と一六〇四・〇五年版(第二・四つ折本)がある。これに第一・二つ折本を加えると三種の『ハムレット』があることになる。これら三種の本文を校合すると、内容が大いに異なることが判る。特に、第一と第二・四つ折本との違いは甚だしいものがある。全体の行数だけ比較しても、第一・四つ折本の長さは第二・四つ折本のそれの半分強しかない。現代で刊行物に用いる初版、第二版、第三版という概念をそこに当てはめることはできないのである。このような状況にあって、二十世紀の編纂者たちは自分の編纂する版本の基礎(底本)を第一・二つ折本とするのか、あるいは四つ折本にするのかを最重要課題としてきたのである。たとえば、『ハムレット』編纂に当たっては、第二・四つ折本こそ「正真正銘の作者の手になる印刷用稿本に依り出版」されたものにかなり近いと一九三〇年代以降みなされてきた。その上で、編纂者の判断により、第一・二つ折本と第一・四つ折本から適宜読みを取り入れて編纂者独自の合成本文を作り上げることが順当な方法として定着したのである。現在までに出版された『ハムレット』編纂本に関して、本文がまったく同じものがないとはよく言われることであるが、以上のような事情を指しているのである。本文編纂にあたり最大の課題とされたのは、シェイクスピア原稿を推定することにあった。原稿が残っていない以上、最初期印刷本を科学的に分析することにより、作者原稿が印刷される間に介入した非作者的要因を摘出することに書誌学・本文研究は最大の努力をしてきたのである。こんにち伝統的編纂法という場合にはこのような大枠を指す。

二十世紀のシェイクスピア編纂——新書誌学

二十世紀のシェイクスピア本文編纂理論および編纂の実践を振り返るとき、右に述べたことからして、新書誌学派の業績に触れることは当然である。書誌学は古典学、聖書学などにおいては長い伝統を持つ学問である。しかしながら、「新」書誌学と称されるようになった事情はおおよそ次のような特徴を備えた書誌学であるからだ(別名、分析書誌学)。その最大の関心事は、(a)印刷所が用いた原稿の種類・性質の分析、(b)印刷過程(特に植字工の及ぼした影響――綴り、句読法など）が原稿に及ぼした影響の分析。このような分析を行うに当たり、書誌学者が念頭に置くことは、（ア）植字・組み版順序の分析、（イ）植字工分析（個別植字工の識別、その綴りの特徴）、（ウ）同時に印刷された印刷本が複数存在している場合には、すべての印刷本を校合することにより、特定印刷所における校正の質と量を分析、などである。

新書誌学は二十世紀初頭英国に誕生したのであるが、それまで、シェイクスピア作品の四つ折本は書誌学的に十分には吟味されていなかったのである。W・A・ポラードは一九〇九年に、四つ折本の中に「良い四つ折本」と「悪い四つ折本」があることを論証し、その取り扱いに大きな変化をもたらした。それを受け継ぐ形で、W・W・グレッグは「悪い四つ折本」が上演にかかわった役者の記憶によって元の原稿が再構成されたものである、という説を唱えた。第二次世界大戦後、新書誌学研究の舞台はアメリカに所を変え、強力に推進された。その中心となったのはフレッドソン・バワーズとチャールトン・ヒンマンである。この学派が新書誌学を継承、発展させて厳密な学問体系を作り上げた。それはしばしば新・新書誌学と呼ばれる。新たなテクノロジーを駆使して古版本校合を広範囲かつ徹底的に行った。ヒンマンはフォルジャー・シェイクスピア図書館所蔵の八十二冊に及ぶ第一・二つ折本についてその本文を自ら開発した校合機を用いて調査し、同書の印刷・校正に関する画期的業績を成し遂げた。ヒンマンは損傷した活字に注目し、同一の破損した活字がどの程度の頻度で、どのような部分に出現するかを綿密に分析した。原理的には以前から行われていたが、その規模といい、精度といい、それは科学的分析と呼ぶにふさわしいものであった。なかでも、植字工分析の結果五人の植字工（A、B、C、D、Eと命名された）がどの部分を分担し、それぞれがどのような固有のスペリング、句読法の癖を有しているかが明らかにされた。現存する劇作家自筆原稿には、句点、読点がほとんどみられない。したがって、印刷本の句点、読点などは植字工の固有のクセとみなされる。この五人の植字工のうちで、Eは見習い植字工であり、仕事が進むにつれて技術も徐々に向上していくことが分析の結果明らかとなった。また、一ページ目からページ順に植字作業を行ったのではなく、ページ毎の割付に従い複数の植字工が違うページを同時に植字をしたことも明らかにされた。また、校正についても、従来の見解に訂正を迫るものであった。本文の正確さを期すための校正よりも、割付に従って印刷ページの体裁を整えることにより重点が置かれた校正が行われ、本文の意味が変わる類の校正が行われた場合にも、印刷用原稿を参照せずに現場の植字工の一存で行われることがしばしばであるということも判明した。第一・二つ折本に収められた作品を編纂するにあたり、それまでになかった確固とした基盤が、ヒンマンの研究により用意されたのである。

「作者の意図」と「理念上の本文」

ところで、二十世紀のシェイクスピア編纂理論の最大の特徴は、最初期印刷本の分析を通して「作者の(最終)意図」を追求することにあった。そして、作者の最終意図に基づく本文を作り上げることができれば、それが決定的本文を構築できると考えられたのである。ここで言う「作者の意図」とは主として次のようなことを指す。すなわち、同一作品に複数の版本がある場合、同一箇所の読みの異同をどのように扱うか――どの読みを取るか――に関する理論的根拠である。『ハムレット』を例に取るならば、第一・四つ折本はシェイクスピアの劇団が地方巡業用に短縮版を作ったが、後に俳優の記憶に基づき再構築された原稿によって印刷された。したがって、これは「悪い」四つ折本である。つまり、シェイクスピア最終原稿から遠く離れたものである。次に、第二・四つ折本はシェイクスピアの肉筆原稿(もしくは、その写し)を基本としながら、一幕については訂正済み第一・四つ折本を参照した形跡がある。これは作者原稿にきわめて近いゆえに「良い」四つ折本である。第一・二つ折本については、何らかの手稿本を基に印刷されたが第二・四つ折本から第四・四つ折本を参照して作られた。その基となっている手稿本が作者原稿であるのか、上演用台本であるのかは不確定である。作者原稿から少し離れるが、「良い」本文とみなす。以上が一九三〇年代半ばから七〇年代までの本文についての認識であった。

『ハムレット』から例を引いてみよう。ハムレットの第一独白の冒頭である（多くの編纂本では一幕二場一三〇行前後）。

O that this too much griev'd and *sallied* flesh
Would melt into nothing,
ああ、このあまりにも痛めつけられ、打ちひしがれた肉体が
融けてなくなってくれればなあ！
［第一・四つ折本。イタリクスは著者による。以下、同様。］

O that this too too *sallied* flesh would melt,
Thaw and resolve it self into a dewe,
ああ、このあまりにも打ちひしがれた肉体が融けて
崩れて露となってくれればなあ！
［第二・四つ折本］

O that this too too *solid* Flesh would melt,

Thaw, and resolve it selfe into a Dew;
ああ、このあまりにも固い肉体が融けて
崩れて露となってくれればなあ！
［第一・二つ折本］

すでに述べたとおり、二十世紀後半の多くの編纂本では、『ハムレット』編纂の底本として、第二・四つ折本を用いている。その理由として、書誌学的分析からこの四つ折本の印刷用稿本にはシェイクスピアの最終稿が使用された、という推論が一九三四年刊の新ケンブリッジ版シェイクスピア分冊全集の編纂者J・D・ウィルソンによりなされ、その後広く受け入れられてきたからである。しかし、その本文では‘sallied’ではなくて‘sullied’と校訂を施している。その理由は、(イ)第二・四つ折本の印刷用稿本にはシェイクスピア最終稿が用いられた、(ロ)エリザベス朝の筆記体小文字uとaが紛らわしい筆跡であったために植字工が読み違えた、というものである。多数の印刷本の綴りの精緻な分析を通して、編纂者は印刷用稿本の姿を再現できると確信したのである(ただし、現在ではこの説はほとんど受け入れられていない。したがって、最新の編纂本では‘sallied’または‘solid’である)。それでは、なぜウィルソンは‘sallied’ではなくて‘sullied’であるべきだとしたのであろうか。というのも、‘sally’は「襲撃する」、‘sully’は「穢す」という意味の語であり、‘sally’はそのままここで意味が通るからだ。だがウィルソンによれば、ハムレットは母の不貞で穢れた結婚が自分自身の穢れであると考えているにちがいないからだ。つまり、‘sullied’こそが、この独白の要なのだ。さらに、「固い」肉体が融けて崩れるというのは不合理である。ゆえに‘sullied’とならなくてはならない、ということである。つまり、編纂者自身の『ハムレット』解釈が校訂の背後にあるという訳だ。

一九三四年の事例を強調しすぎた嫌いがあることは事実であるとしても、基本的に「シェイクスピアが書いた通りの本文」を「印刷本の分析により」「本文の転移過程を」推定することにより「真の、決定版」に到達しうるという理念は、その後修正を重ね、微調整を絶え間なく繰り返しながらも、「シェイクスピア本人が読めばこれで良しとしたであろうような仮説的本文」を再構築できるであろうという方針は受け継がれ続けて、一九七〇年代まで本文編纂の主流であった。この仮説的本文は新書誌学派の用語によれば、「理念上の本文」ということである。'Ideal text' あるいは 'arch-text' と称されるものであり、その確立こそが新書誌学派が最終目標としてきたものである。

新書誌学派の最盛期は一九四〇年代からおおよそ三十年間と考えられる。すでに見たように、その中心的役割を果たした概念とは作者最終稿、「良い四つ折本」、「悪い四つ折本」、作者以外の者の記憶による本文再構築、上演用台本などであり、また、最初期印刷本の分析を通してそれらを実証しうるということである。ただ、冒頭に記したとおり、シェイクスピア作品の肉筆原稿は一枚たりとも現存していないのであるから、これらの概念はすべて印刷本分析によって成立するものなのである。二十世紀大半にわたり主流であった本文理論の中心は、「作者の意図」ないしは「最終意図」を編纂本文にできるだけ忠実に再現することであった。この根底にあるのは、作者の最終稿は一定の完成をみた静的なものであるが、それが転写され、上演用台本および印刷用稿本となる過程で、作者以外の要因が混入したという前提に立つものであった。したがって、最初期印刷本を書誌学研究によって解明することにより、作者原稿に不当に混入している不純物の在処とその性質を解明し、その成果に立って本文編纂を行う、という手順が取られた。このような書誌学的分析に関して、よく引用されるが、この学派の中核的存在であったフレッドソン・バワーズの「本文から印刷というヴェールを剥がすこと」という言葉が象徴的にそのことを物語っている。新書誌学派は印刷過程を不純なものとみなし、その介入を可能な限り排除すれば、純粋な作者原稿が浮かび上がると仮定したのである。

新しい本文研究

一九七〇年代後半から九〇年代初頭はシェイクスピア作品本文についての理論の大きな転換期であった。特に、新書誌学派が唱える「理念上の本文」という概念に関する疑義、あるいは、否定論が強烈に唱えられはじめた。その論点の中心に位置するのが作者の意図についてである。反対論はポスト構造主義の観点から主として投げかけられた。あるいは、シェイクスピアの肉筆原稿は存在しないのに対して、存在するのは印刷本だけであるという唯物主義的観点からである。これらの学派からすれば、現代のように確定的システムを有していなかった(つまり、不確定性が常態であった)シェイクスピア時代の作者、劇場、印刷・出版に関して、新書誌学派が提唱する理念上の本文構築のための諸原理を持ち込むことは間違っているという見解である。このような立場に立つ書誌学・本文研究者にすれば、すでに見てきた新書誌学派の中心的概念(すなわち、作者最終稿、「良い四つ折本」、「悪い四つ折本」、作者以外の者の記憶による本文再構築、上演用台本など)はそれを立証するべき事実を持たない「物語」に過ぎない。われわれが持つ事実は印刷本のみであるとまとめることができよう。

さらに、このような唯物主義的考え方とは異なるものの、本文編纂理論に作品の改訂・改作を認めようとする考え方がある。その代表的作品が『リア王』である。この作品には四つ折本と第一・二つ折本が存在する。内容は大きく異なるために、両者に基づく合成本文を作るのが編纂上の伝統であった。言うまでもなく、新書誌学派の底本原理に基づいてである。しかしながら、両者の作品コンセプトが異なる以上、これらを一緒にすることは認めるべきではないということである。つまり、四つ折本はシェイクスピアの原稿を直接の印刷用稿本として印刷されたものであり、第一・二つ折本は上演用台本を作者が引退した後シェイクスピアが属していた劇団「国王一座」関係者の手で改訂・改作されたものである。この仮説によれば、作者の意図した本文は四つ折本にあり、劇場という、いわば、社会化された本文とは独立した位置を占めなくてはならない。よって、二者を合成して本文とすることは作者の意図をも、上演の形態をも両方壊すことになる、ということになろう。

また、複数本文を持つ作品の底本原理についても、新書誌学派に修正を迫る理論もこの時期に登場した。ある作品の受容の歴史すべてが本文研究の対象となるべきであるという立場である。この観点からすれば、作者没後に加えられた本文への介入すべてはある種の社会的本文構築として読まれるべきものとする(仮に、介入するものが、編纂者、出版人、家族、知己であろうとも)。つまり、文学作品(特に、演劇)とは不可避的に共同制作によるものであるという思想である。それは版本という物質的状態と文化的コンテクストの融合を編纂の中心原理として据えるということである。

これら新たな視点を「本文の社会化」および共同制作理論と呼ぶことができる。すぐに承服するにはなかなか困難のように思われたこれらの新理論は、当然のことながら伝統的本文編纂理論側から激しい反論がなされた。しかし、振り返ってみると、その後の編纂本に大きな影響を与えたと思われる。この時期に刊行されて、当初さまざまな批判を受けたものの、現在では最も権威ある一巻本全集とみなされているオックスフォード版シェイクスピア全集(*William Shakespeare: The Complete Works*, 1986)を取り上げて、その間の事情を見ることにする。

オックスフォード版全集は新書誌学派原理に基づいて編纂された。それにもかかわらず、『リア王』については四つ折本と第一・二つ折本をそれぞれ独立させて、前者を『歴史劇リア王』、後者を『悲劇リア王』として収録した。また、『ハムレット』については、第一・二つ折本を上演版として採用し、伝統的な第二・四つ折本から読みを取り入れることをしていない。書誌学的分析においては新書誌学派の手法を徹底的に用いているにもかかわらず、本文編纂理論においては必ずしも新書誌学派に従っていない。この傾向は他の代表的な編纂本にもかなり当てはまることである。たとえば、アーデン第三版『リア王』（一九九七刊）の編者は、右に述べた類の本文理論に説得されないとして、四つ折本と第一・二つ折本の合成本文を構築している。合成された本文には四つ折本にのみある読み、第一・二つ折本にのみある読みには一瞥してすぐにそれとわかる記号を付している。また、同じシリーズの『ハムレット』（二〇〇六）については、前例を見ない三巻本で対応している。一冊は第二・四つ折本をもう一冊は第一・四つ折本および第一・二つ折本の本文を収録している。その理由として、編者は三つの本文が完全に独立していると考えているからではなく、新書誌学派が唱える三つの本文の交渉を分析して理念上の本文にいたる筋道に説得されないからであるとしている。言うまでもなく、合成本文が作られていない。これらの例は、一九八〇年代後半からの編纂本の大きな流れと言える。

本文研究・編纂理論の現状

作者シェイクスピアが書いたままの本文を追い求めることは本文研究の最終目標であり、二十世紀の書誌学、本文編纂理論は大きな努力を払い、また、成果を上げてきたことに誰も異論はないであろう。その点で、新書誌学派が果たした役割と成し遂げた実績はいかに高く評価してもし過ぎることはない。しかしながら、二十世紀末から現れはじめた新たな潮流は何を意味するものなのか。それは唯一無二なるシェイクスピア原典というものが存在しない、あるいは、存在するにしても証明し得ないという認識である。特に、演劇というジャンルにおいては、作者、演出家、俳優（そして、観客）が共同で創り上げる作品は止まるところなく流動的であるという認識であろう。このような認識は時代思想を形成する枠組みにより生じた。近代科学精神の中心的概念である確固たる事実（印刷本）に基づく分析、そして帰納法的に導き出される仮説（新書誌学派の本文編纂理論）――これら二者間には齟齬があるとの認識が新たな本文理論を生じせしめたものと考えられる。そう考えるならば、編纂本は時代の要求に応えると同時に、時代精神の産物でもある。その点から、コンピュータ時代の到来は「決定版」編纂本という目標をさらに遠くに追いやった。CD-ROMによる編纂本、および、インターネット・サイトは本文の多様性を提供することにより、われわれにインタラクティヴな本文を読むことを可能にしている。このような時代の状況に十分に適応できる本文編纂理論はまだ構築されてはいない。いや、そのような理論が構築可能なものであるのかどうか、あるいは、その必要があるのかどうか――明確な答えをわれわれは今のところ持っていないのが現実である。

参考文献

山田昭廣『本とシェイクスピア時代』（東京大学出版会、一九七九）。

山田昭廣、野上勝彦、住本規子、金子雄司「版本」（荒井良雄他編『シェイクスピア大事典』日本図書センター、二〇〇二）、一一七―八〇頁。

金子雄司「シェイクスピア本文の再生産」（『岩波講座　文学1　テクストとは何か』岩波書店、二〇〇三）、一二五―四三頁。

King Lear, ed. R. A. Foakes, Arden Shakespeare 3rd series (Thomson Learning, 1997).

Charlton Hinman, *The Printing and Proof-Reading of the First Folio of Shakespeare*, 2 vols. (Clarendon Press, 1963).

Richard Proudfoot, *Shakespeare: Text, Stage & Canon* (Thomson Learning, 2001).

David Scott Kastan, *Shakespeare and the Book* (Cambridge University Press, 2001).

Margreta de Grazia and Stanley Wells, eds. *The Cambridge Companion to Shakespeare* (Cambridge University Press, 2001).

Hamlet, eds. Ann Thompson and Neil Taylor, Arden Shakespeare 3rd series (Thomson Learning, 2006).

Hamlet: The Texts of 1603 and 1623, eds. Ann Thompson and Neil Taylor, Arden Shakespeare 3rd series (Thomson Learning, 2006).

第八章　シェイクスピア批評1（十九世紀まで）

小澤　博

新たな視座から

一九八〇年代を境にシェイクスピア批評を取り巻く状況は大きく変わった。その具体的な内容は次章に譲るが、変革の中心には、伝統的に継承されてきた〈正統的権威〉を批判的に検証し、批評という行為自体の歴史性を根本から捉え直そうとする動きがあった。この変化は、シェイクスピアの同時代から十九世紀まで、約三世紀にわたるシェイクスピア批評を概観するこのセクションとも無縁ではない。八〇年代以降の流れの中で、伝統的な批評史――先達の足跡を通史的にたどり、シェイクスピア批評という名の星座を描き出す作業――は、すでに盛時の輝き減じたかにも見える。代わって、受容史という用語がさまざまな議論の中で用いられるようになった。批評史から受容史へという要語の変化は、シェイクスピア批評における意識と視座の変化を物語っている。従来、シェイクスピア批評史の役割とは、個々の時代が読み解いた劇作家シェイクスピアの〈実〉像を検証し、その全体像を把握するための道標を示すことであった。一方、受容史という視座は、多様な歴史的要因が試みた素材としての〈シェイクスピア〉の変形と再生産のプロセスを重視する。この観点に立てば、シェイクスピア批評の歴史とは、仮象としての〈シェイクスピア〉を材源とし、新たな仮象を産み出す創作活動に他ならないのである。こうした発想の転換は、シェイクスピア批評の歴史にとって決定的に大きな出来事であった。変革の地平を越えて振り返ってみれば、『シェイクスピアと民衆劇の伝統』（一九四四）に寄せたT・S・エリオットの「序文」にも、懐かしい批評のユートピアを見る思いがする。曰く「シェイクスピアに対する我々の理解は、過去のいかなる先達よりも勝っている……すべての歴史的研究について言えることだが……時代を下れば下るほど過去の蓄積は増し、その結果、過去に対する理解も深まるのである」と。(1) 連綿と続く批評の伝統は、知の営為の果てにシェイクスピアという名の、唯一無二の〈実〉像に辿り着くはずであった。八〇年代、変革の波に洗われてシェイクスピア批評の伝統は他ならぬその〈実〉像を失うことになる。エリオットの一節は終焉の始まりを告げる白鳥の歌でもあったのだろう。ともあれ、批評史を取り巻く状況は変わった。変化の波を横目で眺めながら、以下、まずはキー・ワードとなる〈自然〉という言葉を手掛りにして、十九世紀までのシェイクスピア批評を概観してみたい。

自然（ネイチャー）

シェイクスピアの同時代から十九世紀までを一つの視野の中で眺めるとき、とりわけ興味深いのは、シェイクスピアとほぼ同時代に活躍した劇作家ベン・ジョンソンの残したシェイクスピア批評である。三一致の法則——演劇の筋立ては、一つの物語が、一つの場所で、二十四時間以内に収まるものでなければならないとする演劇論で、アリストテレスの『詩学』に発する法則と言われるが、アリストテレスは必ずしもこの三つの要素の一致を説いてはいない。後代の変形を経て十六世紀頃に成立、十七世紀にフランスの批評家・詩人ボワローが確立したとされる――を意識し、古典劇の法則に倣ったジョンソンは、劇中の前口上やインダクションで、シェイクスピア劇の奔放な作風を批判したが、シェイクスピアの戯曲全集第一・二つ折本《ファースト・フォリオ》に寄せた追悼詩の中では、九歳年長の先輩劇作家を「エイヴォン川の麗しい白鳥」[2]と呼び、惜しみない賛辞を贈っている。ジョンソンによれば「自然はシェイクスピアの意匠を誇りとし、その詩が織りなす衣を纏って楽しんだ」[3]という。シェイクスピアの資質を〈自然〉との親近性に見出そうとするジョンソンは、さらにギリシア・ローマの喜劇作家を引き合いに出し、彼らはシェイクスピアのように「自然の一族」(Natures family)ではなかったから、その作品も今では色褪せて人を楽しませなくなってしまった、と綴っている。[4]ジョンソンは〈自然（ネイチャー）〉対〈人工（アート）〉という当時の伝統的トポスを念頭に置いているのだが、シェイクスピアの学芸（アート）を「貧弱なラテン語、さらに貧しいギリシア語」(small *Latin* and less *Greek*)と評した筆は、学芸（アート）の権化たるギリシア・ローマの悲劇作家たちにも、シェイクスピアの「悲劇が舞台を闊歩し、震撼させるさまを聴かせたいものだ」と続けて、シェイクスピアの〈自然〉を手放しで謳い上げている。[5]今は亡き劇壇のライバルを「自由で物惜しみのない自然の資質」（フリー・ネイチャー）と評していることからも窺えるように、[6]ジョンソンは奔放と豊饒の詩人としてシェイクスピアを捉え、これに〈自然〉という名を冠したのである。

ジョンソンの賛辞は、以後三世紀にわたるシェイクスピア批評に決定的な影響を与えた。十七世紀を代表する詩人にして劇作家、批評家でもあったジョン・ドライデンは、新古典主義の演劇観に基づいてシェイクスピア劇を改作したことで知られるが、『劇詩論』（一六六八）の中でシェイクスピアを批判し、そのスタイルを「しばしば平板で退屈。喜劇の才覚は駄洒落に堕し、悲劇のそれは大袈裟な大言壮語に陥る」[7]と難じている。しかし、ドライデンは作劇上の欠陥を批判した同じ筆で、「自然のあらゆる姿形はつねにシェイクスピアのものであり、彼はそれを難なく描くことができた……シェイクスピアに学識がなかったと難じる者は、この劇作家にさらなる賛辞を贈っていることになるのだ。彼は書物という眼鏡をかけずに自然を読むことができたのであり、己の内を覗き込めば、そこに自然があったのだ」[8]とも述べている。シェイクスピアの特質を語る最良の表現を、ドライデンはジョンソンの謳い上げた〈自然〉に委ねたのである。ドライデンは自作の英雄悲劇『すべて愛のために、あるいは世界を失うもよし』の「序文」(一六七八)で、他ならぬそのジョンソンの追悼詩に触れ、シェイクスピアは学識ではなく「彼自身の天才の力」(the force of his own Genius)によって、余人の遠く及ばぬ称賛を独り占めにしてきた、とも語っている。[9]ドライデンにとって、ジョンソンの〈自然〉は「天才」と同義であり、そこから先は立ち入ることのできぬ不可侵の領域であったようだ。

　下って、十八世紀文壇の大御所ジョンソン博士ことサミュエル・ジョンソンは、シェイクスピア劇の中に何よりもまず人間を見ようとした。後にロマン派の精緻な印象批評に発展し、A・C・ブラッドリーの『シェイクスピアの悲劇』(一九〇四)に結実する性格批評は、ジョンソン博士のシェイクスピア批評をもってその嚆矢とする。ジョンソン博士によれば、シェイクスピアの「主たる才能は人間のさまざまな行動や感情の動き、あるいは何げない習癖を捉える洞察力」として発揮されており、「多様な状況の中の多様な人物」こそシェイクスピア劇の中心テーマなのである。[10]その一連の批評は、後で述べるテクスト編纂作業とも連動し、学術的シェイクスピア批評の到来を告げるものでもあった。たとえば、ジョンソン博士はシェイクスピア劇における材源研究の重要性に言及し、すべてを劇作家ひとりの独創に帰そうとする傾向を戒めて、「論拠のない盲目的シェイクスピア賛美」や「[材源研究によって]シェイクスピアの名誉が傷つけられると考えるような賛美者」を厳しく批判した。[11]自ら編纂した『シェイクスピア全集』への「序文」では、シェイクスピア劇における教訓的モラルの希薄さ、筋立ての散漫さ、放縦な喜劇的場面等々を難ずる一方で、三一致の法則を守らなかったその技法を積極的に擁護するなど、努めて分析的な視点からシェイクスピア劇の長所と欠点を公平に論じようとしている。随所で異彩を放つその論考は、今日でも批評的想像力を喚起して色褪せることがない。

　ところで、ジョンソン博士の議論もまた、シェイクスピアを〈自然〉とみなす伝統に依拠していた。博士にとって、シェイクスピアは他のいかなる文人にも増して「自然に寵愛された」(favoured by nature)[12]、「自然詩人」(poet of nature)[13]であり、彼が創造する人物は「普遍的な自然」(general nature)[14]を忠実に再現する筆の産物であって、その劇は「月下の自然の実態」(the real state of sublunary nature)[15]を開陳するドラマなのである。シェイクスピアの才能は「人間」(men)を捉えるに秀でているのであるから、人間が人間である限り、つまり「人間の本性」（ヒューマン・ネイチャー）が変わらない限り、その名声も永遠である、とジョンソン博士は断言して憚らない。[16]ジョンソン博士の考える「人間」とは、「人の」（ヒューマン）の中に存在する〈自然（ネイチャー）〉に他ならないのである。そのシェイクスピア批評には「人間」と〈自然〉の間を往還するトートロジーが潜在している。「人間」とは〈自然〉であり、〈自然〉とは「人間」の本性に他ならない――二つのキー・ワードは意味の内実を棚上げにしたまま、ジョンソン博士の修辞装置として機能したのである。

　十九世紀ロマン派のシェイクスピア批評は精緻な分析的〈読み〉を志向した。ウィリアム・ハズリットの『シェイクスピア劇の登場人物』（一八一七）は、ジョンソン博士の論じた普遍的「人間」を批判し、「シェイクスピアが自然の総体に接ぎ木した個々別々の性格や演劇的特徴の変化」[17]こそが重要なのだと説いて、シャイロック（『ヴェニスの商人』）への共感やヘンリー五世に対する反発、イザベラと公爵（『尺には尺を』）の人格への疑問など、今日でもしばしば問題となるトピックを発掘した。シェイクスピア劇では個々の登場人物や別個の要素が相互に関連し、あたかも一幅の絵のように有機的統一を構築しているという指摘は、ロマン派の批評を一気に跳び越えて二十世紀の構造主義批評に届いているようにも見える。ハズリットの論考によって、われわれは、劇中キャラクターを中心に据えた性格批評の成果と可能性が存外に深くて広いことに気づかされるのである。[18]

ハズリットと並んで見落とせないのは、ロマン派前期の詩人S・T・コールリッジの批評である。二度にわたって行われた彼の講演（一八一一―一二年、一八一八―一九年）は、十九世紀ロマン派の感性と分析的思考の精華として、現在でもシェイクスピア批評史を飾る一ページとされている。「動機なき悪意の動機探し」(the motive-hunting of a motiveless malignity)[19]という有名なイアーゴー論（『オセロー』）や、「私にはハムレット的なところがある」(I have a smack of Hamlet myself)[20]といった一節は、登場人物の内面に肉薄しようとするロマン派的性格批評の特徴を物語るもので、同様の傾向は、『リア王』は上演不可能であると断じたチャールズ・ラムの悲劇論にも見られる。役者の身体を夾雑物として拒絶し、嵐の場面のリアを読むとき「我々はリアを見ているのではない。我々はリアであり、リアの心の中にいるのだ」(we see not Lear, but we are Lear, ― we are in his mind)[21]と語るラムの言葉は、ロマン派の批評を端的に示す一例と言えるだろう。見落とせないのは、シェイクスピア批評の歴史が創り上げた〈自然〉詩人シェイクスピア、「天才」詩人シェイクスピアの神話が、ロマン派の批評にも連綿として息づいていることである。コールリッジによれば、シェイクスピアは「スピノザ的神であり、遍在する創造力」(the Spinozistic deity ― an omnipresent creativeness)[22]であるという。コールリッジは神と自然を同一視するスピノザの哲学、すなわち〈神即自然〉(Deus sive Natura)という概念を援用しつつ、シェイクスピアを、神聖にして絶対的創造力の体現者たる〈自然〉として祭りあげたのである。「シェイクスピアは時代を超越している」(Shakespeare is of no age)、「彼の言葉は完全に彼自身のものであり……時代の様式とは無縁である」(His language is entirely his own . . . His is not the style of the age) と論じたコールリッジのシェイクスピア賛美は、[23]シェイクスピア劇の登場人物は時空の制約を超えた自然のままの人間であると論じたジョンソン博士を経て、「彼は一時代の人ではなく、あまねくすべての時のために存在した」(He was not of an age, but for all time!)[24]と謳い上げたベン・ジョンソンの追悼詩にまで遡る。ドライデンも、ジョンソン博士も、あるいは、「彼の登場人物は自然そのものである」(His *Characters* are so much Nature her self)[25]と記した詩人アレグザンダー・ポープもコールリッジも、さらに、「自然詩人」シェイクスピアの「天才」を語って「すべてが自然から直接生まれ出てくるかのようだ」(all comes, or seems to come, immediately from nature)[26]と称賛せずにいられなかったハズリットも、シェイクスピアを〈自然〉の化身として謳い上げたベン・ジョンソンの子どもたちであった。ジョンソンの追悼詩以来三世紀にわたって、シェイクスピア批評の中心には、〈自然〉という名の強力なブラック・ホール、意味の真空地帯が存在し続けたのである。この偉大なる暗闇は、やがて二十世紀のシェイクスピア批評によって切り開かれることになるだろう。

全集の編纂

批評史の中でとりわけ注目したいのは、十八世紀に集中したテクスト編纂の試みである。ニコラス・ロウの『シェイクスピア全集』（一七〇九）にはシェイクスピアの伝記や登場人物一覧、幕場割りや、ト書きが書き加えられるなど、全集編纂の新しい体裁が盛り込まれていた。二つ折本以降最初の校訂版となったこの全集が出ると、以後、ロウの改訂版（一七一四）、ポープの全集（一七二五、第二版は一七二八）、ルイス・ティボルドの全集（一七三三）、トマス・ハンマーの全集（一七四三―四四）、ウィリアム・ウォーバートンの全集（一七四七）、ジョンソン博士の全集

（一七六五）、ジョージ・スティーヴンズ／ジョンソン博士の全集（一七七三、改訂・再版は一七七八と一七八五、最終改訂版全集は一七九三）、エドマンド・マローンの全集（一七九〇）と、文字通り矢継ぎ早に新しい全集が出版された。十八世紀はシェイクスピア全集の一世紀だったと言えるだろう。現代に続くシェイクスピア研究の礎は、この活発な編纂作業と、それに付随する批評活動によって築かれたものである。ポープの恣意的な編纂を批判し、『校訂されたシェイクスピア』（一七二六）を出版したティボルドは、シェイクスピアの真正な本文に従い、シェイクスピアの手になるものと明確に判断できる場合には、多くの誤りや欠陥もそのまま残すことを明言して、近代書誌学の方法に道を拓いた。喧嘩を売られたポープが諷刺詩『愚人列伝』（一七二八）の中でティボルドをこき下ろすなど、シェイクスピア編纂にまつわる攻防がイギリス文学史を賑わすエピソードを生んでいるのも興味深い。また、テクストの異同や先行する校訂本の注釈を網羅的に示そうとしたジョンソン博士の試みは、後のヴェアリオーラム版（集注版）を志向したもので、一七六五年の全集では実現しなかったものの、一七九三年のスティーヴンズ／ジョンソンの全集でその原型を完成し、後に第一（一八〇三）、第二（一八一三）ヴェアリオーラム版シェイクスピアの基礎となった。この間、一七九〇年に出版されたマローンの全集は、精密な学術的手法において卓越し、一世紀にわたるテクスト編纂史の集大成として今日でもその価値は失われていない。

十八世紀の全集出版ブームがとりわけ興味深いのは、テクストの編纂に関連して書かれた論評や批評が、シェイクスピア受容史に関わる幾つかの重要な問題に光を当てているからでもある。もとよりテクストは読まれるために編纂されるのであり、第一・二つ折本の編者も「さまざまな読者へ」向けた序文の中で、「シェイクスピアを読んでいただきたい……繰り返し、繰り返し読んでいただきたい[27]」と記しているが、十八世紀のテクスト編纂は〈読む〉シェイクスピアと〈観る〉シェイクスピアの分裂を加速させ、十九世紀ロマン派のシェイクスピア批評を書斎の奥へ招き入れることになった。

『ジョンソン伝』（一七九一）の著者ジェームズ・ボズウェルによれば、全集の「序文」でデイヴィッド・ギャリックに触れなかった理由を問われたジョンソン博士は、「役者に序文の紙面を汚されたくなかったからだ」と答えたという。[28] 当代きっての人気シェイクスピア役者であり、友人でもあったディヴィッド・ギャリックに対するジョンソンのコメントは、ボズウェルの脚色を差し引いても、なお注目に値する。ジョンソン博士は自ら編集した『英語辞典』（一七七五）の中の「編集者」（'Editor'）の項目で、その用例をポープの全集から引き、「この無意味ながらくたは、舞台役者であった編集者によってすべての版に混入することになった」という一節を挙げている。役者に対するジョンソン博士の不信感は根深かったようで、『マクベス』のテクストには「自分の知識を観客に教授してやろうと思うあまり……役者が差し挟んでしまった挿入と思われる」[29] といった注釈も見られる。テクスト編纂者としてのジョンソン博士が許せなかったのは、シェイクスピアとその受容者との間に侵入してくる役者――役者という名の解釈者――の存在であったようだ。後で触れるが、シェイクスピアを国民詩人に仕立て上げていく過程においても、役者とテクスト編纂者たちとの確執は露わになった。〈読む〉シェイクスピアが全盛のロマン派の時代に、役者は「詩人の最良の注釈者」と評したハズリットは、この意味でも、批評史の中で異彩を放つ存在だったと言えるだろう。

ジョンソン博士が全集に求めたのは、読者がシェイクスピアと直接向かい合う場を提供することであった。「注釈は必要悪」[30] と考える彼の主張は、そうした理念を表明したもので、ポープの編集方針はこれと明らかに抵触していた。ポープはテクスト編纂の際、勘所と思われる一節や場面を恣意的に選び、該当箇所に星印を付けて読者の注意を喚起しようとしたのだが、ジョンソン博士は〈あるがまま〉のテクストを良しとした。博士によれば、ポープの付けた印は、個々の読者が「独自に判断する楽しみ」[31]を奪うもので、読者の興味や判断力の涵養を損ない、発見の機会を邪魔する障害物に他ならないという。ジョンソン博士にとって、押しつけがましい編集者の介入は、シェイクスピアとその受容者の間に割り込む役者と同根の問題を孕んでいたのである。ヴェアリオーラム版を志向した彼の編集理念は、読者が自分自身の判断を最大限に発揮し、自身の読みを選択できるようにするためのものであった。ここには読者に向かって開かれた、解釈行為志向型のテクストが息づいているようにも見える。ジョンソン博士の遠い末裔には、ロラン・バルトの論じた〈書き込めるテクスト〉(texte scriptible) ——意味の生成に読者が参加し、読み行為の中で生産されていくテクスト——が控えているのかもしれない。

シェイクスピアの受容史に刻まれた、〈観〉劇から〈読〉書へというモードの変化には、どのような思想的要因があったのだろうか。ジョンソン博士の議論を今少したどってみよう。先に見た『英語辞典』の定義によれば、「読むこと」は「十全に知ること」であるという。博士はさらに、知的発達が初期段階からより高次な段階に進むと、「人間」を理解するための探求は、表面的な身振りや演技を見るだけでは足りず、書斎で営まれるようになるとも考えていたらしい。[32] シェイクスピア全集への「序文」には、判断力の向上を主眼とするジョンソン博士独自の教育論も盛り込まれていたと思われる。[33] 編集者の介入を極力廃したジョンソン版『シェイクスピア全集』は、読者を解釈の場に誘い、読解力を鍛え、楽しませつつ、判断力を養うことを可能にするのである。十八世紀に相次いで出版されたシェイクスピア全集は、知識人の育成に向けた教育論、広い意味での啓蒙思想と直接間接に連動しつつ、シェイクスピアを劇場から書斎に誘い込むことに成功したと言えるだろう。シェイクスピアは知的エリートの専有物となり、以後今日まで続く学術的批評史の王道を歩きはじめたのである。詩人は「思想を思考してきたが……［役者は］身体の動作を考えてきた……［詩人は］心を見つめてきたが……［役者は］顔を眺めてきた」[34]というジョンソン博士の極論は、「［シェイクスピアの］悲劇は身体の動作のために書かれたのではない、読むために書かれた」のだ、『リア王』を読むときわれわれは「リアの心の中にいるのだ」と語るロマン派前期のチャールズ・ラムへ、さらに、『マクベス』の門番登場の場面（ポーターズ・シーン）における演劇的効果を、主人公と観客の内面世界に求め、精緻な心理劇として分析したトマス・ド・クウィンシーの有名な評論「『マクベス』の城門のノックについて」（'On the Knocking at the Gate in *Macbeth*'）（一八二三）へと引き継がれていく。十九世紀ロマン派の性格批評と十八世紀の全集出版ブームは、密接に連動する精神史の一断面を形成しているのである。と同時に、読者に判断の場を提供しようとして役者を排除したジョンソン博士と、読者が劇中人物と一体となるために役者の身体を排除したラムとの間には、対象との〈距離〉感覚に起因する埋めがたい開きがあることも事実である。同様のことは、「私にはハムレット的なところがある」と語ったコールリッジについても言えるだろう。三一致の法則が求めるリアリズムを一笑に付し、シェイクスピアを擁護して「芝居は所詮は作り物だ」と言い切ったジョンソン博士とロマン派の批評との落差は決定的である。[35]シェイクスピア批評の歴史は、十八世紀と十九世紀の間で、受容のモードに関わる大きな質的変化を体験したのである。

国民詩人の誕生

全集の出版をめぐる十八世紀の動きは、国民詩人シェイクスピアの誕生とも密接に関連していたようである。一七六九年九月、名優ギャリックの企画したシェイクスピア生誕二百年記念祭が、劇作家の故郷ストラットフォードで盛大に催された。このイヴェントが火付け役となり、その後、一部にシェイクスピアの熱狂的ブームが起きるのだが、こうした一連の社会現象に対して、全集の編纂者たちはおしなべて冷淡な態度を示している。文壇の大御所ジョンソン博士は、わずか四年前に全集を出版し、ギャリックとは旧知の間柄(かつての師弟)であったにもかかわらず、この記念祭を欠席している。後にジョンソンの全集の改訂版を手掛けることになるスティーヴンズも、祭りの中心に文人ではなく役者が収まっていることを批判して、ストラットフォードには行かなかった。劇巷ではアイアランド父子(父サミュエル、息子ウィリアム)の開いたシェイクスピア・ショップが評判となり、劇作家の遺品(贋物)を求めてさまざまな名士が訪れたが、ジョンソン博士はもちろん、スティーヴンズも、一七七三年のジョンソン/スティーヴンズ版全集に協力したケンブリッジの学者リチャード・ファーマーもこの店に出かけた形跡はない。父子のペテン(贋造文書)にけりをつけたのは、自身の全集出版から六年、膨大な『調査報告書』(一七九六)をまとめたマローンであった。[36]

こうした一連のエピソードから浮かび上がってくるのは、シェイクスピアをめぐって交錯するポピュラー・カルチャーとエリート・アカデミズムの競合である。シェイクスピア記念祭を企画し、自宅の「シェイクスピア神殿」に自らをモデルにした劇作家の大理石像を祀ったギャリックは、文字通り前者を代表する立役者だったと言えるだろう。後者を代表するのは、改めて指摘するまでもなく、十八世紀のシェイクスピア批評を飾る全集編纂者たちである。ギャリックは、シェイクスピアを国民詩人として祭り上げることに腐心したと言われる。また、その目的は、シェイクスピア役者として名を馳せたギャリック自身と、彼が経営に携わったドルーリー・レイン劇場を、国民文化の中心に仕立て上げるためであったとも言われる。その意図はともかく、彼の思惑は見事に当たり、シェイクスピアはポピュラー・カルチャーの信奉する偶像となり、国民詩人としての地位を確立した。ポープとヘンリー・フィールディングの友人であり、広く文人のパトロンでもあったリトルトン卿は、『死者たちの会話』(一七六〇)に、『詩法』で知られるフランスの詩人ボワローを登場させ、ポープに向かって「シェイクスピア崇拝は君のお国の国家宗教のようですな」[37]と語らせている。ジョンソン博士は盲目的シェイクスピア崇拝を批判し、「彼はシェイクスピアを理解していない」[38]と述べて国民詩人シェイクスピアの仕掛人ギャリックを一蹴したとも言われるが、シェイクスピアを国民詩人に仕立て上げる素地は、これまで見てきたように、ベン・ジョンソンの追悼詩以来、連綿として批評史の中に流れていた。

シェイクスピア受容のモードは、〈観る〉シェイクスピアから〈読む〉シェイクスピアへ傾斜していったが、ポピュラー・カルチャーとエリート・アカデミズムは、結果的には相互補完的に、揺るぎない国民詩人の神話を築き上げたと言えるだろう。その精華とも言えるA・C・ブラッドリーの『シェイクスピアの悲劇』は、伝統と権威による神話化の呪縛を差し引いたとしても、なお抗しがたく魅力的な性格批評を構築している。二十世紀のシェイクスピア批評は、堅固に完成された〈シェイクスピア〉の神話をいかに継承し、変革していくのだろうか。

注

（1） S. L. Bethell, *Shakespeare and the Popular Dramatic Tradition* (1944; rpt. Octagon Press, 1977), p. viii.

（2） Ben Jonson, 'To the memory of my beloved, The Author Mr. William Shakespeare: And what he hath left us,' In Brian Vickers, ed., *Shakespeare: The Critical Herritage*, Vol. 1 (1623–1692) (Routledge & Kegan Paul, 1974), p. 25.

（3） Ben Jonson, 'To the memory,' In Vickers, ed., *Shakespeare*, Vol. 1, p. 24.

（4） Ben Jonson, 'To the memory,' In Vickers, ed., *Shakespeare*, Vol. 1, pp. 24–25.

（5） Ben Jonson, 'To the memory,' In Vickers, ed., *Shakespeare*, Vol. 1, p. 24.

（6） Ben Jonson, *Timber, or Discoveries*, In Vickers, ed., *Shakespeare*, Vol. 1, p. 26.

（7） John Dryden, *An Essay of Dramatick Poesie*, In Vickers, ed., *Shakespeare*, Vol. 1, p. 138.

（8） John Dryden, *An Essay of Dramatick Poesie*, In Vickers, ed., *Shakespeare*, Vol. 1, p. 138.

（9） John Dryden, ‘Preface’ to *All For Love: Or, The World Well Lost*, In Vickers, ed., *Shakespeare*, Vol. 1, p. 164.

（10） Samuel Johnson, ‘Dedication’ to Mrs Charlotte Lennox’s *Shakespeare Illustrated*, In H. R. Woudhuysen, ed., *Samuel Johnson on Shakespeare* (Penguin, 1989), p. 97.

（11） Samuel Johnson, ‘Dedication,’ In Woudhuysen, pp. 96–97.

（12） Samuel Johnson, ‘Preface’ to the Edition of Shakespeare’s Plays, In Woudhuysen, p. 143.

（13） Samuel Johnson, ‘Preface,’ In Woudhuysen, p. 122.

（14） Samuel Johnson, ‘Preface,’ In Woudhuysen, p. 122.

（15） Samuel Johnson, ‘Preface,’ In Woudhuysen, p. 125.

（16） Samuel Johnson, ‘Dedication,’ In Woudhuysen, p. 97.

（17） William Hazlitt, *Characters of Shakespear’s Plays*, In P. P. Howe, ed., *The Complete Works of William Hazlitt*, Vol. 4 (J. M. Dent and Sons, 1930), p. 176.　同書一七四—七六頁も併せて参照。

（18） シェイクスピア批評史におけるハズリットの再評価については Jonathan Bate, *Shakespearean Constitutions: Politics, Theatre, Criticism 1730–1830* (Clarendon Press, 1989) を参照。同じ著者による *The Genius of Shakespeare* (Picador, 1997) 第二部でもハズリットが論じられている。ちなみに、タイトルの ‘Genius of Shakespeare’ はハズリットのシェイクスピア論におけるキー・ワード。本セクションの後段で言及するように、ハズリットにとってシェイクスピアは「天才」(genius) の一語に集約されるべき劇作家であった。

（19） Samuel Taylor Coleridge, *Lectures*, In D. Nichol Smith, ed., *Shakespeare Criticism: A Selection 1623–1840* (1916; rpt. Oxford University Press, 1973), p. 268.

（20） Samuel Taylor Coleridge, *Table-Talk* (June 24, 1827), In Smith, p. 263.

（21） Charles Lamb, *On the Tragedies of Shakespeare*, In Smith, p. 205.

（22） Samuel Taylor Coleridge, *Table-Talk* (May 12, 1830), In Smith, p. 270.

（23） Samuel Taylor Coleridge, *Table-Talk* (March 15, 1834), In Smith, p. 271.

（24） Ben Jonson, 'To the memory,' In Vickers, ed., *Shakespeare*, Vol. 1, p. 24.

（25） Alexander Pope, 'Preface' to Pope's edition of *The Works of Shakespeare*, In Vickers, ed., *Shakespeare*, Vol. 2, p. 404.

（26） William Hazlitt, *Lectures*, In P. P. Howe, *The Complete Works*, Vol. 5, p. 50.

（27） John Heminge and Henry Condell, 'To the great Variety of Readers,' In Smith, p. 2.

（28） Frederick A. Pottle and Charles H. Bennett, eds., *Boswell's Journal of a Tour to the Hebrides with Samuel Johnson, LL. D., 1773* (William Heinemann, 1963), p. 207.

（29） Samuel Johnson, *Miscellaneous Observations on the Tragedy of* Macbeth, In Woudhuysen, p. 64.

（30） Samuel Johnson, 'Preface,' In Woudhuysen, p. 163.

（31） Samuel Johnson, *Proposals for Printing, by Subscription, the Dramatic Works of William Shakespeare*, In Woudhuysen, p. 118. ジョンソン博士のテクスト編集理念に関する議論についてはこの『提言』（*Proposals*）に拠る。'Preface,' pp. 157, 163–64 も併せて参照。

（32） Samuel Johnson, 'Preface,' In Woudhuysen, p. 144.

（33） ジョンソンによれば、教育の主たる目的は真偽や善悪を見分けるための〈判断力〉を養うことにあった。ジョンソン編『英語辞典』の「教育」（'Education'. n. s.）を参照。

（34） Samuel Johnson, 'The Life of Otway,' In Alexander Chalmers, ed., *The Works of the English Poets from Chaucer to Cowper*, Vol. VIII (1810; rpt. Georg Olms, 1970), p. 279.

（35） Samuel Johnson, 'Preface,' In Woudhuysen, p. 133–38.

（36） 国民詩人シェイクスピアの誕生については、Michael Dobson, *The Making of the National Poet: Shakespeare, Adaptation and Authorship, 1660–1769* (Clarendon Press, 1992) を参照。

（37） Lord Lyttelton, *Dialogues of the Dead*, 4th ed. (1765), In Vickers, ed., *Shakespeare*, Vol. 4, p. 411.
（38） Pottle and Bennett, eds., *Boswell's Journal*, p. 207.

第九章　シェイクスピア批評2（二十世紀以降）

末廣　幹

はじめに

シェイクスピア批評は、二十世紀に未曾有の地殻変動を経験した。二十世紀最初の批評の金字塔と誰もが認めるA・C・ブラッドリーの『シェイクスピアの悲劇』(1)は、当然のことながら二十世紀の批評的意識の所産ではなく、最良のロマン主義的批評家による十九世紀までの性格批評の集大成であった。ところが、二十世紀後半、特に七〇年代以降になると、批評家たちは競って最新の批評理論をシェイクスピアのテクストの分析のために援用するようになり、シェイクスピア批評という分野はさながら批評理論の実験場へと様変わりした。そして、八〇年代以降の批評の政治化の季節を通じて、テクストの解釈という行為において、同時に批評家個人が依拠する価値観やイデオロギーが問われるようになった。ポストセオリーの時代と言われる二十一世紀を迎えると、もはや先鋭的な批評意識は影を潜め、二十世紀後半の目まぐるしい批評理論の盛衰を踏まえた上で――ときにはすべてを忘却したかのように――フォーマリズムへと回帰しようとする傾向が認められるようになっている。

それでは、現在二十世紀のシェイクスピア批評をどのように振り返ればよいのだろうか。現実には膨大な量の批評書をすべて網羅するような紹介が不可能な以上、二十世紀のシェイクスピア批評の主要な問題系を取り出し、過去の批評をそれぞれの時代の文化的所産として歴史化しつつ、現代においてテクスト分析する際にどのようにリサイクルできるのかその可能性を検討するしかないだろう。小論はそのささやかな試みである。

言語的構築物としてのテクストへの注目

ブラッドリーの性格批評の特徴は、シェイクスピア悲劇の本質を、人間の性格に起因する行動、もしくは行動の中に現れる性格に見るところにあった。だが、畢竟するに、彼の方法論は、劇中の人物をあたかも実在する人物であるかのように扱う心理的リアリズムであり、哲学的考察に偏重することで、演劇的考察から乖離するという欠陥を抱えていた。二十世紀初頭において、ブッラドリーの影響は圧倒的であり、それは、J・D・ウィルソン、H・B・チャールトンにG・ウィルソン・ナイトなどの信奉者を生み出した。だが、同時に、E・E・ストールら歴史主義者の批判も招くことになり、これら肯定派と批判派とがシェイクスピア批評の二大潮流を形成していった。

しかし、現時点で歴史的に振り返ってみると、二十世紀のシェイクスピア批評の主流は、ブラッドリー批判派から生まれたと言っても過言ではない。ブッラドリー批判の急先鋒はテクストを劇詩として精読することを宣言したL・C・ナイツであったのだが、ここではまず、二十世紀批評の新潮流としてナイツの方法論に近い新批評(New Criticism)に注目してみたい。

W・K・ウィムザットとモンロー・C・ビアズリーがその規範を「意図に関する誤謬」と「感情に関する誤謬」の排除と定式化したように[2]、新批評とは、作品を、作者の意図や読者の感情に及ぼす影響から切断し、一つの有機的統一体として精読することを目指そうとする批評であった。そして、作品の意味はなによりもその形式と言語の特徴に求められ、その文学的な価値は、曖昧さ、パラドックス、アイロニーと緊張、すなわち複数の意味作用が対立しあい最終的に決定不可能に追い込まれるようなモメントに求められた。

新批評の立役者として崇拝されたのはもちろんT・S・エリオットである。たとえば、エリオットの『ハムレット』論における「客観的相関物」の欠落という批判や『オセロー』論におけるセネカ悲劇のストイシズムの影響という指摘[3]は、長期間にわたって金科玉条とされてきた。しかし、エリオットの批評は、彼自身がイギリスの文壇において自己成型する過程でなされた独断的発言であり、彼の詩学そのもののプロモーションとみなすべきであろう。シェイクスピア研究への貢献は、むしろ、シェイクスピアの同時代の劇作家、特にジェイムズ朝の劇作家の再評価を導いたことにあると言える。

新批評の本領が発揮されている例は、クリアンス・ブルックスの『マクベス』論[4]であろう。しかし、新批評的精読の最も注目すべき成果は、ウィリアム・エンプソンの批評である。エンプソンは、『オセロー』論[5]などにおいて、テクストの徹底した精読を通じて、言語遊技に見られる意味の重層性に注目している。その点で、エンプソンの精読は脱構築的な読解の先駆とみなすことができ、脱構築という文学理論が二十世紀の批評理論のなかで例外的にシェイクスピア批評にほとんど直接的な成果を残さなかったことからも、重要であろう。

すでに言及したナイツは、「マクベス夫人に子供は何人いたか？」[6]（一九三三）でブラッドリーを批判しながら、『マクベス』の精読を行ったが、彼が、一九三二年にF・R・リーヴィスらが創刊した批評雑誌『スクルーティニー』

の一派に属していたことを看過してはならない。ブルックスらアメリカにおける新批評の推進者が、テネシー州のヴァンダービルト大学を牙城にして、北部産業主義を批判することで南部農本主義を擁護していたように、イギリスの『スクルーティニー』派も、近代の産業資本主義が社会の荒廃を招いたことを批判し、経済的な個人主義が台頭する以前の過去のイングランドの「有機的共同体」を理想化した。つまり、新批評のもう一つの特徴は近代の産業資本主義の展開に対する危機感に基づいた社会批判なのである。ナイツの『ジョンソン時代の演劇と社会』(7)は、シティ・コメディというサブジャンルの萌芽的考察として重要であるが、シティ・コメディを資本主義の勃興という過渡期に出現したサブジャンルとみなしている点で、『スクルーティニー』派のイデオロギーが顕著にうかがえる。

一方で、テリー・イーグルトンが新批評が詩をフェティッシュに転じてしまったと批判しているように(8)、新批評が、テクストを作者や社会・歴史といった〈外部〉から切断することで、テクストを完成された言語的構築物として崇拝するような結果を招いたことは否定できない。とりわけ、上演を前提としたシェイクスピア演劇のテクストを〈外部〉に対して閉じた有機的統一体とみなすことの陥穽は自明であろう。しかし、運動としての新批評そのものが六〇年代に廃れた後に、厳密な精読が八〇年代以降、脱構築的読解として復活を遂げたように、批評の一契機としての精読はつねに実践され続けるだろう。たとえば、新批評的な精読の最良の成果として、ベン・ジョンソンの非対称的な散文とは対照的なバランスの取れた対立に基づいたシェイクスピアの散文の文体的特徴を炙り出したジョナス・バリッシュの『ベン・ジョンソンと散文喜劇の言語』(9)が挙げられる。さらに、徹底した精読に基づいた批評の今後の可能性を示しているのが、パトリシア・パーカーの著作、とりわけ『周縁からのシェイクスピア』(10)である。パーカーは、言語遊技の執拗な分析を経た上で、そこで明らかになった意味作用の重層性をジェンダー、階級や「人種」といったテクストの〈外部〉の問題へと連動させているのである。

ジャンル論の隆盛

ブラッドリーの悲劇論の本質は、アリストレスやヘーゲルの影響に基づいた哲学的考察であったのだが、二十世紀のシェイクスピア批評は、概して、十九世紀までの哲学者による悲劇論から自らを解き放って、シェイクスピア演劇のジャンルを論じてきたと言える。その典型例は、ノースロップ・フライの原型批評[11]である。フライは、古今東西の文学全体を、経験的な直感ではなく、科学的客観性に基づいて体系化するような野心的な分類学を目指した。フライによれば、文学は、様式、象徴、神話、ジャンルによって分類できると言う。そして、フライは、象徴の観点から、それぞれの文学作品に現れている原型（archetype）を分析しようとした。フライの批評の背後にあるのは、人類に共通した集合的無意識の存在を説くC・G・ユングの精神分析学であり、「安楽椅子の人類学者」サー・ジェイムズ・フレーザーらによる神話の集成と分類である。

シェイクスピア批評においてとりわけフライの影響が強く見られたのは喜劇に関する議論である。フライによれば、最も普遍的な原型は、アイデンティティの探求と喪失という相反する結果を伴う自己探求の神話である。そのうち、春のミュトス（文学表現の原型となる神話）に相当する喜劇というジャンルでは、古代ギリシア・ローマの新喜劇に典型例が見られるように、若い男が両親の反対という障碍を克服して若い女を獲得するのである。シェイクスピアのロマンス風喜劇の場合に、登場人物たちは、正常な世界からフライの言う「緑の世界」――『夏の夜の夢』の妖精の世界や『お気に召すまま』のアーデンの森――へと移り、ふたたび正常な世界へと戻るというパターンをたどることで、自己を再発見することになるのである。

新批評がある意味でモラリズムに基づいた文明批判を志したのとは対照的に、フライは一切の価値観を排除した自律的な文学の大系を構想したのだが、彼の原型批評は、帰納的な作業の積み重ねであったために、たとえば、そこにシェイクスピアの喜劇のヴァリエーションの歴史的な考察を求めることはできない。つまり、フライの壮大な文学大系は、新批評の閉じたテクスト観と同様に、文学の〈外部〉を遮断することによって初めて成立したのであって、歴史的・社会的要因が、いかにジャンルの変容を引き起こすのかといった問題を提起することはできなかったのである。

フライの喜劇論と相互補完的な関係にあるようにみなされるのがC・L・バーバーの喜劇論『シェイクスピアの祝祭喜劇』[12]である。フライの場合には、シェイクスピア喜劇は、歴史や社会を超越した次元から論じられていたのだが、バーバーの場合には、シェイクスピア喜劇とエリザベス朝イングランドの祝祭日の慣習との関係を問うことに主眼があり、当時の祝祭日の社会的形式が、いかに祝祭喜劇の劇的形式に貢献したかが論じられている。バーバーによれば、シェイクスピアの祝祭喜劇にはすべて、解放を通じて浄化へと向かう「農神祭的馬鹿騒ぎのパターン」(Saturnalian pattern) が見られると言うのだ。

バーバーの喜劇論は、シェイクスピア喜劇と民衆文化との関係を文化人類学的な視点と歴史的な視点の両面で検討している点で、その後の民衆文化研究、特にロシアの思想家ミハイル・バフチンのカーニヴァル論に基づいた新歴史主義による祝祭の政治性の分析[13]の先駆的な仕事とみなすことができるだろう。さらに、バーバーが晩年に執筆した論文[14]は、フェミニズム批評や精神分析批評への展開を示しており、八〇年代以降バーバーの門下の批評家たちが目覚ましい活躍を遂げたことを考え併せると、バーバーの批評の広範な射程が明らかになるだろう。

ジャンル論の陥穽は、ジャンルという枠組みをあらかじめ規定した上で個々の作品をその枠組みに当てはめることで、どうしても「結論先にありき」の背理法になりがちなところである。そのような陥穽を超克する試みとして、ジャンルの規定そのものに異種混淆性を導入する方法に注目しておきたい。異種混淆的なジャンルの規定の試みに関しては、ロザリー・コリーの「混淆ジャンル」(mixed genre) の概念[15]が八〇年代以降再評価されつつあることを挙げておきたい。コリーは、混淆ジャンルがルネサンスにおいて文学のみならず思想の様式としても支配的であったことを指摘することで、硬直したジャンルの体系の概念を批判しようとした。シェイクスピア批評では、ロマンス劇を含む悲喜劇 (tragicomedy) が、混淆ジャンルとしてどのような政治性を孕んでいたのかが検討されている[16]。だが、コリーの理論を徹底して応用すれば、「ロマンス風喜劇」という固定したレッテルが貼られていた作品が実際には混淆ジャンルとして多様な可能性を潜在させていることを今後検討できるのではないだろうか。

受容理論と劇場という場の機能

すでに述べたように、新批評は、作品が読者の感情に及ぼす影響を「感情に関する誤謬」と呼び、作品の解釈から排除してしまったのだが、六〇年代になると、現象学や解釈学に由来する受容理論と読者反応論がそれぞれドイツとアメリカで起こり、読者による作品の受容という側面に力点が置かれるようになった。それぞれの代表格は、ヴォルフガング・イーザーとスタンリー・フィッシュである。イーザーによれば、読者は、読書行為を通じて得られる見解に見られる空所 (gap) を意味で埋める役割を果たすと言う。つまり、イーザーにとって読者の解釈行為とはそのような空所の補充なのである。他方で、フィッシュは当初、経験論的な読者の反応の記述という読者反応論から出発したのだが、八〇年代になると、テクストの意味はすべて読者の解釈によって創造されるというラディカルな主張をするようになる。ところが、実際には、個々の読者はいかなるテクストに対しても多様な読みを実践できるわけではなく、そこには限界があると言う。フィッシュによれば、読者の読みが制限づけられるのは、それぞれの読者が特定の「解釈共同体」に所属しているからだと言う。ここで、イーザーが分析対象にしているのは、現実の読者ではなく、それぞれのテクストにおける「含意された読者」(implied reader) であるように、フィッシュもまた、あくまでも読者と解釈共同体との関係を理論的に設定しているのであって、社会的・歴史的に成立した解釈共同体の力学を実証的に検証してはいないことに注意しておきたい。

このような読者反応論は、シェイクスピア演劇にも応用され、そもそも上演を前提とした演劇テクストを読者の立場で精読することの問題性についても議論されている。しかし、ここでは、フィッシュの読者反応論とほぼ同じ時期に登場した観客反応論について検討しておきたい。観客反応論を掲げた批評の代表例として、E・A・J・ホニグマンの『シェイクスピア、七つの悲劇』やジーン・E・ハワードの『シェイクスピアの交響楽的技法――舞台技法と観客の反応』[17]がある。いずれも、シェイクスピアが劇作家として観客の反応を操作するためにどのような技術や技法を用いたかを検討しているところに共通した特徴が見られる。特にホニグマンはテクストを精緻に分析しながら、観客の登場人物に対する反応が共感と反感に分裂する瞬間に焦点を当てている。しかし、その観客反応論は、テクストの精読によって導かれたために、皮肉にも観客というよりもむしろ読者の視点からの議論という印象が強まってしまったのである。

その後の観客反応論が、現代の批評家の視点に基づいて「理想的な観客」を措定することから、初期近代における劇場という場の機能を念頭に置きつつ、歴史的な上演の分析と観客反応の理論との接合へと向かったことはきわめて興味深い。歴史的な上演分析としてその後の批評に多くの影響を及ぼしたのは、旧東ドイツのマルクス主義批評家ロベルト・ヴァイマンの『シェイクスピアと民衆演劇の伝統』[18]（原著一九六八、英訳一九七六）である。ヴァイマンは、国王など上位の階級の登場人物が演技する舞台中央の領域（locus）と道化など下位の登場人物が演技する舞台前方の領域（platea）という二つの象徴的空間の相互補完的交渉からシェイクスピア演劇のダイナミズムを論じた。つまり、国王など上位の人物も、観客に直接アピールすることができた道化などの批判や補足を受けざるを得なかったというのである。ヴァイマンの批評は、民衆演劇の伝統の議論を洗練させた点にその功績を認められるが、歴史的な上演を概念の二項対立で裁断しまった点で問題を残した。

観客反応論にフェミニズム批評や新歴史主義の批評意識を導入して洗練させることに成功したのは、ジーン・E・ハワードの『初期近代イングランドの演劇と社会の闘争』[19]である。ハワードは、当時の反劇場主義者の劇場批判を検証することによって、劇場自体が社会的な闘争の場であったことに注目している。そして、とりわけ女性にとっては観劇行為そのものがそのような闘争の場に参与することになり、女性観客の反応には文化変容の契機が見出しうると論じている。ハワードの議論はそもそも政治批評の批評的意識に基づいているゆえに、実証的な検証はもちろん十分ではない。しかし、劇場という場の機能を捉え直すことによって、女性観客の反応を論じた点では画期的な議論である。

観客反応論の可能性は、劇場という場の機能の歴史化にかかっているように思われる。たとえば、新歴史主義者のスティーヴン・マレイニー[20]は、サザックなど劇場が当時位置していた空間がリバティーズと呼ばれていたことに着目し、リバティーズは、宮廷からもシティからも相対的に自由で、境界侵犯が認可された第三の空間であったと論じている。しかし、ロンドンのさまざまな地域に位置していた劇場を第三の空間という一元的なカテゴリーで論じることには無理がある。劇場の場の機能を考察するためには、観客や劇場に関する実証的な研究の成果を取り込む必要があるだろう。その点で、参考になるのは、アンドルー・ガーの一連の研究である。特に、ガーは、『シェイクスピア時代のロンドンにおける観劇行為』[21]で、公衆劇場と私設劇場の観客という伝統的な二分法に対して、劇場と時代によって観客層が多様に変化していたことを検証している。ここで、フィッシュの理論を応用して、劇場を一つの歴史的・社会的「解釈共同体」とみなすと、複数の対立し合った劇場＝解釈共同体が、同一の時事的テーマやモティーフを扱いながらまったく異なるスタンスでドラマ化した作品を上演していたことが、劇作家や俳優とは異なるレヴェルで論じられるのではないだろうか。

新歴史主義の展開

一九八〇年代以降、アメリカを中心にして新歴史主義——あるいはこの批評理論の領袖であるスティーヴン・グリーンブラットの言葉を用いれば、「文化の詩学」(poetics of culture) ——と呼ばれた方法がシェイクスピア批評を席巻した。[22] しかし、現在、新歴史主義は単一の批評理論を指す名称ではなく、グリーンブラットを中心とするカリフォルニア大学バークレー校の研究グループもしくは雑誌『レプリゼンテーションズ』に寄稿したメンバーが実践していた批評の総称とされている。ただ新歴史主義という名称は、もちろんそれ自体、旧来の歴史主義に対する批判を含意している。新歴史主義の批評家たちによって批判のための格好のターゲットと選ばれたのが、E・M・W・ティリヤードの仕事であり、ティリヤードの批評は旧歴史主義と揶揄されることになった。

新歴史主義者によれば、ティリヤードは、『エリザベス朝の世界像』や『シェイクスピアの歴史劇』[23]という著作を通じて、シェイクスピア演劇をはじめとするエリザベス朝文学は、当時自明なものとして人々に共有されていた世界像や「存在の大いなる鎖」を正当化するような保守的なイデオロギーを忠実に反映していたと言う。それに対して、新歴史主義者は、作家一個人が世界像を忠実に反映して創作を行ったという旧歴史主義の前提に疑問を投げかける。たとえば、新歴史主義のメルクマールと目されるグリーンブラットの『ルネサンスの自己成型』[24]では、教会、宮廷や劇場という特定の社会的機関 (social institution) に焦点を当てた上で、シェイクスピアをはじめとする六人の文人たちが、それぞれの機関にはたらく権力との相互作用を通じて、いかに自己のアイデンティティを一種の虚構作品として創造したかを論じている。つまり、グリーンブラットは、文人たち一個人の資質よりも社会的機関の生産的な側面を重視しているのである。さらに、ティリヤードが特定の時代の世界像を一枚岩的に想定しているのに対して、グリーンブラットは、社会的機関にはたらく権力の差異に注目しているとも言える。

その後、グリーンブラットは、「社会的エネルギーの循環」や「交渉」をキーワードに、劇場という社会的機関が、いかに権力を帯びたさまざまな言説を介在しているかを解明することを目標として掲げている。[25]しかし、悪名高い『ヘンリー五世』[26]論に如実に見られるように、グリーンブラットの作品論では、「権力は自己の存在を脅かす転倒的な存在を積極的に生産し、その包摂を通じて維持を計る」という転倒と包摂のテーゼが前景化されるために、政治的保守性や悲観主義が指摘されている。

グリーンブラットとは異なり、ルイス・モントローズは、文学テクストと社会的コンテクストの相互交渉に注目し、テクストはコンテクストを「反映する」のみならず、またコンテクストに「介入する」ことを強調する。モントローズによる『お気に召すまま』や『夏の夜の夢』の作品論[27]にはそのような方向性が明確に示されており、その点で新歴史主義の最良の成果と言えるだろう。

アメリカにおいて新歴史主義が勃興したのと時を同じくして、イギリスでは、レイモンド・ウィリアムズのマルクス主義批評の流れを汲む文化唯物論[28]が登場した。文化唯物論は、新歴史主義とまったく異なる思想的系譜に属しているのだが、新歴史主義に対して相互補完的な役割を果たしたと言える。文化唯物論が目標として掲げていたのは、文学テクストの解釈を通じて、イデオロギーの矛盾を暴き、支配的な構造を突き崩す、つまり権力に対する抵抗の拠点を確保することであった。その点で、文化唯物論は、新歴史主義の政治的保守性に対して有効な批判となり得た。他方で、文化唯物論は、政治的な目標が明確なだけに、性急に結論を求めたり、シェイクスピアのテクストを現代の文化の政治学と直結してしまうという難点があった。九〇年代以降のシェイクスピア批評において、文学テクストを解釈する上で、批評家自身が依拠する価値観やイデオロギーが影響しないことはあり得ないという問題意識が流布したことが、文化唯物論の最大の貢献と言えるだろう。

政治批評の先鋭化

文化唯物論の最良の成果であるジョナサン・ドリモアとアラン・シンフィールドによる『ヘンリー五世』論には二つのヴァージョン[29]が存在する。ドリモアとシンフィールドが、フェミニストらの批判を受けた後に、かなりの加筆をしたためである。二つのヴァージョンを読み比べてみると、フェミニズム批評やジェンダー批評の意識の深化を見ることができる。フェミニズム批評がシェイクスピアのテクストを本格的に取り上げるようになったのは、八〇年代を迎えてからであった。だが、八〇年代初頭のフェミニズム批評[30]は、七〇年代に支配的であったリベラル・フェミニズムのイデオロギーに依拠しており、本質論的な「女性」の概念を措定することによって、テクストにおける女性の表象の積極的な評価に留まっていたと言える。しかし、その後九〇年代に至って、「女性」という概念を一枚岩的に措定することが暗黙のうちに「白人中産階級異性愛主義」を規範化し、それ以外の女性の視点を排除しうることが認識され、フェミニズム批評は、人種、階級やセクシュアリティなどジェンダー以外の差異にも焦点を当てるようになった。『差異の問題』や『初期近代における女性、「人種」とエクリチュール』[31]はそのようなフェミニズム批評の成果である。

一方で、九〇年代には、ジェンダー批評やゲイ／レズビアン批評が、シェイクスピア演劇に見られるジェンダーとセクシュアリティとの関係を問うようになった。特に、王政復古期以前の劇場において女性を表象するのに少年俳優が用いられていたことを取り上げて、劇場におけるジェンダーのパフォーマンスの意味を論じたスティーヴン・オーゲルの批評[32]は画期的な論考である。他方で、ヴァレリー・トラウブ[33]は、シェイクスピア演劇に見られるエロティックな表象が従来異性愛中心主義のみで論じられたことを批判しつつ、多様なセクシュアリティの可能性を論じているが、近年ではさらにホモエロティシズムの問題への考察を深め、初期近代のレズビアニズムがなぜこれまで周縁化されてきたのかを問うている。

九〇年代を通じて目覚ましい展開を遂げたのは、ポストコロニアル批評である。『さまざまなポストコロニアルのシェイクスピア』[34]という論文集が二部構成になっているように、その批評的アジェンダは二つに大別できる。一つは、シェイクスピアのテクストに見られる「人種」や植民地主義のイメージや言説を批判的に分析することを通じて、植民地主義に抗する可能性を見出すことである。[35]もう一つは、英米以外の文化圏におけるシェイクスピアの受容（翻訳や教育）や文化的領有（翻案や上演）を批判的に検討するものである。[36]前者に関して言えば、フランスの精神分析学者オクターヴ・マノーニが、一九五〇年に植民地化の心理を考察するために『あらし』を援用[37]して以来、『あらし』はポストコロニアル批評にとって特別なテクストであったが、九〇年代を通じて『あらし』以外のテクストも批評の俎上に上げられるようになった。しかし、いずれのアジェンダに関しても強調しておかなければならないことは、ローカルな事象や経験が本質化されたり、特権化されてはならないということである。シェイクスピアのテクストを生産した初期近代イングランドの文化や社会を考察する場合にも、一見するとローカルで、国内に限定されたように見える問題がいかにグローバルでトランスナショナルな関係性のなかで成立しているかを解明していくことが重要であろう。

すでに冒頭で指摘したように、八〇年代以降の政治批評の先鋭化のために、批評家は、シェイクスピアのテクストの解釈行為を通じて、ジェンダー、階級、人種やセクシュアリティといったさまざまな差異によって重層的に決定された自分自身のアイデンティティに向かい合わざるを得なくなった。こうした批評的な自意識はある側面では確かに解釈の自由を阻害しかねないのだが、このような自意識を棄却して、かつての批評が前提としていた「真理」の普遍性や客観性を取り戻そうとしてもそれは後退でしかないだろう。われわれ自身のアイデンティティを意識しながら、テクストによって表象されるさまざまな差異の政治性を検証していくことで、われわれは、ようやくテクストの問いかけに対して応答責任を果たすことができるのではないだろうか。

おわりに――〈作者〉の復権？

最後に、近年のシェイクスピア批評の顕著な傾向であるシェイクスピアの伝記ブームについて検討しておきたい。たとえば、二〇〇四年には、スティーヴン・グリーンブラットによる伝記とイギリスの先鋭的な批評家リチャード・ウィルソンによる学術的な評伝[38]が矢継ぎ早に刊行された。なかんずく、かつて新歴史主義のリーダーとして学界で華々しく活躍していたグリーンブラットが一般読者向けの伝記を著し、それが直ちにイギリスとアメリカでベストセラーになったことはシェイクスピア研究者の間にセンセーションを巻き起こした。こうした伝記ブームはどのように捉えるべきなのだろうか。このブームは、二十世紀において一部の例外を除いて等閑視されてきた伝記批評の復活を告げる出来事なのだろうか。シェイクスピア批評は、二十一世紀を迎えて、十九世紀のロマン主義批評とは異なる意味で、ふたたび〈作者〉シェイクスピアの権威を再構築しようとしているのだろうか。

しかし、グリーンブラットやウィルソンの伝記を詳細に検討してみると、これらの依拠する方法論が、旧来の伝記のそれとは隔絶していることが明らかになる。グリーンブラットもウィルソンも、シェイクスピアのカトリック的なコネクションへの注目の点で相通じているのだが、特にウィルソンは、シェイクスピアが青年期を過ごしたとされているランカシャーのカトリック・ネットワークの重要性を強調している。つまり、ウィルソンは実在した生身のシェイクスピアの生き様を実証的に解明しようとしているのではなく、グリーンブラット流の自己成型の理論を応用した上で、カトリックの集団的ネットワークのなかで構築される〈シェイクスピア〉に迫ろうとしているのである。

われわれは、この例を通じて、人間主体が中心を占めるはずの伝記という文学的ジャンルにおいてさえ、主体が脱中心化されていることを確認できるだろう。[39] このような傾向こそが、二十世紀のシェイクスピア批評の不可避の帰結であることはもはや否定できないだろう。

注

（1）A. C. Bradley, *Shakespearean Tragedy: Lectures on Hamlet, Othello, King Lear, Macbeth* (Macmillan, 1904).（中西信太郎訳『シェイクスピアの悲劇』岩波文庫上・下巻、一九三八、三九）

（2）W. K. Wimsatt and Monroe C. Beardsley, "The Intentional Fallacy" (3–20) and "The Affective Fallacy" (21–40) in

Wimsatt, *The Verbal Icon: Studies in the Meaning of Poetry* (University Press of Kentucky, 1954).
（3） T. S. Eliot, *Selected Essays*, 3rd ed. (Faber and Faber, 1951), pp. 141–47, 126–40.
（4） Cleanth Brooks, "The Naked Babe and the Cloak of Manliness," Brooks, *The Well- Wrought Urn: Studies in the Structure of Poetry* (Harcourt, 1947), pp. 22–49.
（5） William Empson, "Honest in *Othello*," Empson, *The Structure of Complex Words* (Chatto & Windus, 1951), pp. 218–36.
（6） L. C. Knights, "How Many Children Had Lady Macbeth?," *Explorations: Essays in Criticism Mainly on the Literature of the Seventeenth Century* (Chatto & Windus, 1946), pp. 15–54.
（7） L. C. Knights, *Drama & Society in the Age of Jonson* (Chatto & Windus, 1937).
（8） Terry Eagleton, *Literary Theory: An Introduction* (Blackwell, 1983), p. 49.
（9） Jonas A. Barish, *Ben Jonson and the Language of Prose Comedy* (Harvard University Press, 1960).
（10） Patricia Parker, *Shakespeare from the Margins: Language, Culture, Context* (University of Chicago Press, 1996).
（11） フライの主著はもちろん Northrop Frye, *Anatomy of Criticism: Four Essays* (Princeton University Press, 1957)（海老根宏ほか訳『批評の解剖』法政大学出版局、一九八〇）であるが、喜劇論としては、"The Argument of Comedy," D. A. Robertson, ed., *English Institute Essays* (Columbia University Press, 1948), pp. 58–73. がまとまっている。
（12） C. L. Barber, *Shakespeare's Festive Comedy: A Study of Dramatic Form and its Relation to Social Custom* (Princeton University Press, 1959).（玉泉八州男・野崎睦美訳『シェイクスピアの祝祭喜劇――演劇形式と社会的風習との関係』白水社、一九七九）
（13） Michael D. Bristol, *Carnival and Theater: Plebeian Culture and the Structure of Authority in Renaissance England* (Methuen, 1985); Peter Stallybrass and Allon White, *The Politics and Poetics of Transgression* (Methuen, 1986).（本橋哲也訳『境界侵犯――その詩学と政治学』ありな書房、一九九五）

（14） Murray M. Schwartz and Coppelia Kahn, eds., *Representing Shakespeare: New Psychoanalytic Essays* (Johns Hopkins University Press, 1980); Peter Erickson and Coppelia Kahn, eds., *Shakespeare's "Rough Magic": Renaissance Essays in Honor of C. L. Barber* (University of Delaware Press, 1985).

（15） Rosalie L. Colie, *The Resources of Kind: Genre-Theory in the Renaissance*, ed. Barbara K. Lewalski (University of California Press, 1973). 特にコリーの仕事の再評価の初期の例として次の論文集を参照。Barbara Kiefer Lewalski, *Renaissance Genres: Essays on Theory, History, and Interpretation* (Harvard University Press, 1986).

（16） 悲喜劇の批評としては次の論文集を参照。Nancy Klein Maguire, ed., *Renaissance Tragicomedy: Explorations in Genre and Politics* (AMS Press, 1987); Gordon McMullan and Jonathan Hope, eds., *The Politics of Tragicomedy: Shakespeare and After* (Routledge, 1992).

（17） E. A. J. Honigmann, *Shakespeare, Seven Tragedies: The Dramatist's Manipulation of Response* (Macmillan, 1976). Jean E. Howard, *Shakespeare's Art of Orchestration: Stage Technique and Audience Response* (University of Illinois Press, 1984).

（18） Robert Weimann, *Shakespeare and the Popular Tradition in the Theater: Studies in the Social Dimension of Dramatic Form and Function*, ed. Robert Schwartz (Johns Hopkins University Press, 1978).（青山誠子・山田耕士訳『シェイクスピアと民衆演劇の伝統――劇の形態・機能の社会的次元の研究』みすず書房、一九八六）

（19） Jean E. Howard, *The Stage and Social Struggle in Early Modern England* (Routledge, 1994).

（20） Steven Mullaney, *The Place of the Stage: License, Play, and Power in Renaissance England* (University of Chicago Press, 1988).

（21） Andrew Gurr, *Playgoing in Shakespeare's London* (Cambridge University Press, 1987).

（22） 新歴史主義という批評理論の多様な側面については次の論文集を参照。H. Aram Veeser, ed., *The New Historicism* (Routledge, 1989).

(23) E. M. W. Tillyard, *The Elizabethan World Picture* (Chatto & Windus, 1943)（磯田光一・玉泉八州男・清水徹郎訳『エリザベス朝の世界像』筑摩書房、一九九二）; *Shakespeare's History Plays* (Chatto & Windus, 1944).

(24) Stephen Greenblatt, *Renaissance Self-Fashioning: From More to Shakespeare* (University of Chicago Press, 1980).（高田茂樹訳『ルネサンスの自己成型――モアからシェイクスピアまで』みすず書房、一九九二）

(25) Greenblatt, *Shakespearean Negotiations: The Circulation of Social Energy in Renaissance England* (Clarendon Press, 1988), pp. 1–20.（酒井正志訳『シェイクスピアにおける交渉――ルネサンス期イングランドにみられる社会的エネルギーの循環』法政大学出版局、一九九五）

(26) Greenblatt, "Invisible Bullets," *Shakespearean Negotiations*, pp. 21–47.

(27) Louis Adrian Montrose, "'Shaping Fantasies': Figurations of Gender and Power in Elizabethan Culture," *Representations* 2 (1983), pp. 61–94; "'The Place of a Brother' in *As You Like It*: Social Process and Comic Form," *Shakespeare Quarterly* 32 (1981), pp. 28–54.

(28) 文化唯物論の方法論については次の論文集を参照。Jonathan Dollimore and Alan Sinfield, eds., *Political Shakespeare: New Essays in Cultural Materialism* (Manchester University Press, 1985).

(29) Dollimore and Sinfield, "History and Ideology: The Instance of *Henry V*," in John Drakakis, ed. *Alternative Shakespeares* (Methuen, 1985), pp. 206–27; "History and Ideology, Masculinity and Miscegenation: The Instance of Henry V," Sinfield, *Faultlines: Cultural Materialism and the Politics of Dissident Reading* (University of California Press, 1992), pp. 109–42.

(30) 最初の本格的なフェミニズム批評の論集として次を参照。Carolyn Ruth Swift Lenz, Gayle Greene, and Carol Thomas Neely, eds., *The Woman's Part: Feminist Criticism of Shakespeare* (University of Illinois Press, 1980). 八〇年代のフェミニズム批評のもう一つの特徴として、女性や非ヨーロッパ世界の人々にとってかならずしも解放の時代ではなかったことに注目することで、伝統的な「ルネサンス」という概念を根本から問い直そうとする傾向が挙げられる。次の論集はその試みの一つである。Margaret W. Ferguson, Maureen Quilligan, and Nancy J. Vickers, eds., *Rewriting the Renaissance: The Discourses of Sexual Difference in Early Modern Europe* (University of Chicago Press, 1986). 実際に九〇年代以降の批評の多くは、「ルネサンス」に代わって「初期近代」という時代区分を採用するようになっている。

(31) Valerie Wayne, ed., *The Matter of Difference: Materialist Feminist Criticism of Shakespeare* (Harvester Wheatsheaf, 1991). Margo Hendricks and Patricia Parker, eds., *Women, "Race," and Writing in the Early Modern Period* (Routledge, 1994).

(32) Stephen Orgel, *Impersonations: The Performance of Gender in Shakespeare's England* (Cambridge University Press, 1996).（『性を装う——シェイクスピア・異性装・ジェンダー』岩崎宗治・橋本惠訳・名古屋大学出版会、一九九九）

(33) Valerie Traub, *Desire and Anxiety: Circulations of Sexuality in Shakespearean Drama* (Routledge, 1992); Traub, *The Renaissance of Lesbianism in Early Modern England* (Cambridge University Press, 2002).

(34) Ania Loomba and Martin Orkin, eds., *Post-Colonial Shakespeares* (Routledge, 1998).

(35) この方向性の代表例として次の文献を挙げておく。Kim F. Hall, *Things of Darkness: Economies of Race and Gender in Early Modern England* (Cornell University Press, 1995). Ania Loomba, *Shakespeare, Race, and Colonialism* (Oxford University Press, 2002).

(36) 代表例として次を参照。Ania Loomba, *Gender, Race, Renaissance Drama* (Manchester University Press, 1989). Martin Orkin, *Shakespeare against Apartheid* (Donker, 1987).

(37) Octave Mannoni, *Prospero and Caliban: The Psychology of Colonization*, trans. Pamela Powesland (Methuen, 1956).

(38) Stephen Greenblatt, *Will in the World: How Shakespeare Became Shakespeare* (W.W. Norton, 2004).（河合祥一郎訳『シェイクスピアの驚異の成功物語』白水社、二〇〇六）Richard Wilson, *Secret Shakespeare: Studies in Theatre, Religion and Resistance* (Manchester University Press, 2004).

(39) シェイクスピア批評における主体の脱中心化という傾向は、初期近代の演劇の制作に見られる「共同制作」

(collaboration)の積極的評価にも見られる。次の文献を参照。Jeffrey Masten, *Textual Intercourse: Collaboration, Authorship, and Sexualities in Renaissance Drama* (Cambridge University Press, 1997). Brian Vickers, *Shakespeare, Co-Author: A Historical Study of Five Collaborative Plays* (Oxford University Press, 2002).

第十章　シェイクスピア劇の上演と映画化

喜志哲雄

エリザベス朝の劇場

ロンドンを訪れる人は、テムズ川南岸のサザックと呼ばれる地区にある奇妙な建物に目をとめるに違いない。発電所を再利用したこの巨大な建物は、もっぱらイギリスの美術を展示するテイト美術館の新館で「テイト・モダン」という通称で知られている。その東隣に、これほど目立ちはしないが、やはり奇妙な外観をもった建物がある。「シェイクスピアのグローブ」、あるいは単に「グローブ」と呼ばれる劇場である。なぜそう呼ばれるかというと、これはシェイクスピアが属していた劇団の専用劇場であったグローブ座(地球座)を再現したものだという建前になっているからである。

この劇場がある地域は、シェイクスピアの時代には、劇場や闘鶏場や熊いじめの小屋や酒場などが立ち並ぶ、よく言えば活気のある、悪く言えばいかがわしい場所であった。そういういわば由緒ある場所にシェイクスピアのグローブ座を復元しようとした人がいた。サム・ワナメイカー(一九一九―九三)というアメリカ人の俳優・演

図 11　新しいグローブ座の外観

出家である。ワナメイカーは新しい劇場の完成を待たずに他界したが、彼の努力は実を結び、劇場は一九九七年に最初のシーズンを迎えた。ただしこの劇場がもとのグローブ座を正確に復元したものであるという言い方には問題がある。新しいグローブ座には、たとえば夜間の公演のために電気照明が設置されているが、もちろんエリザベス朝の劇場にはそんなものはなかった。第一、もとのグローブ座の細部についてははっきりしない点があるから、それを完璧に再現した劇場などというものはありえない。しかし、舞台と客席のそれぞれのあり方、そして舞台と客席との関係という、あらゆる劇場についてのいちばん重要な側面に関する限り、現在のグローブ座はシェイクスピアのグローブ座の——と言うより、エリザベス朝の公衆劇場の——すがたを忠実に伝えているとみなして差し支えない（「公衆劇場」というのは、広い層の観客を対象とした比較的大きな劇場のことで、少数の知識層を対象とした「私設劇場」と区別される。この点については、追って説明する）。

新しいグローブ座は円形の建物で、外壁の内側にはギャラリーと呼ばれる客席がある。これは椅子席である（ギャラリーは三層になっているが、三層という数字にこだわる必要はない。たとえば二層であっても構わないであろ

図 12　新しいグローブ座の内部

う)。ギャラリーから見下す位置になる劇場の中心部はいわゆる平土間で、ここは立見席だ。この平土間に向かって、劇場外壁の内側の一部から大きな舞台が突き出している(したがって、平土間の観客は舞台を三方から囲むことになる)。舞台には屋根がある。ギャラリーにも屋根がある(厳密に言うと、一階席や二階席の観客の頭上には、上階の床がある)。しかし、平土間には屋根はない。つまり、エリザベス朝の公衆劇場は基本的には野外劇場だったのであり、芝居は白昼、太陽光線のもとで演じられたのだ。

舞台そのものだが、舞台奥、つまり客席からいちばん遠い場所には二階があり、ここも演技に用いられる。一階部分(と言うより、本舞台)の奥には、幕でさえぎられた空間があり、人物の登場や退場に利用される。しかし、登退場の多くは、舞台奥の壁の左右にある二つの出入口を使ってなされる。現代の多くの劇場のように舞台の前に幕があって、舞台を観客の目からさえぎっているといったことはない。

こういう劇場と私どもが見慣れている劇場との間には、

いくつもの大きな違いがある。たとえば、現代の劇場なら、幕が上がったら(あるいは、照明がついたら)、すでに舞台に登場している俳優が見えるようになるとか、俳優を舞台に留まらせたままで幕を下ろす(あるいは、照明を消す)とかといった手法を用いることができるが、エリザベス朝の劇場では、こうした手法を用いることはできなかった。つまり、あらゆる人物は必ず登場し、また退場せねばならないのであり、当然このことは戯曲の書き方に関わってきた。

現代の劇場では舞台(あるいは演技空間)と客席とは截然と区別されているのが普通だが、エリザベス朝の劇場では、この区別はそれほど明瞭ではない。現代の劇場の舞台は、正面から見るとまるで額縁に収められた一幅の絵のように感じられるので、額縁舞台と呼ばれることがある。これに対してグローブ座の舞台のように、客席に向かって突き出している舞台、客席によって囲まれている舞台は、張出舞台と呼ばれることがある。客席が舞台を囲んでいるのだから、両者の区別は額縁舞台の場合よりも曖昧になる。

さらに、照明や装置といった、現代の観客が当然のものとみなしている表現手段は、エリザベス朝の劇場では用いられなかった。装置は大抵は劇の事件の場所がどこであるかを示すために用いられる。照明は、劇の事件が起こる時間がいつであるか(たとえば、昼間か夜間か)を示すために用いられることが多い。あるいは、同じく夜間であっても、月が輝いているのか、それとも嵐であるのかといった区別を示すために、照明が利用されることもある。要するに、装置や照明は劇の空間や時間のあり方を観客に向かって具体的に示すための視覚的手段なのだと言えよう。しかし、シェイクスピアの時代には、そういうものはなかった。それなら、時間や空間のあり方はどのようにして観客に伝えられたのか。もちろん視覚的手段も用いられなかったわけではない。たとえば人物が松明を携えていると、時間は夜であることがわかる。武装した人物たちが戦っていると、場面が戦場であることは明らかだ。このように、小道具や衣装といった視覚的手段によって時間や空間を観客に示すことも確かにあったが、これらはあくまでも補助的な手段であり、時間や空間は主として俳優が語る台詞という聴覚的手段によって観客に伝えられたのである。

たとえば『ハムレット』の冒頭の場面は、城壁の上に設定されている。時は深夜で、ひどく寒い。しかしシェイクスピアの劇団は、この劇を何の装置もない裸舞台で、太陽光線の下で演じたのである。観客は、場所が城壁の上で時が深夜であることを、台詞を聴くことによって次第に理解していったに違いない。この場面は、夜明けの到来とともに終わる。ある人物が、東に太陽が昇り始め、夜露が朝日を浴びて輝いているさまを描写する台詞を語る。これによって、観客は時間の経過を知るのである。夜明けが視覚的手段によって示されるわけではない。シェイクスピアの劇とは、本質において、言葉によって観客の想像力に訴えかけるものであった。そして、シェイクスピアの時代の観客は、おそらく現代の観客が及びもつかないほどの聴覚的想像力をそなえていたと考えるべきである。端的に言うと、この時代の劇は観るものである以上に聴くものであったのだ。もちろん、時代が下がるにつれて事情は変化し、シェイクスピア劇もまた〈観る〉ものとなっていく。単純な言い方を敢えてするなら、シェイクスピア劇の受容の歴史とは、聴覚の優位が視覚によって脅かされてきた過程のことだとさえ言えるであろう。

エリザベス朝の劇団

シェイクスピアが属していた劇団は宮内大臣一座と呼ばれた。宮内大臣を庇護者として仰いでいたからである。やがてこの劇団は国王ジェイムズ一世（厳密に言うと、彼はスコットランドの王ジェイムズ六世だったが、エリザベス一世の死後、イングランドの王位につき、ジェイムズ一世となった)を庇護者とし、国王一座と称するようになった。この時代の俳優たちは身分の高い人物に仕えるかたちを取ることによって、社会的地位の保証を得たのである。グローブ座のような、公衆劇場と呼ばれる野外の劇場で興行を行ったこれらの劇団の俳優はおおむね成人男子だったが、女性の役は声変り前の、したがっておおむね十代前半の少年が演じた(当時のイギリスには、職業人としての女優はまだいなかった)。

これに対して少年俳優だけからなる劇団もあった。こういう劇団は、私設劇場と呼ばれる屋内の比較的小さな劇場で芝居を上演した。少年俳優たちの演技力は相当のものであったと考えられ、また、こういう劇団が非常に人気があったことも、種々の記録からわかっているが、少年俳優は成人男子のように成熟した肉体を武器とすることがほとんどできないから、成人男子を中心とする劇団の場合以上に戯曲が——とりわけ台詞が——重要な働きをしたであろうことは容易に想像できる(もちろんこの種の劇団の演目は、児童劇などではなくて、大人の男女が登場する大人向きの内容の劇であった)。ただ、こういう劇団はシェイクスピア劇の上演とは無縁だったから、シェイクスピア劇の受容の歴史を論ずる場合に、それほど重視する必要はないであろう。

それなら、宮内大臣一座(あるいは国王一座)のような劇団は、野外の大劇場だけで芝居を演じていたのかというと、決してそうではない。国王一座は、もともと少年劇団が使用していたブラックフライアーズという屋内の劇場を買い取り、寒くて野外では芝居ができない冬の間は、そこで興行を行った。また、宮廷や貴族の館の大広間だの学校(具体的に言うと、当時のエリート養成機関だった法学院)だのといった、専用の劇場ではない場所で芝居をすることもあった。地方巡業の場合には、さらにさまざまな場所が用いられたと考えられる。こういう屋内の場所で芝居を演じる時には(特に上演が夜間に行われる時には)当然何らかの照明が用いられた。しかし、これは演じられている芝居を観客に見えやすくすることを目的としたものであって、劇の事件が展開する状況のあり方を観客に伝える照明、われわれが見慣れている近代的な照明とは別のものであることを忘れてはならない。この時代の劇において何よりも重要なのは、やはり台詞なのである。装置も照明もない裸舞台で演じるのが原則であるのだから、観客は、眼前の事件が、どんな場所で、いつ展開しているのかを、つねに意識していたわけではないと考える方が自然である。当時の劇の台詞は、時間や空間に必ずしも規定されない、自由で流動的なものだった。

王政復古期以後のシェイクスピア上演

こういう事情は、十七世紀後半になって激変した。オリヴァー・クロムウェルを中心とする清教徒たちが革命を起こし、一六四二年に劇の上演を禁止する(一五六四年に生まれたシェイクスピアは一六一六年に死んでいるから、革命そのものを経験したわけではないが、彼が生きていた社会でも芝居を敵視する人々はいたのであり、その典型が清教徒だった)。そして一六六〇年に王制が復活し、劇場が再開されるまで、イギリスでは芝居の上演が公然と行われることはほとんどなかった。

「劇場の再開」という言い方は誤解を招きかねないだろう。清教徒革命以前にあった劇場が革命のせいでいったん閉鎖され、王制の復活とともに、それらがまた使用されるようになったわけではないからだ。王政復古期以後の劇場は、新たに建設されたり、別の目的のために用いられていた建物を改造したりしたもので、その意味では、すべて新しい劇場なのであった。グローブ座などと違って、それらは屋内の劇場だった。この時代以後の劇場における舞台と客席との関係の変化を詳しく辿ることはあまりに煩雑になるが、大まかに言うと、舞台は張出舞台ではなくて額縁舞台に近いものになっていった(客席に向かっていくらか張り出している前舞台は、かなり後年まで残っていた)。そして装置が次第に盛んに使われるようになった(もちろん、近代的な照明はまだなかった。近代的な照明が出現するのは、電気が利用できるようになった後のことである)。王政復古期以後のイギリスの劇場は、清教徒革命以前のイギリスの劇場よりも、むしろヨーロッパ大陸の劇場(たとえば、視覚的要素が重視されるイタリアの劇場)の系譜につながるものだと理解した方が正確である。

もう一つの重要な変化は、女性の登場人物を成人女性が演じるようになったことである。本格的な女優の登場だ。もちろん女優は、台詞の語り方においても成人女性としての自らの特質を利用したに違いないが、少年俳優と違って劇的表現手段としての自分の肉体そのものに大幅に依存することができた。これは軽視できない点である。つまりこの点でも、シェイクスピアの時代と比べると劇芸術において視覚が果たす役割が大きくなったのだ。清教徒革命を境としてイギリス演劇に起こったのは、俳優の表現行為や伝達行為と、観客の受容行為や鑑賞行為の両方における、根本的な変化だったのである。

変化は上演される戯曲そのものにも及んだ。シェイクスピアの生前には、彼の戯曲は基本的には書かれた通りに上演されたと考えられる。「基本的には」と断ったのは、彼の生前にも、作者が上演に応じて自作に手を入れたと考えられる証拠があるからだが、こういう加筆や改変は作者が責任をもてるものだったとみなしても差し支えないだろう。ところが、王政復古期に入ると、別の劇作家がシェイクスピア劇に自由に手を入れることが少しも珍しくなくなった。もちろんこれは作者があずかり知らぬ変更である。

有名な例を挙げると、ネイハム・テイト(一六五二—一七一五)による『リア王』の改作版(一六八一　初演)がある。言うまでもなく、シェイクスピアの原作は、この作者の悲劇の中でも最も悲惨なものの一つだ。イングランドの王リアは、三人の娘のうち、実は悪人である上の二人の娘を善人だと、そして父親思いの末娘コーディリアを無情な人間だと思い誤る。リアの臣下の貴族グロスターは悪い息子エドマンドの言葉を信じて、良い息子エドガーを悪人だと思い誤る。その結果、リアもグロスターも悲惨な目に遭い、落命する。劇が終わろうとする時になってリアはコーディリアと和解するが、結局はこの娘も殺害される。この劇にはほとんど救いがない。そして、リアの運命が急変する過程を見守る人物として、道化という印象的な人物が登場する。

ところがテイトの版には、道化は登場しない。原作ではフランス王と結婚するコーディリアはエドガーと恋仲である(やがて二人は結婚し、イングランドを治めることになる)。リアもグロスターも死にはせず、平穏な老後を送る。この作品を喜劇と呼ぶことには問題があるかもしれないが、これが原作のような深刻な悲劇でないことだけは確かである。テイトの改作版は、いくらか手を入れられることはあっても、おおむねそのままのかたちで十九世紀半ば近くまで、百五十年以上も上演され続けた(その間、イギリス人の観客がシェイクスピアの原作を舞台で見ることはなかったのだ)。テイトの改作は人気作品だったのである。このことは、ある決定的な事実を示している。すなわちテイトが原作に対して加えた改変は、この時代の観客の感性や嗜好を十分に考慮した上で行われたものであり、決して彼の個人的で恣意的な好みのみに基づいてなされたものではないのだ。この点は、王政復古期の他のシェイクスピア改作についても当てはまる。

シェイクスピアの原作を変えることは、俳優の演技にも影響した。あるいは、俳優の演技がどんなものであるか(もっと厳密に言うなら、どんな演技が観客に好まれるか)を考慮して、原作の改変が行われたと言うべきかもしれない。一方が原因で他方が結果であるといった単純な議論はできない。いずれにせよ、シェイクスピアの改作は十八世紀にも広く行われ、この風潮は十九世紀末近くまで(つまり、いわゆる近代劇が始まるまで)続いた。

十八世紀イギリス演劇の最も重要な人物は、デイヴィッド・ギャリック(一七一七―七九)である。彼はシェイクスピア劇の数々の役を演じた名優として知られたが、劇作家でもあった。シェイクスピア劇については、彼はむしろそれまでの過度の改変を斥け、原作を尊重しようとしたが、それでも、たとえば『ロミオとジュリエット』の改訂版(一七四八 初演)には、原作にはまったくない場面が含まれている。すなわち原作では、ロミオとジュリエットは一夜をともにした後、再び言葉を交すことはないのだが、ギャリック版では、死を目前にした二人の間で長い対話がなされる(ついでながら、これはギャリックが初めて採用した設定ではない)。ジュリエットが死んだという誤った報せを聞いたロミオは、戻って来て彼女が葬られている墓所に到着し、絶望して服毒する。薬のせいで死んでいるように見えただけだったジュリエットは間もなく目覚め、夫がすぐそばにいることに気づく。二人はその場から逃れようとするが、もちろんロミオもジュリエットも死んでしまう。

そこに至るまでのメロドラマ風の応酬が、観客に受けること、そして自分には観客に受ける芝居が存分にできることを、ギャリックは知っていたに違いない。ギャリック以後も、イギリス劇壇には名優が輩出するが、彼らに共通していたのは、シェイクスピアの戯曲に奉仕し、その面白さを観客に伝えようとすることよりも、自らの演技力を発揮するためにシェイクスピアの戯曲を利用しようとする姿勢であったと考えられる。こういう姿勢を批判するのは容易だが、同時に、演劇とはきわめて不純な芸術なのであり、対象とする観客に歓迎されなければ成立し得ないものなのだという事実を、われわれは忘れてはならないだろう。

演出家の時代

十九世紀後半のイギリスのシェイクスピア上演は、視覚的要素を極度に重視するものとなっていたが、やがてこの傾向を批判する動きが現れた。俳優で演出家だったウィリアム・ポーエルが一八九四年に設立したエリザベス朝舞台協会の活動である。ポーエルはエリザベス朝の劇場の物理的条件と思われるものをできるだけ忠実に再現した劇場を建て、そこでエリザベス朝の戯曲を上演した。彼はシェイクスピアの韻文の語り方についても独自の理論をもち、それを実践しようとした。シェイクスピアの戯曲をほしいままに改変する慣習は当時広く行きわたっていたが、これに対しても彼は批判的だった。ただし彼が実際に上演のために用いた台本は大幅に削除されていることがあったから、テクストに関する限り彼がシェイクスピアに忠実であったとは必ずしも言えない。

ポーエルの仕事は、二十世紀以後のシェイクスピア上演の中心になるのが演出家であることを示していた。かつてのシェイクスピア上演は、主演男優が中心になって俳優の位置や動きを決め、全体をまとめ上げるというかたちを取ることが多かった。これに対して、特定の個人が上演作品を解釈し、この解釈に基づいて上演のあり方を決めるようになったのである（もちろん、こういう作業をする演出家が主演俳優を兼ねる場合もある）。二十世紀を代表する演出家であるピーター・ブルックの仕事は、その顕著な例である。初期のブルックは、シェイクスピアの生地ストラットフォード・アポン・エイヴォンで行われるシェイクスピア上演に関わり、一九六一年に創設されたロイアル・シェイクスピア劇団のためにもいくつもの作品を演出したが、それらはすべてこの演出家の解釈を強固に打ち出したものである。たとえば『夏の夜の夢』（一九七〇 上演）は、全体をサーカスに仕立て、皿回しや空中ぶらんこや竹馬を採り入れていた。ブルックの解釈の根底にあったのは、この作品が描いている魔術の世界を日常卑近のものとして捉え直すという逆説であった。一九七〇年代以後のブルックは活動の拠点をパリに移し、実験を続けた。たとえば一九九五年に上演された『ハムレット』は原作を大幅に削除したり台詞の順序を入れ替えたりした台本を用いており、もっぱら主人公の認識に絞ってこの悲劇を捉えたものであった。

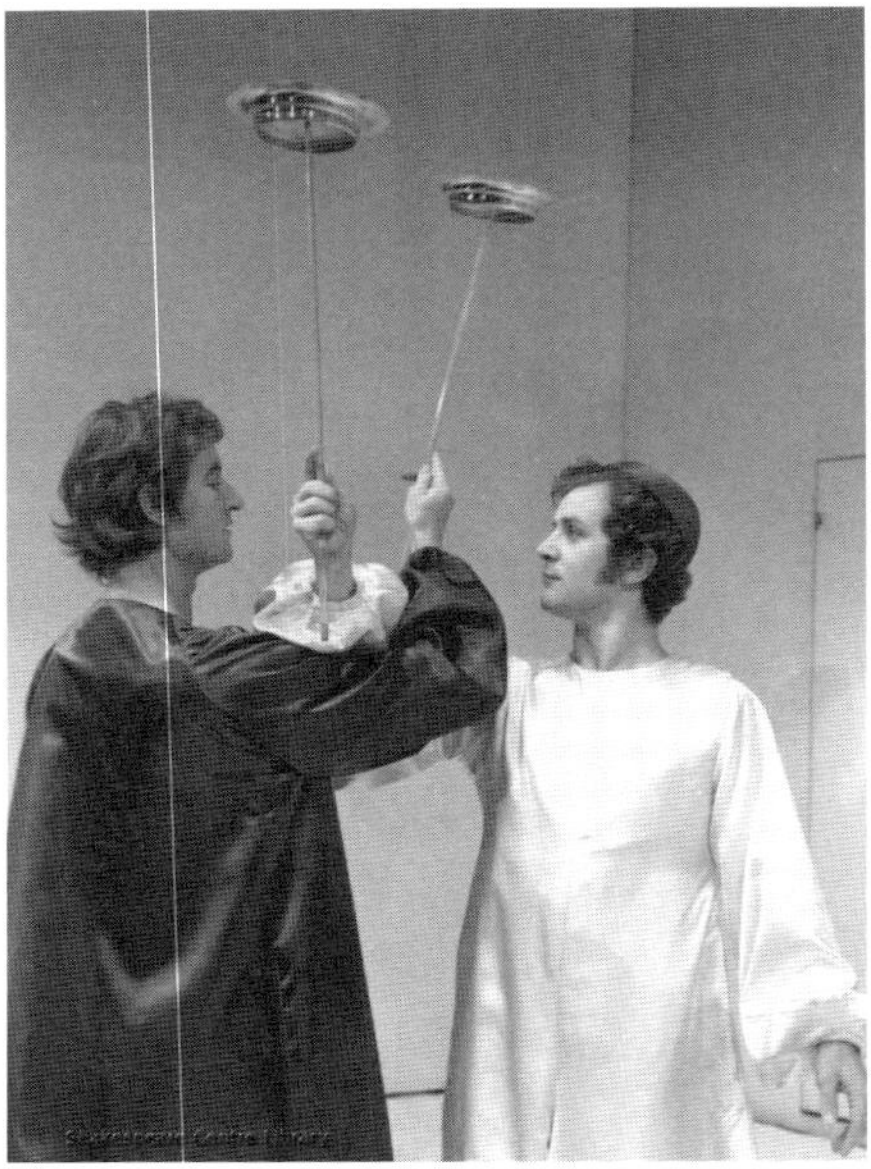

図 13　『夏の夜の夢』(ピーター・ブルック演出, 1970 年, ロイアル・シェイクスピア劇団公演). オーベロンとパック.

このように戯曲を演出家が改変することがたとえなくても、たとえば視覚的要素によって演出家の解釈を観客に伝えようとするやり方は、しばしば用いられる。いちばん広く行われるのは、原作とはまったく無縁の時代や場所に作品を移し、装置や衣装によってそのことを示すという手法である。たとえば『リチャード三世』をナチ支配下のドイツに移して上演するのだ。これによって、原作を支配している暴力とナチの暴力との近似性を示そうとするのである。この種のやり方が成功するかどうかは、つまるところ、当の演出家の解釈に説得力があるかどうか、また、その演出家が自らの解釈を効果的に伝達することができるかどうかによって決まる。いずれにせよ、現代のシェイクスピア上演において最も大きな力をもっている存在が、作者でも俳優でもなく、演出家であることは否定できない。その結果、演出家が、シェイクスピアの作品自体の面白さよりも自分の解釈を重視し、それを伝えるためにシェイクスピアの作品を利用するようになってしまうこともある。

シェイクスピア劇の上演を主な仕事としている組織ないし団体で、現在最も重要なのは、すでに名を挙げたロイアル・シェイクスピア劇団だが、これまたすでに言及したロンドンのグローブ座や、同じロンドンのリージェンツ・パークにあるオープン・エア劇場でも、晩春から初秋にかけて、シェイクスピアの作品が野外劇として上演される。ロンドンのロイアル・ナショナル・シアター（一九六三年、ナショナル・シアターとして発足）も、シェイクスピアを重要な演目としている。アメリカでは、ニューヨークのセントラル・パークにある野外劇場で夏の間行われる上演、カナダでは、オンタリオ州にあるシェイクスピアの故郷と同名のストラットフォードで行われるシェイクスピア・フェスティヴァルが有名だ。これらの組織は芸術監督の責任において運営されるのが通例だが、芸術監督は自ら劇を演出するだけでなく、演目の選定や他の演出家の招聘にも関わるから、大きな権力を行使する結果となることがある。

シェイクスピア劇の映画化

演出家がこうして一種の独裁者となる傾向は、シェイクスピア劇の映画化においてはいっそう明瞭である。舞台での上演と映画化との間にはさしたる違いがないように見えるかもしれないが、映画の場合には、演じられている劇と観客の目の間にカメラが介在しているという、重要な事実がある。そしてカメラの操作は基本的には演出者（あるいは映画監督）の意思に委ねられているのである。その上、シェイクスピアの戯曲が映画のシナリオとしてそのまま用いられることはほとんどない。カメラを一箇所に据え、舞台で上演されているシェイクスピア劇をそのまま撮影した記録映画のようなものもないではないが、大抵のシェイクスピア映画は原作を解体し、場面や台詞を削除したり、場面や台詞の順序を入れ替えたり、舞台では一つの場面として演じられるものを細分化したりしている。演出家がシナリオの執筆に参加したり、自ら主役を演じたりする場合には、この人物の支配力は舞台での上演においては考えられないほど大きなものになるのである。ローレンス・オリヴィエやケネス・ブラナーのシェイクスピア映画は、その例だ。オリヴィエは俳優・演出家として舞台でも大いに活躍したが、映画人としては『ヘンリー五世』(一九四四)、『ハムレット』(一九四八)、『リチャード三世』(一九五五)という三本の作品を発表している。ブラナーも舞台俳優だが、シェイクスピア映画としては、やはり『ヘンリー五世』(一九八九)や『ハムレット』(一九九六)を手がけている。

シェイクスピア劇を映画化する時に留意せねばならない事柄の一つは、独白の処理である。なぜなら、独白とは観客(と言うより聴衆)に向けて語られる台詞であり、聞き手の存在を抜きにして独白は成立しえないからだ。しかし、カメラに向かって独白を語ると、観客はあたかも劇場にいるかのような錯覚にとらわれかねない。映画の観客は、本来は劇場の観客と違って、自らの世界とはまったく別の世界で起こる事件に窃視者として接する存在なのである。オリヴィエとブラナーがこの問題にどう取り組んでいるかを吟味すると、二人の違いが、また一般にシェイクスピア劇を映画化するにはどんなやり方があるかが、実によくわかる。

オリヴィエは映画においても舞台的な手法を守っている。たとえば『リチャード三世』の冒頭で、彼が演じるリチャードはカメラに向かって長い独白を語る。カメラはあまり移動しない。あるいは『ハムレット』の主人公が自分の行動についての悩みを吐露する有名な台詞、いわゆる第三独白だが、カメラは岩の上で荒海を見下しているデンマーク王子を映す。画面のオリヴィエ自身はほとんど口を開かない。そして独白は「影の声」によって語られる。画面の人物と人物の台詞を分離することは、舞台の上演ならまず考えられないが、観客の目にはほとんど静止しているオリヴィエが終始見えているのだから、やはりこれはどちらかと言うと舞台的な手法だと言えよう。

ブラナーは、オリヴィエと違って、カメラの位置や角度を目まぐるしく変化させる。彼のハムレットは第三独白を宮殿の大広間の壁面に張られた鏡に向かって語る。カメラは鏡を見ているハムレットと鏡に映っているハムレットの両方を映す。やがて観客は、まるで鏡に映っているハムレットの方が実体であるかのような錯覚を抱くようになる。これは舞台上演では絶対に生み出せない効果だ。その上、ハムレットは気づいていないが、鏡の裏にはクローディアスとポローニアスが隠れている。実はこの鏡はマジック・ミラーになっており、ハムレットにはクローディアスたちの姿は見えないが、クローディアスたちにはハムレットがよく見える。そしてカメラはクローディアスたちの視点からハムレットを捉えることもある。

ブラナーは『から騒ぎ』も映画化(一九九三 公開)している。この作品には、一組の男女が、周囲の人間のいたずらによって、相手が自分を愛していると思いこむという挿話が現れる。この場面には、当の人物に聞こえているのを承知で噂話をする人物たちと、それを立ち聞きしている人物の両方が登場するが、ブラナーはカメラをほとんどわずらわしいほど切り替え、両方の人物を交互に映す。このように視点を多様化させるのは明らかに映画的な手法である。作品全体のできばえについては議論の余地があるが、オリヴィエのシェイクスピア映画の方が舞台的で、ブラナーの作品の方が映画的であることは確かである。別の言い方をするなら、映画とはカメラの使い方に

図 14　ローレンス・オリヴィエ監督『ハムレット』(1948 年). ハムレット(オリヴィエ).

よって観客反応をかなり細かく規定することができる媒体なのであり、この点においてブラナーの方が徹底しているのである。

オリヴィエが作品の時代を移すことはほとんどしないのに対して、ブラナーはシェイクスピアの作品を現代に近づけようとする。彼の『ハムレット』は十九世紀に設定されており、汽車などというエリザベス朝にはなかったものが現れた。ブラナーは『恋の骨折り損』も映画化しているが（一九九九 公開）、事件の時代は二十世紀で、しかも映画全体はミュージカルになっていた。つまり、演出家が作品の時代や場所を移すという、舞台での上演において用いられるのとまったく同じ手法を、彼は映画化においても用いているのだ。

シェイクスピア劇の映画化という作業の例としては、他にイギリスの放送局ＢＢＣの作品を挙げねばならないであろう。ＢＢＣは一九七八年から八五年にかけてシェイクスピアの全作品をテレビ映画として撮影し、順に放映した。作品のできばえには非常にむらがあるが、シェイクスピア劇の受容のあり方にとっては、これは重要な仕事だった。

かつてはシェイクスピア劇を観ようと思ったら、実際に劇場へ足を運ぶほかなかった。映画の誕生によって、いわゆるなまの上演に接する機会に恵まれない人々にとっても、演じられるシェイクスピア劇に接することが、それまでよりもはるかに容易になった。それでも、人々は映画館までは行かねばならなかったのである。ところがテレビの実用化によって、映画館へ行かなくてもシェイクスピアが観られるようになったのだ。

しかも、技術革新のせいで、シェイクスピア映画の多くは今日ではヴィデオやＤＶＤというかたちで、誰でも容易に入手することができるようになっている。このことは、シェイクスピア劇の受容のあり方における革命的な変化を意味している。すなわち、一気に通して鑑賞せず、同じ場面を繰り返して見たり、途中をとばしたり、あるいは、鑑賞作業を中断して、時間をおいてから残りを見たりするといったことができるのだ。ヴィデオやＤＶＤは、受容者があたかも書物を読むようなやり方で、演じられるシェイクスピア劇を味わうことを可能にしたのである。このことは、特に教育の現場で大きな利便をもたらした。今日、シェイクスピアについての授業を行う場合に、ＤＶＤやヴィデオを利用しないことはほとんど考えられない。もちろん、これは英語圏の国々だけの現象ではない。シェイクスピアは、グローブ座の観客を念頭におきながら作品を書いていた時に、やがてそれがこうしたかたちで無数の人々に受容されるようになるのを、果たして予想していたであろうか。

第十一章　シェイクスピアと日本

南　隆太

「シェイクスピア」を分捕る

「屠《ほふ》れ米英　われらの敵だ！　分捕れ沙翁《さおう》もわがものだ！」これは大和資雄の『英文學の話』の「序」の最初と最後で繰り返される言葉である。[1]　この本が書かれた時代を考えると、このような文言もある程度は仕方がないのかもしれないが、その作品をはじめ関連した事象を含めた意味での「シェイクスピア」と日本の関係を考える際に、これほど興味深い言葉はない。「沙翁もわがものだ」と大和が書く時、何とともにシェイクスピアを「わがもの」にするのだろうか。その答えは、旧制高校などでよく読まれたトーマス・カーライルの『英雄と英雄崇拝』（一八四一）の有名な一節にある。「インド帝国はとにかく、いつの日にか消滅するであろう。しかしこのシェイクスピアは消滅せず、永遠にわたくしどもとともに存続する。わたくしどもはわたくしどものシェイクスピアを捨てるわけにはゆかないのだ！」[2]　シェイクスピアとインドとを比べるカーライルにならい、大和は、まさに英国の植民地とシェイクスピアの両方を「分捕れ」と言っているのだ。

「シェイクスピア」は、その受容史において、つねに文化・政治的な意味を持ち続けてきた。たとえば、日本人による最初のシェイクスピア上演で『ヴェニスの商人』を翻案した『何櫻彼櫻銭世中《さくらどきぜにのよのなか》』（一八八五〔明治十八〕）の原作である同名の新聞小説（作は宇田川文海）の冒頭を見てみよう。同時代の書生二人が登場して「西洋小説」と「支那や日本の小説」について議論するくだりで、書生の一人は、「西洋は人智が開進してゐるから所謂怪力乱神を語らずで支那や日本の小説のやうに鬼神不測の事を書て強いて趣向に奇を求めるといふやうなことのない故半開の日本人の目で見ると却って平淡で味の無いやうに思はれる」(3)と述べる。「半開日本」が文明国になるためには、西洋文学（＝シェイクスピア）の移入が必要なのだ。

また竹村覺は、『日本英學發達史』の中で、坪内逍遙によるシェイクスピア翻訳全集の出版について次のように書く。

> 世界の一等國或は二等國と言はれる文化國を以て任ずる國で、Shakespeare の全譯を有してゐない國は殆んど皆無で、獨逸には十餘種、佛蘭西には八九種、露西亞には四五種、西班牙、伊太利、和蘭、波蘭、瑞典、丁抹、匈牙利には、それぞれ一二種乃至三四種、全譯或は全譯と目すべきものがあると聞いてゐる。ただそれを持たないのは、支那、土耳其、波斯その他の二三等國ばかりで、苟くも一等國と呼ばれる國でまだ持つてゐなかつた國は、恐らくわが日本だけであつたらう。それがこの坪内博士の全譯によつて、我國はともかくも支那、土耳其、波斯等の位してゐる階級から脱して、他の列強國に伍することが出來る様になつたのである。(4)

興味深いのは竹村が、日本における最初のシェイクスピア作品は、四世鶴屋南北と二世櫻田治助が『ロミオとジュリエット』を翻案脚色した『心謎解色絲《こころのなぞとけたいろいと》』（一八一〇）だと断定していることだ。[5] 長崎の出島で船員らによって演じられた『ロミオとジュリエット』の内容が、何らかの手段で南北らに伝わったというのである。ことの真偽は別にして、ここでは、すでに十九世紀初頭にシェイクスピアが日本で上演されて好評であったという事実が重要なのだ。

「シェイクスピア」を高級で文化的なものとみなす態度は、今日でもわれわれは共有している。たとえば、バブル期に販売された新大久保のマンションの一角に、東京グローブ座が建てられたことや、シェイクスピア・カントリー・パーク（千葉県丸山町）、シェイクスピア・ホテル（長野県白馬村）、ディズニー・シー内のみやげ物店の名前が『ロミオとジュリエット』や『ヴェニスの商人』をモチーフにしたものであるなど、各地の施設が、「シェイクスピア」を利用している例を思い浮かべれば十分だろう。日常的に目にする文化的イコン、文化資本としての「シェイクスピア」の存在は、「文化國の証としてのシェイクスピア」という発想と地続きであり、皮肉なことに「シェイクスピア」は高級であるがゆえに大衆化すると言えよう。「シェイクスピアと日本」、あるいは「日本におけるシェイクスピア」について考えることは、単に翻訳・翻案・上演を異文化間コミュニケーションの場あるいは契機として考えることではない。日本の社会の中で、さまざまな方法で「分捕られた」いくつもの「シェイクスピア」を見つめることだ。その意味で、「日本のシェイクスピア」はいつも複数形 (Shakespeares) であり、日本と「シェイクスピア」の関係は多層的なものにならざるを得ない。

シェイクスピア受容史概略

1　シェイクスピアは飯のたね

「もしもシェイクスピアがいなかったら」という歌で始まる井上ひさしの『天保十二年のシェイクスピア』（一九七四 初演）は、シェイクスピアの劇すべてに言及する喜劇である。演劇、出版、研究などがシェイクスピアなしでは立ち行かない姿を、諧謔をもって「シェイクスピアは飯のたね」と嗤《わら》う幕開きの歌が示すように、この芝居は日本における文化的イコンとしての「シェイクスピア」をパロディにした作品である。パロディという形式が、つねに受け手の側の知識を前提としているように、一九七〇年前後に始まるシェイクスピア・ブームの中で、「シェイクスピア」が多くの日本の観客・読者にとって、読んだことはなくとも、なじみのあるものになっていたことをこの喜劇は教えてくれる。

二〇〇五年に蜷川幸雄がこの芝居を演出した際、蜷川は幕開きの歌の前に黙劇を置き、日本のシェイクスピア上演史の一面を皮肉って見せた。ロンドンで再建されたグローブ座を模した舞台装置に、いかにも西洋風といった衣装と化粧の俳優を配し、かつての新劇の舞台を連想させるリハーサル風景を演じさせたのだ。突然そこに褌姿の男たちが客席より乱入して「シェイクスピア俳優」を舞台上から追い払い、グローブ座を模した舞台装置を解体しながら「もしもシェイクスピアがいなかったら」と歌い始める。瞬く間に取り払われる書割や、あまりにも簡単に切り倒される柱の背後から現れるのは、『天保十二年』の舞台となる日本風の家屋だ。かつて日本のシェイクスピア上演の多くが、「本場英国」の舞台の模倣的移入に腐心していたことを考えると、あっけなく消えてなくなるこの黙劇は、表層的な模倣に終始してきた「新劇シェイクスピア」批判なのだろう。しかし、舞台装置、台詞術、身振りなど、西洋的演劇言語の模倣としての「新劇シェイクスピア」が過去のものだと確認するこの演出は、逆に日本の現代演劇の成立過程において模倣を旨とした新劇的な「シェイクスピア」がいかに重要であったかを確認することになる。

2 沙士比阿・西基斯比耶・シヱクスピル

井上ひさしの戯曲のタイトルにあった天保十二年は、シェイクスピアの名前が初めて日本語文献に現れた年だった。幕府天文方見習の渋川六蔵が、一八四〇―四一年(天保十一―十二)にリンドリー・マレーの英文法書をオランダ語訳から重訳した『英文鑑』に、「シェーケスピール」として名前のみが言及されていたのだ。アヘン戦争前後より高まる英学への関心を反映して、漢書に訓點を施して翻刻された『暎咭唎紀略』(一八五三)や『英国志』(一八六一)にも、「沙士比阿」や「舌克斯畢」として、シェイクスピアの名前は言及されるが、作品について初めて言及したのはサミュエル・スマイルズ著・中村正直訳『西国立志編』(一八七一)であった。

日本国内で最初のシェイクスピア上演は、一八六六年(慶応二)二月に横浜居留地在住のベンジャミン・シアーが、居留地内の生糸検査場で『ハムレット』と『夏の夜の夢』の場面をいくつかを朗読した催しだった。一八七〇年に横浜居留地でゲーテ座が開場すると、在住の素人劇団以外に、英国植民地を経由して訪れる英米の旅巡業一座がシェイクスピアなど古典から同時代演劇までさまざまな作品を上演した。ちょうど一八六九年のスエズ運河開通と相前後して確立されたアジア巡業ネットワークの中に横浜や神戸も組み込まれており、巡業劇団は、ボンベイ、カルカッタからサイゴン、シンガポール、香港、天津等を経て日本の居留地を訪れたのだ。このような巡業ネットワークの向こうに見えるのは、西洋演劇の移入・移動をめぐる十九世紀後半の地政学だ。

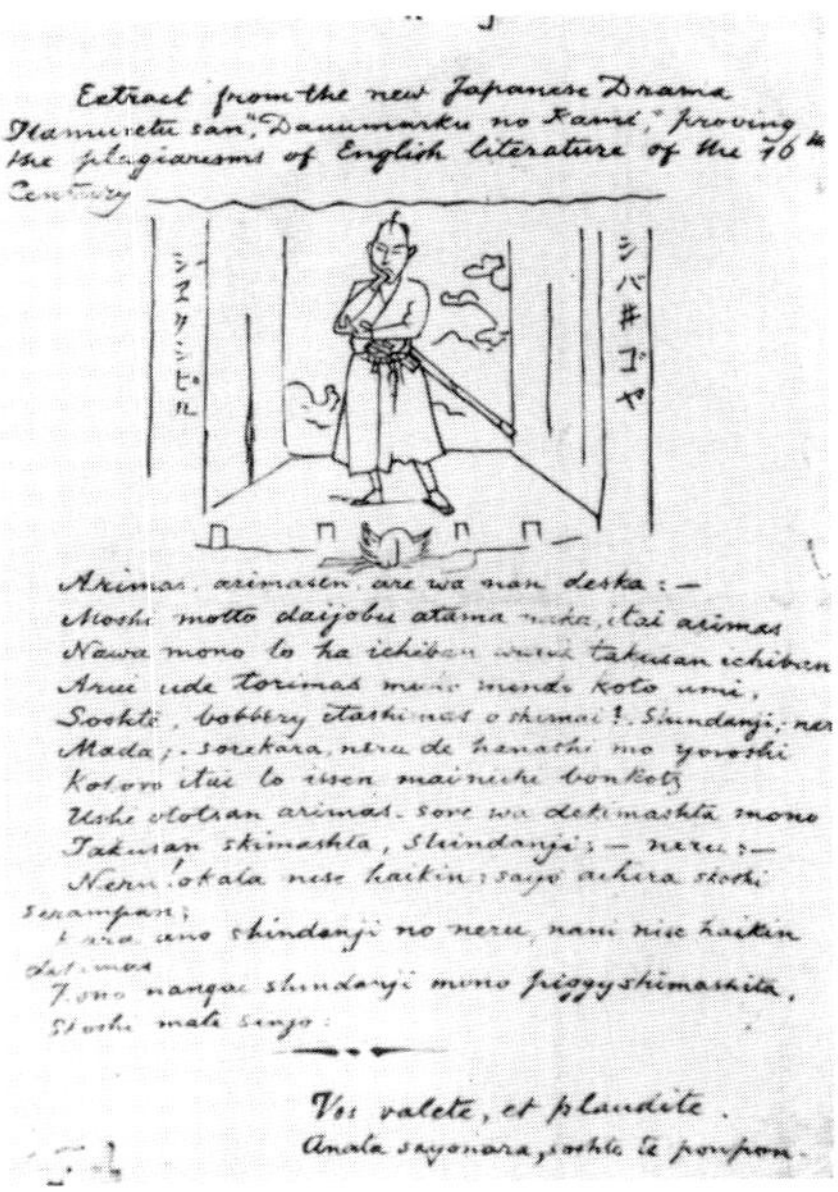

図 15　*The Japan Punch* に掲載された日本最初のシェイクスピア作品の翻訳

このような来日劇団の中でも、イギリス人俳優のG・C・ミルンとアラン・ウィルキーが率いた劇団は、日本のシェイクスピア受容はもとより近代演劇成立に大きな影響を与えた。一八九一年五月末からミルン一座が上演した『ハムレット』など七作品は、日本で最初のシェイクスピア劇の完全上演だった。坪内逍遙は、『ハムレット』と『ヴェニスの商人』を見るために横浜の居留地を訪れ、そのときのことを「内地で初めて観たシェークスピア劇の印象」に記している。また一九一二年十月末に来日したウィルキー一座は、ゲーテ座で『ヴェニスの商人』『ハムレット』『じゃじゃ馬ならし』に加えワイルド、ショー、ピネロの作品も上演し、特に『サロメ』は新劇運動に大きな影響を与えた。このウィルキー一座は、翌十一月に帝国劇場(東京)と中座(大阪)でもシェイクスピア作品五本を上演して話題となった。

さて、日本最初のシェイクスピア作品の翻訳は、一八七四年(明治七)一月に英語雑誌 *The Japan Punch* に掲載されたポンチ絵に添えられたものだ。左右の舞台袖に「シエクシピル」と「シバヰゴヤ」と書かれた舞台の中央に立って瞑想にふけるハムレットらしき侍の絵が描かれ、その下に十数行にわたりローマ字で書かれた翻訳は、「アリマス　アリマセン　アレハナンデスカ」という文言で始まる。これが実際の上演を描いたものかどうかはわからないが、シェイクスピアの移入を考える際に、翻訳においても居留地が果たした役割は無視できない。

3　シェイクスピアを移入する

日本人によるシェイクスピアの紹介は、一八七五年(明治八)九月に『平仮名絵入新聞』に掲載された仮名垣魯《かながきろ》文《ぶん》による『ハムレット』の翻案『西洋歌舞伎葉武列土《はむれっと》』に始まる。「未だ時好に適はずして」三日で打ち切りとなったこの作品は、登場人物の名前を葉武列土(＝ハムレット)や頃珠寿(＝クローディアス)とするなど原作のそれに近いものだった。その後シェイクスピア作品が広く知られるようになり、一八八六年に仮名垣は、登場人物を葉《は》叢丸《むらまる》や兼寿《かねひさ》など日本風に直し、文体を浄瑠璃調に改めた『葉武列土《はむれっと》倭錦絵《やまとにしきえ》』を『東京絵入新聞』に連載。この歌舞伎版『ハムレット』は当時の演劇改良の機運に乗じたものであったが、一九九一年まで実際に上演はされなかった。

シェイクスピアの移入が本格化するのは、外山正一《とやままさかず》と矢田部良吉、井上哲次郎編の『新体詩抄』(一八八二)に『ハムレット』の独白が翻訳されてからだ。一八八三年二月には本邦初のシェイクスピア劇の完全訳である河島敬蔵の『欧州戯曲ジュリアス・シーザルの劇』が『日本立憲政党新聞』に連載され、翌八四年には坪内逍遙による『該撒奇談《しいざるきだん》　自由太刀餘波鋭鋒《じゆうのたちなごりのきれあぢ》』が出版される。だが、一八八三年に井上勤が翻訳出版して好評を得た『ヴェニスの商人』の翻訳『西洋珍説人肉質入裁判』のように、この頃のシェイクスピアの紹介は、主にラム姉弟の『シェイクスピア物語』(一八〇六)の翻案・抄訳を通してなされた。

一八八五年四月から大阪朝日新聞に新聞小説として連載された宇田川文海の『何櫻彼櫻銭世中《さくらどきぜにのよのなか》』は、シェイクスピアの原作を基にして書かれた点でも特筆すべき作品である。この小説は好評を博し、連載途中の五月に大阪戎《えびす》座で歌舞伎俳優中村宗十郎らによって上演された（脚色は勝諺蔵《げんぞう》）。当時頂点に達した欧化熱に加え、新聞小説という新しいメディアと劇場がタイアップしての興行が大阪で成功していたこともあり、『何櫻彼櫻銭世中』は興業的に大成功を収め、二十年以上にわたり歌舞伎や新派の俳優によって再演された。

一九〇一年に新派の伊井蓉峰一座が、坪内逍遙訳『該撒奇談　自由太刀餘波鋭鋒』の一部を、当時の立憲政友会幹部の星亨の刺殺事件に合わせて上演した例を除けば、明治期は翻案上演が中心であった。なかでも一九〇二年九月に京都演劇改良会が上演した『リア王』の翻案劇『闇と光』（翻案は高安月郊《たかやすげっこう》）と一九〇三年三月に川上音二郎が上演した『オセロ』はシェイクスピア上演史において重要な意味を持つ。

京都演劇改良会には、京都市長などの有力者、京都大学の島華水《しまかすい》（文次郎）など学者、文人、そして新派俳優福井茂兵衛らが参加し、東京や大阪の演劇改良会同様、歌舞伎ではない新しい演劇の創造を謳っていた。作者である高安月郊自らが一座の稽古に立会い、人物の出入り以外に役の性格を説明するなど、近代的な意味での演出が行われたという点でも、『闇と光』は先駆的な舞台であった。明治時代の豪農の古谷利右衛門の財産をめぐる物語りに書き換えたこの翻案作品は成功し、人気演目としてその後も繰り返し上演された。

一方、京都に約半年遅れて一九〇三年三月、先年にヨーロッパから戻った川上音二郎が、近代的な台詞劇として「正劇《せいげき》」を謳って東京明治座で『オセロ』を上演。続いて同年六月に『マーチャント・オブ・ヴェニス』（法廷の場）、十一月に『ハムレット』の公演を成功させている。タイトルこそカタカナで表記されているが、『オセロ』は江見水蔭《えみすいいん》、『ハムレット』は土肥春曙《どいしゅんしょ》と山岸荷葉《かよう》による翻案で、それぞれ舞台を同時代の台湾と東京に移し、登場人物も薩摩出身の台湾総督室鷲郎《むろわしろう》（＝オセロ）と葉村《はむら》公爵家の葉村年丸《はむらとしまる》（＝ハムレット）のように日本化した舞台だった。川上がタイトルをカタカナにして上演して成功した例にならい、同時代の東京を舞台にした小山内薫翻案の『ロミオ・エンド・ジュリエット』(一九〇四)や同時代の韓国を舞台にした『マクベス』(島華水述、畠山古瓶《こへい》翻案、一九〇五)なども上演された。新派劇団によるシェイクスピア翻案人気は十年以上続き、『闇と光』と『アテネのタイモン』に想を得た小島孤舟《こしゅう》作『響《ひびき》』(一九〇七)は、多くの新派俳優や歌舞伎俳優によって、大正末頃まで日本各地で繰り返し上演された。

4　翻案から翻訳へ、劇場から書斎へ

原作に忠実な現代語訳は、戸沢姑射《こや》の『ハムレット』(一九〇五)が最初である。この翻訳は『沙翁全集』第一巻(大日本図書刊)として出版され、一九〇九年に浅野憑虚《ひょうきょ》訳『十二夜』が出るまで、戸沢(七巻)と浅野(三巻)で全十巻が出版された。同じ一九〇九年には坪内逍遙が『沙翁傑作集』として『ハムレット』を出版し、これが後の『沙翁全集』(一九二八)、さらに『新修シェークスピア全集』(一九三五)へと発展していくことになる。一九一〇年から二〇年代には、ほかにも久米正雄訳で三作品が新潮社より出版されるなど、シェイクスピアの主要な作品の翻訳が複数出版された。

このような翻訳の出版と並行して、翻訳の舞台も次第に見られるようになる。その嚆矢が坪内逍遙の文芸協会であった。大隈重信を会頭とする前期文芸協会演芸部は、すでに一九〇六年十一月に第一回大会(歌舞伎座)で坪内訳による『ベニスの商人』法廷の場を、そして一九〇七年十一月の第二回大会(本郷座)で『ハムレット』を試演会として上演していた。しかし、日本最初のシェイクスピア作品の翻訳完全上演は、一九一一年二月に後期文芸協会が第一回公演(帝国劇場)として坪内逍遙訳・指導で上演した『ハムレット』だった。興行的にも成功を収めたが、「日本で沙翁劇を興さんとする理由」や「『ハムレット』公演後の所感」などでも述べているように、坪

内が目指したのはシェイクスピア劇を通しての国劇の創造であり、日本人が演じる限りは「日本の味を出すべき」だという考えをこの舞台演出の基本にしていた。したがって西洋の舞台の忠実な再現を目指したわけではなく、逍遙のシェイクスピアは西洋近代演劇の舞台を忠実に移入しようとした新劇運動と一線を画すものであった。そのことは坪内の初期の翻訳の文体からもうかがわれる。

文芸協会は一九一三年六月の『ジュリアス・シーザー』を最後に解散するが、その後は文芸協会の流れを汲む上山草人《かみやまそうじん》の近代劇協会や島村抱月《ほうげつ》の芸術座、築地劇場や新築地劇場などがシェイクスピア劇を上演した。なかでも注目すべきは、三神勲・西川正身訳で千田是也《せんだこれや》が演出した新築地劇団の『ウィンゾアの陽気な女房たち』(一九三七)だ。英文学者・翻訳者も参加するシェイクスピア委員会を創設して準備したこの舞台は、すでに分離しがちだった書斎《ページ》と舞台《ステージ》をつなぎ、舞台としても成功を収めた。

このようにシェイクスピアの翻訳上演が行われるようになるが、一九一〇年代の後半以降、演劇人の関心はイプセンやチェーホフ、さらには同時代の左翼演劇へと移り、シェイクスピアの上演回数は次第に減ってくる。その一方で、この時代には「大正教養主義」という言葉が表わすように、シェイクスピアに関する研究や解説書、注釈書が数多く出版された。齋藤勇《たけし》の『シェイクスピア』(一九一六)や木村鷹太郎の『沙翁のハムレット及其東洋的材料』(一九一四)、A・C・ブラッドリー著、鷲山第三郎訳『シェイクスピア悲劇の研究』(一九二三)はその好例である。また一九二一年から四年間に研究社英文学叢書として市河三喜注釈の四大悲劇が出版されるなど、翻訳の普及とあいまって、シェイクスピアは読み・研究される対象として書斎の中に移っていく。

5　翻訳から改変・創作の時代へ

戦後の新劇シェイクスピアで最も注目すべきは、福田恆存《つねあり》訳・演出による文学座公演『ハムレット』（一九五五）である。この舞台は、福田が滞英中に観たマイケル・ベントール演出、リチャード・バートン主演の『ハムレット』（一九五三）を模したものであった。スピーディーな演出に合わせて福田自らが翻訳・演出したこの舞台は、芥川比呂志らの好演もあり、斬新な舞台として好評を博した。しかしながら、「本場英国」の模倣としての新劇シェイクスピアには、自ずと限界もあった。このことを明確に意識するようになるのが、一九七〇年の英国ロイアル・シェイクスピア劇団（RSC）の来日公演だった。芸術監督のトレバー・ナンとの座談会で、演出家鈴木忠志は「（RSCの上演した）『冬物語』などをみてしまうと、日本の新劇団が上演するシェークスピアは、外国の物まねでつまらないと感じますね。つまり、どうせまねはできないのだから、もしやるなら、きわめて日本的な演劇感覚で始める以外ないと思うのです」と述べている[6]。

七〇年代前半は、七二年、七三年のRSCの再来日に加え、新劇団以外にアングラ（あるいは小劇場）演劇の若い演劇人も、翻訳、翻案あるいはパロディとして積極的にシェイクスピアを上演した。このような中でも特筆すべきは、出口典雄のシェイクスピア・シアターが、一九七五年から八一年までの六年間でシェイクスピア全作品を上演したことである。渋谷のジァンジァンという小空間で、大きな舞台装置は使わず、衣装もジーパンやTシャツなど普段着で、バンドの生演奏を取り入れて創り上げた舞台は、従来のシェイクスピア作品のイメージを刷新した。また、この上演にあわせて小田島雄志が全作品を一人で翻訳したことも画期的で、福田訳など従来の翻訳とは異なる言語感覚を有する小田島訳は、シェイクスピア劇に同時代の演劇状況を反映した劇的言語を与えることになった。

小田島訳は、七〇年代から八〇年代のシェイクスピアの舞台を一変させた。その顕著な例が蜷川幸雄の舞台だろう。『ロミオとジュリエット』(一九七四)、『NINAGAWA マクベス』(一九八〇)、『テンペスト——佐渡の能舞台でのリハーサル』(一九八七)など九〇年代に松岡和子訳が出るまで、蜷川は小田島訳を使用する。スペクタキュラーでしかも日本的な趣向を用いた舞台で知られる蜷川は、一九九九年にRSCの『リア王』を演出する。この舞台では真田広之が唯一の日本人俳優としてフールを演じ、これまでとは異なる演劇の国際化の可能性を提示することになった。

演劇の国際化という意味では、一九八八年四月にイングリッシュ・シェイクスピア・カンパニーの『薔薇戦争七部作』で開場した東京グローブ座(一九九〇年十一月から九八年三月は「パナソニック・グローブ座」)も画期的な劇場であった。この劇場はスウェーデン、ルーマニア、中国、カナダからも劇団を招き、優れたシェイクスピアの舞台を提供したため、自ずと英国のシェイクスピア上演をことさらに特権化するような態度に疑問を呈することになった。さらに「グローブ座カンパニー」という若手俳優を中心とした集団を作り、海外から招いたピーター・ストルマーレやロベール・ルパージュらの優れた演出家の下でシェイクスピア劇の上演をして、「シェイクスピア俳優」の育成を行った。また、一九九五年にはグローブ座カンパニーが「子供のためのシェイクスピア」と銘打って公演や教育的なワークショップも行っている。二〇〇二年に財政的に行き詰まるグローブ座であるが、その後も俳優兼演出家として「子供のためのシェイクスピア」公演を行う山崎清介や、アカデミック・シェイクスピア・カンパニーを主宰する綾乃木崇之などの活動をみても、グローブ座が日本におけるシェイクスピア劇上演に残したものは大きい。

グローブ座の活動とならんで八〇年代後半から目立つようになってきたのが、シェイクスピア作品を大胆に改変・脚色した舞台である。確かに、シェイクスピア劇を創作に利用した作品は七〇年代初頭にもみられた。鈴木忠志は七〇年代に『ドン・ハムレット』(一九七二)や『マクベス』を使った『夜と時計』(一九七五)をすでに発表していたが、特に『リア王』(一九八四 初演)は、一九八八年に『リア王の物語』として初演して以降も繰り返し改定・再演してきた。この作品はアメリカなどで海外の俳優を使っても上演され、二〇〇四年にはモスクワ芸術座でロシア人俳優を使って上演されたほか、そのオペラ版も一九九八年にミュンヘンで初演されている。また小劇場演劇を代表する野田秀樹は、『野田秀樹の十二夜』(一九八六)や『三代目、りちゃあど』(一九九〇)など四本の「シェイクスピア劇」で野田らしい劇世界をシェイクスピアを使って創造し、「シェイクスピア」のイメージを大きく変えた。他にも流山児祥《りゅうざんじしょう》の『流山児マクベス』(一九八八)、上杉祥三の『BROKEN(暴君)ハムレット』(一九九〇)、劇団自転車キンクリートの『ありがちな話』(脚色は飯島早苗、一九九一)などが同時期に上演され好評であったのは、作り手と受け手双方のシェイクスピア観が大きく変わってきたからだろう。また、少し趣向の異なるものとして堤春恵の『仮名手本ハムレット』(一九九七)がある。明治時代に守田勘弥《もりたかんや》が歌舞伎役者を使って『ハムレット』を上演しようとする姿を描くこの劇は、『忠臣蔵』と『ハムレット』という異なる文化圏の古典劇を比較する面白さを演劇的に描いてみせた。

同じ頃、伝統演劇においてもシェイクスピアの翻案・脚色が目立つようになる。たとえば『英語能ハムレット』(一九九一)を発表した上田(宗片)邦義は、国内外で英語と日本語で能・シェイクスピアの上演を続けている。特筆すべきは、高橋康也が狂言風にシェイクスピアを翻案・脚色した『法螺侍』(一九九一)と『まちがいの狂言』(二〇〇一)だろう。これらの劇は、シェイクスピアの作品とともに伝統的な演劇形式も大胆に変容させ、国内外の観客を大いに魅了した。特に『まちがいの狂言』は、狂言師の野村萬斎が、はやしことばの「ややこしや」の場

図 16 『まちがいの狂言』（2003 年，世田谷パブリックシアターにて上演）プロローグ．「ややこしや」を繰り返す黒草の民．（撮影＝石川純）

面を、子ども向け教育番組で繰り返し演じたこともあり、シェイクスピアや狂言に関心のなかった人々にも幅広く知られるようになり、「ややこしや」はある種の流行語のようになった。シェイクスピアから派生した劇の科白や場面が、シェイクスピアと意識されないまま広く知れ渡るという現象は、今日の「シェイクスピア」のあり方を考える上でも興味深い。能舞台を使いながらも必ずしも能の様式を用いない「りゅーとぴあ能楽堂シェイクスピア」は、『マクベス』（二〇〇四）、『リア王』（二〇〇四）、『冬物語』（二〇〇五）など次々と発表している。歌舞伎版のシェイクスピアは、戦後では『本朝夏夜夢』（一九六〇）があるが、二〇〇五年には蜷川幸雄が演出して尾上菊五郎を中心とする菊五郎劇団で『NINAGAWA 十二夜』の公演を成功させている。また国際交流基金が企画制作した岸田理生脚色、オン・ケンセン演出の『リア』（一九九七）は、日本の伝統演劇とアジアの他の演劇文化とのコラボレーションの成功例として貴重であり、伝統演劇とシェイクスピア劇の関係を見直す契機にもなりえた。

多様化する「シェイクスピア」

海外で最も有名な「日本のシェイクスピア」は、黒澤明の『蜘蛛巣城』（一九五七）と『乱』（一九八五）だが、ほかにも『ハムレット』を時代劇として翻案した大川橋蔵主演の『炎の城』（加藤泰監督、一九六〇）がある。これらの映画は、シェイクスピア劇を時代劇として日本に移したものであるが、そのアプローチには明確な違いがあり、シェイクスピアの日本化を考える際に興味深い。また、これら三作品と違った立場からシェイクスピアを使った映画に鴻上尚史監督の『ジュリエット・ゲーム』（一九八九）がある。王政復古期の改作『ロミオとジュリエット』が言及され、パロディのような形で部分的に上演される場面もあるが、この作品は現代の日本人が共有するであろう『ロミオとジュリエット』という作品に関わる連想を利用した作品と言える。その意味で劇作家・演出家である鴻上の映画は他のシェイクスピア映画とは異なり、同時代の若手演劇人によるシェイクスピア劇の脚色・改変と同じ地平に立つ作品である。

一般にシェイクスピアをはじめ西洋文学の受容は、読者・観客など受け手だけの問題ではなく、新しい文学を創造する作り手の問題でもある。このことは、日本近代文学史における『新体詩抄』（一八八二）の位置を考えれば明らかだ。特に『ハムレット』が作家に与えた影響は大きく、志賀直哉の『クローディアスの日記』（一九一二）、小林秀雄の『おふえりあ遺文』（一九三一）、太宰治の『新ハムレット』（一九四一）、大岡昇平の『ハムレット日記』（一九八〇）など特筆すべき作品がある。ラム姉弟の『シェイクスピア物語』の形式にならいつつ作品を大胆に現代化したものに、大阪の寂れた商店街を舞台にした島村洋子『てなもんやシェイクスピア』（二〇〇〇）がある。これは大阪弁による自由奔放な創造的翻案集で、近年の「シェイクスピア」観の変化を如実に表わす佳作だ。「シェイクスピア」に対する連想などを利用した小説は多く、笹沢佐保『シェイクスピアの誘拐』(一九八七)、唐十郎『シェイクスピア幻想　道化たちの夢物語』(一九八八)、村松友視『巷のシェイクスピア』(一九九〇)、熊井明子『シェイクスピアの妻』(二〇〇三)、高村薫『新リア王』(二〇〇五)など多種多様である。

批評家リチャード・バートは、大量に流通・消費され、政治的・社会的な批評性を持たないために文学あるいは文化研究において解読されるべきテクストとして認知されることなく捨てられる「シェイクスピア」を、「シェイ屑ピア」(Schlockspeare)と呼んだ。(7) 日本でもこのような「シェイ屑ピア」を目にする機会は少なくない。たとえば『ロミオとジュリエット』のバルコニー・シーンは、テレビのCMやお笑い番組の中、あるいは子ども番組やアニメ番組の中で、形を変えて繰り返し引用・使用されている。また、多くのマンガで、シェイクスピアの作品の一部、ときには劇作家シェイクスピア自身が言及・引用されている。あるいは、本物の虫たちを使った『虫が演じるロミオとジュリエット』(二〇〇六)や、テレビ番組の企画としてコメディアン内村光良が中心になり上演した『夏の夜の夢』(二〇〇二)や『お気に召すまま』(二〇〇三)の舞台公演のDVD、さらにはコンピュータ・ゲームから派生した「帝国歌劇団」が上演するCDドラマ『喜劇リア王』(一九九八)など、さまざまな形で「シェイクスピア」は再生され流通している。

コミック版のシェイクスピア劇は半世紀以上前からClassics Illustratedシリーズとしてアメリカで出版され読まれてきたが、日本で最初のマンガのシェイクスピアは手塚治虫『ベニスの商人』(一九五九)だろう。学習雑誌に掲載されたことからも教育的・啓蒙的な意図で描かれたのは明らかだが、娯楽性を旨とするマンガ化は、ある意味で明治期の翻案に通じるものがある。興味深いのは、マンガ・シェイクスピアは、その大半が少女マンガの作家によることだ。森川久美の『十二夜』(一九七八)は、簡略化されているとはいえ原作に忠実であり、翻訳の台詞をそのまま使用している箇所が目立つ。また池田理代子の『オセロ』(一九七三)、いがらしゆみこの『ロミオとジュリエット』(一九九五)はそれぞれデズデモーナやジュリエットを主人公にし、ヒロインの視点から作品を書き換えることになる。こういったマンガ・シェイクスピアの中でも特に興味深いのが、真崎春望の『ロミオとジュリエット』(二〇〇一)や『マクベス』(二〇〇一)である。レディース・コミックというサブ・ジャンルの約束事にしたがって書き換えられたこれらの作品では、そのジャンルが前提とする読者の嗜好に合わせ、ジュリエットの母親やマクベス夫人の視点からそれぞれの作品を大幅に書き直すことになる。このように主人公以外の登場人物の視点から作品を見直すシェイクスピアの作品に対する真崎の姿勢は、取り立てて目新しいものではない。しかし、登場人物の内面を描くことによってジャンルとして確立した少女マンガにシェイクスピア作品の翻案が多いことは、シェイクスピア劇や登場人物が一般にどのように受け入れられ、再創造されてきたのかを教えてくれる。シェイクスピア研究者から下らないと一笑に付されるような「シェイ屑ピア」に目を向けることは、マス・カルチャーにおける「シェイクスピア」について考えるきっかけとなるほか、時代によって変化する「くだらないシェイクスピア」と「文豪シェイクスピア」との断層あるいは境界線を浮かび上がらせる。

日本とシェイクスピア

清水邦夫の戯曲『楽屋』(一九七七)の中で亡霊となった女優たちが『マクベス』を演じようとして翻訳の違いに驚くように、あるいは劇団☆新感線のロック・ミュージカル『メタル マクベス』(二〇〇六)の冒頭で、魔女が誰の翻訳を使うかで揉めるように、翻訳はそれぞれの時代の演劇やシェイクスピアに対する姿勢を映し出している。文学がつねに市場、メディア、教育・政治制度と結びつき、その文学的資産の再分配と再包装《リパッケージ》を繰り返してきたとすれば、翻案・翻訳・上演・派生的創作など、「破壊的創造」とも呼べるさまざまな「日本のシェイクスピア」が、決して日本だけの特異な現象でないことに気づく。歌舞伎では、役者や観客が共有する物語の「世界」に、作者の創意による新しい「趣向」を持ち込むという作劇法があるが、シェイクスピアの翻案・脚色なども、発表するメディアは多様化しているが、まさにシェイクスピア劇という「世界」に個々の作り手が新たな「趣向」を持ち込んだ結果と見ることもできよう。さまざまなメディア間を移動し変容する、つまり舞台上であれモニター上であれメディアを問わず再包装《リパッケージ》されて流通する「シェイクスピア」を考えることで、「シェイクスピアと日本」の複雑な関係がいくつも浮かび上がってくる。

注

(1) 大和資雄『英文學の話』(健文社、一九四二)、一、三頁。
(2) トーマス・カーライル『カーライル選集II　英雄と英雄崇拝』(日本教文社、一九六二)、一六三頁。
(3) 雨の家狸遊編、宇田川文海閲『何櫻彼櫻銭世中』(和田文寶堂、一八八五)、三頁。
(4) 竹村覺『日本英學發達史』(研究社、一九三三)、二一〇頁。
(5) 竹村、一九七―九九頁。
(6) 「トレバー・ナン氏を囲んで……座談会」『朝日新聞』(一九七〇年一月二十三日夕刊)。
(7) Richard Burt, *Shakespeare after Mass Media* (Palgrave, 2002).

木下順二，蜷川幸雄他)，作家(志賀直哉，小林秀雄，大岡昇平)のシェイクスピアとの関わり，上演，映画を論じる．

日本語翻訳・注釈

- 上野美子・松岡和子・加藤行夫・井出新編『シェイクスピア大全』(CD-ROM 版)，新潮社，2003 年．

The Arden Shakespeare によるシェイクスピア戯曲 37 篇と詩 6 篇，坪内逍遙，福田恆存，小田島雄志ほか，明治期から松岡和子訳 9 本までの全翻訳をはじめ，アーサー・ブルックのロミオ本など関連翻訳書，50 のキーワードやシェイクスピアに関する 50 の問答などいずれもテキスト間のリンク機能をフル活用したコンピュータ画面で読める画期的資料．

- 安西徹雄ほか編注「大修館シェイクスピア双書」(全 12 巻)，大修館書店，1987–2001 年．

見開きで原文(*William Shakespeare: The Complete Works*, ed. Peter Alexander, 1951)と日本語による詳注を並置するシリーズ．

- 大場建治「対訳・注解　研究社シェイクスピア選集」(全 10 巻)，研究社，2004 年～．

基本的に第一・二つ折本(ファースト・フォリオ)の本文を底本(ただし綴りは現代化)として著者が編纂したテクストと翻訳を見開きに配置し，脚注・補注，創作年代や材源等の解説を加える．

［担当：太田一昭・住本規子］

ジェンダー・性・他者

- 楠明子『英国ルネサンスの女たち——シェイクスピア時代における逸脱と挑戦』みすず書房，1999 年.

  英国ルネサンス期の「貞節・寡黙・従順」といった「婦徳」に叛旗を翻した女性たちの行動が，当時の社会や文化においてどのような意味をもっていたかを論じる.

- 浜名恵美『ジェンダーの驚き——シェイクスピアとジェンダー』日本図書センター，2004 年.

  ジェンダーは驚きとして作用するという仮説にもとづいて，近代初期イングランドの文化とシェイクスピアのテクストにおけるジェンダー表象を探る.

- Dusinberre, Juliet. *Shakespeare and the Nature of Women*. 3rd ed. New York: Palgrave Macmillan, 2003.［森祐希子訳『シェイクスピアの女性像』紀伊國屋書店，1994 年］

  フェミニズム批評の草分け的研究. シェイクスピア劇は，男性に受け継がれてきた女性観を批判していると主張する.

- Orgel, Stephen. *Impersonations: The Performance of Gender in Shakespeare's England*. Cambridge: Cambridge University Press, 1996.［岩崎宗治・橋本惠共訳『性を装う——シェイクスピア・異性装・ジェンダー』名古屋大学出版会，1999 年］

  エリザベス朝の演劇，社会における，ジェンダー表象を探る. 異性愛，同性愛のカテゴリーはあいまいで，同性愛は比較的寛大に受け入れられていたとする.

- Vaughan, Alden T. and Virginia Mason Vaughan. *Shakespeare's Caliban: A Cultural History*. Cambridge: Cambridge University Press, 1991.［本橋哲也訳『キャリバンの文化史』青土社，1999 年］

  シェイクスピアがキャリバンを創造した歴史的・文学的コンテクストを検証し，その誕生から現代までの，キャリバンの解釈，領有，翻案の歴史を跡付ける.

日本のシェイクスピア

- Kishi, Tetsuo and Graham Bradshaw. *Shakespeare in Japan*. London: Continuum, 2005.

  日本のシェイクスピア翻訳家，演出家，劇作家(坪内逍遙，福田恆存，

煉獄の教義・信仰の歴史を探り，舞台に登場する亡霊を論じ，『ハムレット』を分析する.

批評：詩(エディションで紹介したものは省く)

- 高松雄一・川西進・櫻井正一郎・成田篤彦『シェイクスピア「恋人の嘆き」とその周辺』英宝社，1995 年.

  標題の内容の論考 3 本と批評史，さらにテクストと注釈，翻訳を収録. 貴重な詩論.

- Kerrigan, John, ed. *The Sonnets and A Lover's Complaint*. New Penguin Shakespeare. Penguin, 1986.

  堅実な読みに裏打ちされた注釈は充実していて，序文も啓発的. エディション・テクスト，批評，背景に関する文献案内は有用.

- Vendler, Helen. *The Art of Shakespeare's Sonnets*. Cambridge, MA: The Belknap Press (Harvard University Press), 1997.

  社会・心理学的なアプローチに背を向けて，純粋なことばの芸術として 154 篇すべてのソネットを精緻に読み解き，詩人の思考や感情の動きを再構築しようとする.

批評史・受容史

- 青山誠子・川地美子編『シェイクスピア批評の現在』研究社出版，1993 年.

  フェミニズム，新歴史主義，文化唯物論，記号論などの批評新理論にもとづく内外あわせて 10 人の学者による論文集. 川地美子編訳『古典的シェイクスピア論叢』(みすず書房，1994 年)はベン・ジョンソンからカーライルまでの批評論集.

- Vickers, Brian, ed. *William Shakespeare: The Critical Heritage*. 6 vols. 1974–81. London: Routledge, 1995.

  初期のシェイクスピア批評，コメントを収載した，浩瀚な資料集.

- Taylor, Gary. *Reinventing Shakespeare: A Cultural History, from the Restoration to the Present*. New York: Weidenfeld and Nicolson, 1989.

  王政復古期から現代まで，シェイクスピア作品の編纂，批評，翻訳，上演，映画等について論じ，彼の名声が高まってゆくプロセスを探る.

「ニュー・ケースブック・シリーズ」の一書で，近年の論考を採録．他に同シリーズ既刊として，『リア王』，『ロミオとジュリエット』などの主要作品，シェイクスピアの悲劇，問題劇，歴史劇，上演，映画，フェミニズム・ジェンダーといったテーマに関するものがある．

• McEachern, Claire, ed. *The Cambridge Companion to Shakespearean Tragedy*. Cambridge: Cambridge University Press, 2002.

「ケンブリッジ必携シリーズ」．先行作品，文化的背景，批評，受容について解説し，四大悲劇ほかの悲劇作品を論じる 13 篇の論考からなる．このシリーズにはほかに喜劇 (Alexander Leggatt ed.) と歴史劇 (Michael Hattaway ed.) も出版されている．

• Smith, Emma. ed. *Shakespeare's Comedies; Shakespeare's Tragedies; Shakespeare's Histories.* いずれも Oxford: Blackwell, 2004.

「ブラックウェル批評案内シリーズ」．受容・批評史の変遷を概観し，ジャンル，言語，ジェンダー，歴史・政治，上演(悲劇は，これにキャラクターとテクストが加わる)に関する代表的な批評を寸評とともに収載．

• Leggatt, Alexander. *Shakespeare's Comedy of Love*. Methuen, 1974. London: Routledge, 2005. [川口清泰訳『シェイクスピア，愛の喜劇』透土社，1995 年]

『間違いの喜劇』から『十二夜』までを論じる．ロマンティック・ラブの主題がさまざまな喜劇の葛藤をとおして多様に展開されるとする．Leggatt には，英国史劇，ローマ史劇を論ずる *Shakespeare's Political Drama: The History Plays and the Roman Plays* (London: Routledge, 1988)，悲劇を精読し，暴力とアイデンティティの主題を探る *Shakespeare's Tragedies: Violation and Identity* (Cambridge: Cambridge University Press, 2005) もある．

• Dollimore, Jonathan. *Radical Tragedy: Religion, Ideology and Power in the Drama of Shakespeare and his Contemporaries*. 3rd ed. New York: Palgrave Macmillan, 2004.

文化唯物論派の代表的な論考．

• Neill, Michael. *Issues of Death: Mortality and Identity in English Renaissance Tragedy*. Oxford: Clarendon Press, 1998.

近代初期イングランドにおける「死」とシェイクスピア悲劇をはじめとする当時の演劇との関係を考察．

• Greenblatt, Stephen. *Hamlet in Purgatory*. Princeton: Princeton University Press, 2001.

ピア――世紀を超えて』(2002 年),『シェイクスピアとその時代を読む』(2007 年), いずれも研究社.

協会がほぼ 5 年ごとに刊行する記念論文集.

- 玉泉八州男他編『シェイクスピア全作品論』研究社出版, 1992 年.

文字通り全作品について, それぞれ一人ずつの論者が作品論を展開する.

- 柴田稔彦編『シェイクスピアを読み直す』研究社, 2001 年.

近年の本文批評の動向を踏まえた作品論, 歴史主義批評, フェミニズム批評など, 論考 14 篇を収める.

- 笹山隆『ドラマと観客――観客反応の構造と戯曲の意味』研究社出版, 1982 年.
- ――『ドラマの受容――シェイクスピア劇の心象風景』岩波書店, 2003 年.

読者ではなく観客が受容するドラマとしてシェイクスピア劇が形成する意味を追求する.

- 蒲池美鶴『シェイクスピアのアナモルフォーズ』研究社出版, 1999 年.

絵画の手法から「アナモルフォーズの演劇」を定義し, シェイクスピア, マーロウ, ウェブスターらの演劇が複数の視点による重層的イメージを見せる装置であることを精緻なテクスト分析で示す演劇論.

- 加藤行夫『悲劇とは何か』研究社, 2002 年.

演劇の原理から説き起こし, 観客受容のメカニズムを探る. 肯定と否定, 合理と非合理という 4 つの座標を設定してシェイクスピア劇その他の悲劇を分析.

- 安西徹雄『彼方からの声――演劇・祭祀・宇宙』筑摩書房, 2004 年.

「秘められた彼方の何ものかが, 此方に向かって立ち現れること」をこそ劇と洞察する演劇論. 劇中の語りや, シェイクスピア劇と日本語・日本文化にも言及している.

- 喜志哲雄『喜劇の手法――笑いのしくみを探る』集英社新書, 2006 年.

シェイクスピア劇から現代劇まで, さまざまな作品の笑いのエッセンスを解き明かす.

- Sinfield, Alan, ed. *Macbeth: William Shakespeare*. New Casebook Series. London: Macmillan, 1992.

Stuart Years. Ithaca: Cornell University Press, 1991.

シェイクスピアとジェイムズ一世の関わり，疫病流行の演劇に及ぼした影響を再検証する．

上演・映画・受容

- 喜志哲雄『劇場のシェイクスピア』早川書房，1991 年．

  豊富な劇場体験に裏付けされた演劇論，およびテクストの具体的な箇所がもつ演劇的瞬間の構造を解き明かす作品論など．

- Beckerman, Bernard. *Shakespeare at the Globe, 1599–1609*. New York: Macmillan, 1962.

  宮内大臣一座 / 国王一座がグローブ座で初演した演劇テクスト 29 本(うち，シェイクスピア作品 15 本)を調査し，それらに共通の舞台処理技法を分析する上演研究．

- Hodges, C. Walter. *Enter the Whole Army: A Pictorial Study of Shakespearean Staging, 1576–1616*. Cambridge: Cambridge University Press, 1999. ［河合祥一郎訳『絵で見るシェイクスピアの舞台』研究社出版，2000 年］

  シェイクスピア時代の上演のありようを，著者自身の描いた多数の挿絵により再現しようとする．

- Bratton, J. S., and Julie Hankey, ser. eds. *Shakespeare in Production*. Cambridge: Cambridge University Press, 1996–.

  英国以外での上演や改作，映画も含む上演史を序論で解説．本文には The New Cambridge Shakespeare 版を使用，脚注に具体的な演出，演技の紹介を掲載したシリーズ．現在 13 作品既刊．

- Rothwell, Kenneth S. *A History of Shakespeare on Screen: A Century of Film and Television*. 2nd ed. Cambridge: Cambridge University Press, 2004.

  サイレント時代から 2003 年までのシェイクスピア映画(テレビ映画も含む)の歴史について解説．巻末に映画作品リストがついていて便利．

批評：劇作品

- 日本シェイクスピア協会編『シェイクスピアの演劇的風土』(1977 年)，『シェイクスピアの喜劇』(1982 年)，『シェイクスピアの悲劇』(1988 年)，『シェイクスピアの歴史劇』(1994 年)，『シェイクス

1594–1613. Fayetteville: University of Arkansas Press, 1991.

エリザベス朝・ジェイムズ朝のレパートリー・システムを検証し，シェイクスピアの劇団の演目を実証的に探る．初演だけでなく再演も考察．

- Gurr, Andrew. *The Shakespearean Stage, 1574–1642*. 3rd ed. Cambridge: Cambridge University Press, 1992.［青池仁史訳『演劇の都，ロンドン——シェイクスピア時代を生きる』北星堂書店，1995 年］

劇団，上演方法，役者，劇場，観客といった当時の演劇に関する基本情報についてバランスよく解説．著者の *The Shakespeare Company, 1594–1642*（Cambridge: Cambridge University Press, 2004）は，宮内大臣一座 / 国王一座のみ焦点をあてる．

- Gurr, Andrew. *Playgoing in Shakespeare's London*, 3rd ed. Cambridge: Cambridge University Press, 2004.

劇場構造，社会構成と観客層，観客の気質・反応，嗜好の変化等について緻密に叙述．観劇が記録されている人々のリストや虚構・現実における観客についての言説も掲載．

- Hunter, G. K. *English Drama 1586–1642: The Age of Shakespeare* (The Oxford History of English Literature, VI). Oxford: Clarendon Press, 1997.

「オックスフォード英文学史シリーズ」の一書．広義のエリザベス朝演劇通史．主要作品だけでなくマイナーな作品についても短評がついていて重宝する．

- Cox, John D. and David Scott Kastan, eds. *A New History of Early English Drama*. Foreword by Stephen Greenblatt. New York: Columbia University Press, 1997.

近代初期演劇史関連の論考 26 篇を収めた論文集．演劇の場，社会的・文化的コンテクスト，上演の形態，戯曲の印刷，演劇のパトロン (patronage) など，多様なテーマを扱う．

- Dillon, Janette. *The Cambridge Introduction to Early English Theatre*. Cambridge: Cambridge University Press, 2006.

上演の場，俳優・観客，劇作家・検閲・劇場，ジャンルと伝統，教育・スペクタクルの 5 章にわけて最初期から 1660 年に至るイギリス演劇を一次資料を提示しつつ解説する．

- Barroll, Leeds. *Politics, Plague, and Shakespeare's Theater: The*

刊．既刊のほとんどがウェブ上(http://www.archive.org/details/toronto)に公開されている．

- Harbage, Alfred. *Annals of English Drama, 975–1700*. Rev. S. Schoenbaum. London: Methuen, 1964.

  劇の創作・初演年を軸に，作者，ジャンル，上演母体等の情報を併記した年表形式の資料．第3版(1989年)にはミスが目立つので注意が必要．

- Kawachi, Yoshiko. *Calendar of English Renaissance Drama, 1558–1642*. New York: Garland, 1986.

  Harbageの*Annals*とならぶ便利な年表．再演情報も掲載されている．

- Nungezer, Edwin. *A Dictionary of Actors and of Other Persons Associated with the Public Representation of Plays in England before 1642*. New York: Greenwood Press, 1968 (orig. 1929); Marc Eccles. 'Elizabethan Actors I: A-D,' *Notes & Quires* n.s. 38 (1991), pp. 38–49; 'Elizabethan Actors II: E-J,' pp. 454–61; 'Elizabethan Actors III: K-R,' 39 (1992), pp. 293–303; 'Elizabethan Actors IV: S to End,' 40 (1993), pp. 165–76.

  当時の俳優，劇団関係者に関する情報を集めた事典とその補遺．

- Foakes, R. A., ed. *Henslowe's Diary*. 2nd ed. Cambridge: Cambridge University Press, 2002. (1st ed. Ed. by R. A. Foakes and R. T. Rickert, 1961).

  シェイクスピアと同時代の興行師・劇場主による，劇団の活動，種々の収支について，詳細に記録した「日誌」．

- Berger, Thomas L., William C. Bradford, and Sidney L. Sondergard. *An Index of Characters in Early Modern English Drama: Printed Plays, 1500–1660*. Rev. ed. Cambridge: Cambridge University Press, 1998.

  1500年から1660年までに書かれた演劇作品の全登場人物の索引．

- Dessen, Alan C. and Leslie Thomson. *A Dictionary of Stage Directions in English Drama, 1580–1642*. Cambridge: Cambridge University Press, 1999.

  シェイクスピアと同時代劇作家の作品のト書きに現れることばを定義し，用法を解説し，用例を記載．

- Knutson, Roslyn Lander. *The Repertory of Shakespeare's Company,*

ソネットを除く，シェイクスピア作品の材源を網羅的に収めたもの.「材源」のすべてが収録されているわけではないし，またどこまでがシェイクスピアの「材源」と言えるか判断が難しいところもあるが，材源研究には必携の書.

- Gillespie, Stuart, *Shakespeare's Books: A Dictionary of Shakespeare Sources*. London: Athlone Press, 2001.

シェイクスピアの作品に影響を及ぼしたと思われる著作物(古典，史書，宗教書，同時代の作品)についての包括的解説書．約 200 項目を著者アルファベット順に記載.

劇団・劇場・観客(演劇史を含む)

- 玉泉八州男『女王陛下の興行師たち——エリザベス朝演劇の光と影』芸立出版，1984 年.

エリザベス朝演劇の企業としての側面をはじめて実証的に解明した著作. これを横軸とすれば著者の『シェイクスピアとイギリス民衆演劇の成立』(研究社，2004 年)は，エリザベス朝文学・演劇史として縦軸をなす.

- 河合祥一郎『ハムレットは太っていた！』白水社，2001 年.

ひろく同時代の戯曲や文書にデータをもとめ，初演時の役者の肉体的特徴が作家の想像力に及ぼしたであろう作用を解析し作品解釈に新たな光を当てる.

- Chambers, E. K. *The Elizabethan Stage*. 4 vols. 1923. Oxford: Clarendon Press, 1967.

エリザベス朝演劇の実証的研究. 圧倒的な一次資料収集力とバランスのとれた分析力で今でも有用. Bentley, G. E. *The Jacobean and Caroline Stage*. 7 vols. (Oxford: Clarendon Press, 1941-68) は，その後の時代について史料を集成し解説する.

- Wickham, Glynne, Herbert Berry, and William Ingram, eds. *English Professional Theatre, 1530–1660*. Cambridge: Cambridge University Press, 2000.

検閲・統制，劇団・俳優，劇場の 3 分野にわけて一次資料を収める.

- Records of Early English Drama. University of Toronto Press, 1979–2000. British Library; University of Toronto Press, 2002–.

通称 REED. 中世後期から 1642 年までの英国各地の演劇関係一次資料(巡業劇団・旅芸人に対する公演料支払い記録，公演許可，公演禁止・退去命令記録その他)を収載. 現在までに，18 の市や町や地域の資料集が既

来事を年代順に(月日まで詳細に)記す．政府機関，教会組織，歴史用語，著名人の略伝も記載．

シェイクスピアと文学および演劇の伝統(いわゆる演劇史は他項を参照)

- 岩崎宗治『シェイクスピアのイコノロジー』三省堂，1994年．

  台詞や舞台タブローとして作品が内蔵する視覚イメージとその歴史的・文化的意味の解明をとおして，一つのヴィジョンの体験的伝達装置としてシェイクスピア劇を捉える．著者の『シェイクスピアの文化史——社会・演劇・イコノロジー』(名古屋大学出版会，2002年)は，より広い文化史のコンテクストにおける同様の試み．

- 上野美子『シェイクスピアの織物』研究社出版，1992年．

  歴史劇，ロマンス劇，悲劇その他を，「牧歌」の伝統への深い造詣にもとづき論ずる．

- Tillyard, E. M. W. *The Elizabethan World Picture*. London: Chatto and Windus, 1943.［磯田光一・玉泉八州男・清水徹郎訳『エリザベス朝の世界像』筑摩書房，1992年］

  エリザベス朝文学に含まれている中世的秩序観，存在感，宇宙観を論じる．

- Greenblatt, Stephen, *Renaissance Self-Fashioning: From More to Shakespeare*, 1980. Chicago: University of Chicago Press, 2005.［高田茂樹訳『ルネサンスの自己成型——モアからシェイクスピアまで』みすず書房，1992年］

  英国ルネサンス期の主要文学作品の分析をとおして，近代初期における個人のアイデンティティ形成と当時の文化的・社会的制度との関わりを探る．

材源

- 齋藤衛『シェイクスピアと聖なる次元——材源からのアプローチ』北星堂書店，1999年．

  材源に遡って考察しながら，シェイクスピア劇が生のミステリーに向かって開かれた精神性豊かなドラマであることを示す．

- Bullough, Geoffrey, ed. *Narrative and Dramatic Sources of Shakespeare*. 8 vols. London: Routledge and Paul, 1957–75.

シェイクスピアの生涯

• 安西徹雄『劇場人シェイクスピア——ドキュメンタリー・ライフの試み』新潮選書，1994 年.

資料に語らせるドキュメンタリー的手法をとる.「資料」は日本語で引用.

• Schoenbaum, Samuel. *William Shakespeare: A Compact Documentary Life*. Oxford: Oxford University Press, 1977.［小津次郎他訳『シェイクスピアの生涯』紀伊國屋書店，1982 年］

最も信頼できる堅実なシェイクスピアの伝記の一つ. *William Shakespeare: A Documentary Life* の改訂簡約版.

• Honan, Park. *Shakespeare: A Life*. Oxford: Oxford University Press, 1998.

「事実」にもとづいて人間シェイクスピアと彼の生きた世界を活写する. シェイクスピアの伝記研究の伝統とその関連文献についての解説は特に有用.

• Wood, Michael. *In Search of Shakespeare*. BBC Books, 2003.

BBC の TV シリーズ (DVD, VHS, 2003) の書籍版. 警察国家のスパイたちが残した貴重な資料をひもときつつ豊富な図版を用いて当時をいきいきと映し出す. 映像版も入手可能.

• Greenblatt, Stephen. *Will in the World: How Shakespeare Became Shakespeare*. New York: W. W. Norton, 2004.［河合祥一郎訳『シェイクスピアの驚異の成功物語』白水社，2006 年］

シェイクスピアの生涯を 16–17 世紀の政治的，宗教的，社会的文脈のなかで描く.

時代背景・歴史

• Harrison, G. B. *Elizabethan and Jacobean Journals, 1591–1610*. 5 vols. London: Routledge, 1999.

1591 年から 1610 年にかけて，当時最も話題になった出来事について，日誌形式で記述したもの. エリザベス朝後期とジェイムズ朝初期の世相を見事に描き出す. An Elizabethan Journal から A Second Jacobean Journal まで全 5 巻. 初版は，1929〜58 年刊.

• O'Day, Rosemary. *The Longman Companion to the Tudor Age*. London: Longman, 1995.

テューダー朝歴史案内書. ヘンリー七世からエリザベス一世までの出

書誌学・本文批評

- 山田昭廣『本とシェイクスピア時代』東京大学出版会，1979 年．

　シェイクスピアの本文への書誌学的アプローチの基本をわかりやすく解説する．

- Gaskell, Philip. *A New Introduction to Bibliography*. Winchester: St Paul's Bibliographies, 1995.

　書誌学の入門書．本文批評に不可欠な書誌学上の基礎的知見が得られる．

- Greg, W. W. *A Bibliography of the English Printed Drama to the Restoration*. 4 vols. 1939–59. London: Bibliographical Society, 1970.

　王政復古期までの戯曲本の書誌情報を詳細に記録，整理したもの．口絵や序文，劇団，俳優名など出版物に記された情報をまとめて確認することができる．

- Wells, Stanley, Gary Taylor, et al. eds. *William Shakespeare: A Textual Companion*. Oxford: Clarendon Press, 1988.

　一巻本の Oxford シェイクスピア全集の別冊解説書．『サー・トマス・モア』(*Sir Thomas More*)や『血縁の二公子』(*The Two Noble Kinsmen*)も含めて，シェイクスピア作品の本文がかかえる諸問題の詳細がわかる．

- Blayney, Peter W. M. *The First Folio of Shakespeare*. Washington, D.C.: Folger Library Publications, 1991.

　印刷・出版過程から流通状況，製本，所有者など，17 世紀から現代までの第一・二つ折本に関する基本情報を手際よく網羅した，フォリオ研究第一人者によるパンフレット．

- Werstine, Paul. 'Shakespeare,' in *Scholarly Editing: A Guide to Research*. Ed. D.C. Greetham. New York: MLA, 1995. 65–86.

　イデオロギーの歴史としての編纂史を解説する一方，出版においては理論と実践は必ずしも一致しないという現実を指摘する．

- Murphy, Andrew. *Shakespeare in Print: A History and Chronology of Shakespeare Publishing*. Cambridge: Cambridge University Press, 2003.

　16 世紀の四つ折本から現代の諸版まで，シェイクスピアの出版の歴史を記述．刊本の詳細な年代順目録が付録として付いている．

Illustrate Some of the Differences between Elizabethan and Modern English. 3rd ed. New York: Dover Publications, 1870; rpt, 1966.

シェイクスピアの全作品を扱った標準的文法書．語法・韻律・修辞の全領域をカバーする．

- Hope, Jonathan. *Shakespeare's Grammar*. London: Thomson Learning, 2003.

  Abbott ほど網羅的ではないが，動詞や代名詞に関する説明は詳しい．

- Schmidt, Alexander. *Shakespeare Lexicon and Quotation Dictionary: A Complete Dictionary of All the English Words, Phrases, and Constructions in the Works of the Poet*. Rev. and enl. by Gregor Sarrazin. 3rd ed. New York: Dover Publications, 1971.

  シェイクスピアの作品に現れるすべての語の定義を掲載し，その使用箇所を示した便利な語彙辞典．

- Onions, C. T. *A Shakespeare Glossary*. Enl. and rev. by Robert D. Eagleson. 3rd ed. Oxford: Clarendon Press, 1986.

  廃語，古語になったものだけについて語義を説明し，必要に応じて，それが現れる箇所を記載したシェイクスピア辞典．現代語と同じ語義の説明はほとんど省かれているので，注意が必要．

- Spevack, Marvin. *A Complete and Systematic Concordance to the Works of Shakespeare*. 9 vols. Hildesheim: Georg Olms Verlag, 1968–80.

  The Riverside Shakespeare のテクストによる用語索引．登場人物別，作品別から全作品まで，異なる対象範囲ごとに編集されている．第 7 巻以降はト書き，不良四つ折本などを扱う．興味深いデータ満載．*The Harvard Concordance to Shakespeare*. Hildesheim: Georg Olms Verlag, 1973 は，その縮約 1 巻本．

- Spevack, Marvin. *A Shakespeare Thesaurus*. Hildesheim: Georg Olms Verlag, 1993.

  シェイクスピアの語彙を 37 の大項目，897 の小項目に分類するシソーラス．

- Adamson, Sylvia, et al., eds. *Reading Shakespeare's Dramatic Language: A Guide*. London: Thomson Learning, 2000.

  文体，地口，パロディ，ナラティヴ，文法，発音，方言，言語と身体まで，シェイクスピアの劇場言語に関する 16 項目について解説する入門書．

定期刊行物

- *Shakespeare Survey*, 1948–.

  英国の年刊研究誌．毎号特集を組むほか，その年の批評，上演，版本・テクスト研究を紹介，論評する．

- *The Shakespeare Quarterly*, 1950–.

  米国シェイクスピア協会発行の公式季刊誌．論文，書評，劇評を掲載．毎年発行される書誌は，CD-ROM版，On-Line版(*The World Shakespeare Bibliography*)もある．

- *Shakespeare Studies* (Japan), 1962–.

  日本シェイクスピア協会が発行する年刊研究誌．

事典，ハンドブック，参考図書

- 小津次郎責任編集『シェイクスピア作品鑑賞事典』南雲堂，1997年．(1969年刊『シェイクスピア・ハンドブック』の改題・増補版)

  シェイクスピアの生涯および同時代演劇，詩を含む全作品論，批評史および本文の解説，詳細な文献解題からなる．

- 高橋康也編『シェイクスピア・ハンドブック』新書館，2004年．(1994年刊の新装版)

  巧みに設定されたキーワード101がシェイクスピアを炙り出す．

- 高橋康也・大場建治・喜志哲雄・村上淑郎編『研究社シェイクスピア辞典』研究社出版，2000年．

  小項目主義．約2500項目を解説，図版や写真も豊富に掲載．本書に採用された固有名詞の日本語表記は標準となりつつある．

- 荒井良雄・大場建治・川崎淳之助編『シェイクスピア大事典』日本図書センター，2002年．

  「生涯」から「シェイクスピアの英語と名句」まで，豊富な図版と文字数で詳述する大項目主義の事典．

言語・コンコーダンス

- 大塚高信『シェイクスピアの文法』研究社出版，1976年．

  シェイクスピアの文法から詩形・修辞まで扱う．

- 竹林滋他編『研究社新英和大辞典』第6版　研究社，2002年．

  シェイクスピアの語彙説明も充実している．

- Abbott, Edwin A. *A Shakespearian Grammar: An Attempt to*

本文編纂理論，創作年代などに関して，大きな議論を呼んだが，20 世紀を代表する一巻本全集.

- Greenblatt, Stephen, gen. ed. *The Norton Shakespeare Based on the Oxford Edition*. New York: W.W. Norton, 1997.

  Oxford シェイクスピア全集 (*William Shakespeare: The Complete Works*) によっているが *Lear* では四つ折本，二つ折本，折衷版の 3 種を掲載する.

エディション（分冊本）

- Wells, Stanley, gen. ed. The Oxford Shakespeare. 1982–.
- Gibbons, Brian, gen. ed. The New Cambridge Shakespeare. 1984–.
- Proudfoot, Richard and Ann Thompson and David Scott Kastan, gen. eds. The Arden Shakespeare. Third Series. 1995–.（Second Series は CD-ROM 化されている.）

  上掲のエディションは，現代の代表的定本．演劇史，上演史，批評史，歴史・文化，本文の問題など，多方面に目配りのきいた序文を掲載し，主な校合資料と詳細な注釈を付している．複数のテクストをもつ作品には，以下のパラレルテクストもある.

- Warren, Michael, prepd. *The Parallel King Lear 1608–1623*. Berkeley and Los Angeles: University of California Press, 1989.
- Kliman, Bernice W. and Paul Bertram eds. *The Three-Text Hamlet: Parallel Texts of the First and Second Quartos and First Folio*. 2nd ed. New York: AMS Press, 2003.

文献書誌

- Wells, Stanley, ed. *Shakespeare: A Bibliographical Guide*. Oxford: Clarendon Press, 1990.

  個別の学者による 19 章からなる文献解題.

- *The World Shakespeare Bibliography* ➡ 定期刊行物の項参照.
- Thompson, Ann, and others, eds. *Which Shakespeare? A User's Guide to Editions*. Milton Keynes: Open University Press, 1992.

  読書，研究，演出など，用途に応じて最適な版本を選べるように，全集本と各作品の現代諸版本の特徴を詳述.

シェイクスピア基本文献ガイド

シェイクスピアについては，優れた研究書や参考書は枚挙にいとまがない．ここでは比較的新しい出版物を中心に，ごく基本的な資料に限って紹介する．これらの多くには文献書誌が付されているので，読者はその興味にしたがってさらなる研究の森へと歩みをすすめていただけるものと信じる．なお，各項目内の掲載順は，初版の出版年を考慮に入れつつ関連するものをまとめながら，より総論的なものから各論的なものへ，という緩やかな原則による．

エディション(ファクシミリ)

• Hinman, Charlton, ed. *The Norton Facsimile: The First Folio of Shakespeare*. 2nd ed. With a new Introduction by Peter W.M. Blayney. New York: W.W. Norton, 1996.

各頁それぞれ Folger 図書館所蔵の二つ折本のなかから最も校正の進んだ状態のものを集成した「理想の」二つ折本で，その TLN (Through Line Numbers) は二つ折本のテクストの引用時の標準行数．なお，Meisei University Shakespeare Collection Database (http://shakes.meisei-u.ac.jp/) のように，ウェブ上で閲覧可能な二つ折本もある．

• Allen, M. J. B. and Kenneth Muir, eds. *Shakespeare's Plays in Quarto*. Berkeley: University of California Press, 1981.

四つ折本を参照するときの標準版．ウェブ上には大英図書館の Treasures in Full: Shakespeare in Quarto (http://www.bl.uk/treasures/shakespeare/homepage.html) がある．

エディション(全集本)

• Evans, G. Blakemore, ed. *The Riverside Shakespeare*. 2nd ed. Boston: Houghton Mifflin, 1997.

『エドワード三世』，『ウィリアム・ピーター氏追悼の哀歌』(“A Funeral Elegy”) も収録．

• Wells, Stanley and Taylor, Gray, gen. eds. *William Shakespeare: The Complete Works*. Oxford: Clarendon Press, 1986 (2nd ed. 2005).

[4]　1485–1714 年（テューダー朝、ステュアート朝）

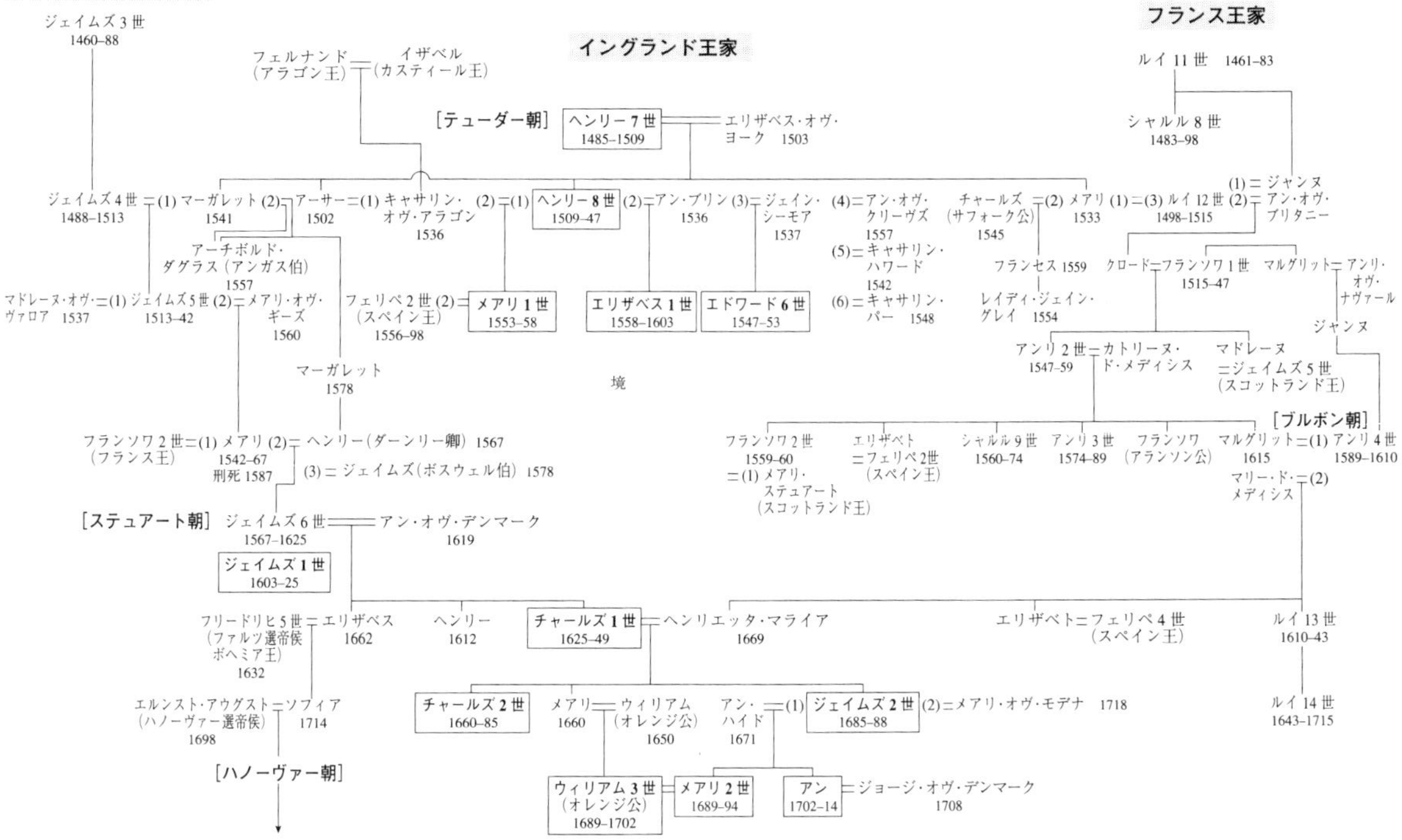

[3]　1399–1485 年(ランカスター朝、ヨーク朝)

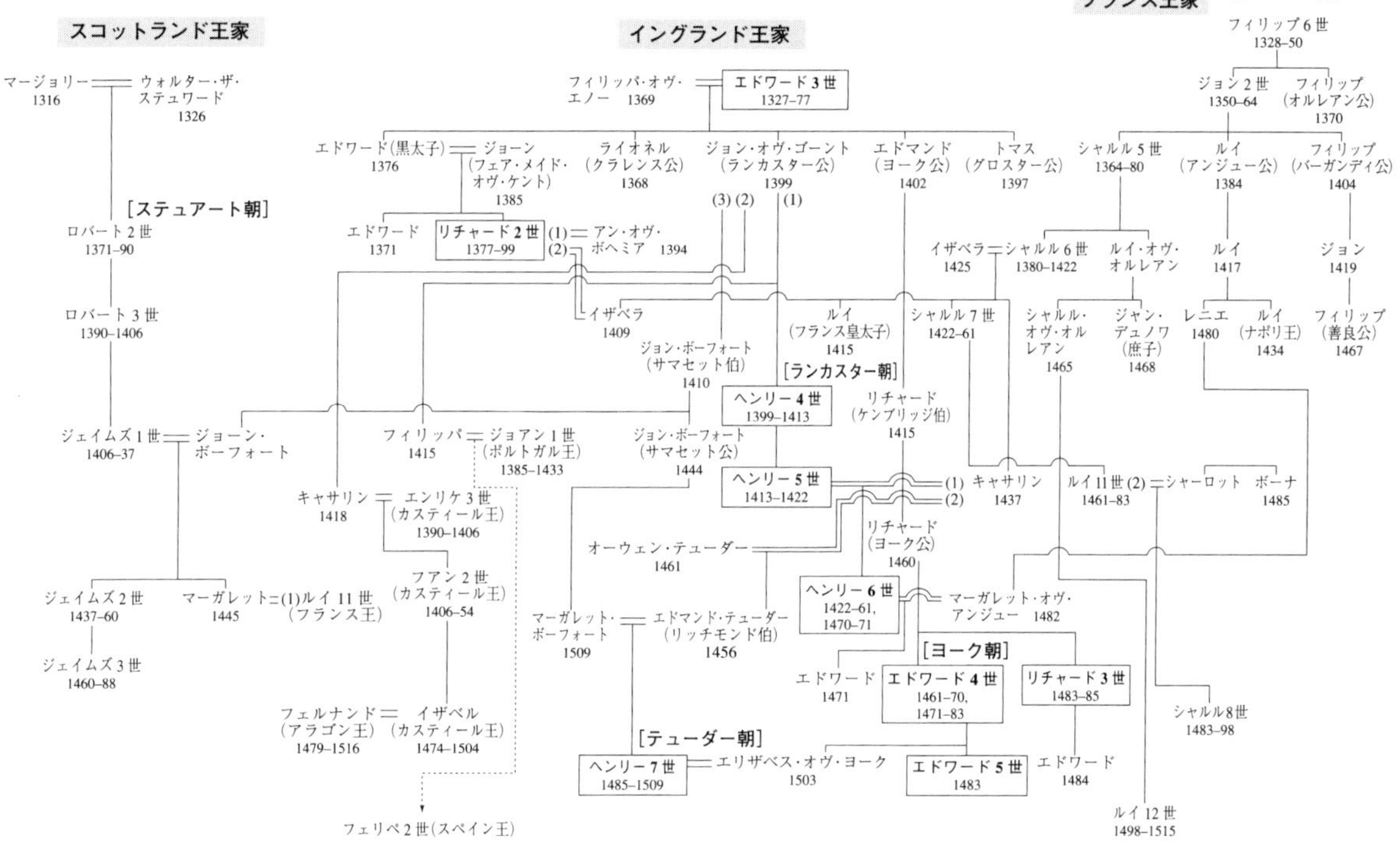
スコットランド王家
イングランド王家
フランス王家
[ヴァロア朝]
フィリップ 6 世 1328–50
ジョン 2 世 1350–64
フィリップ (オルレアン公) 1370
シャルル 5 世 1364–80
ルイ (アンジュー公) 1384
フィリップ (バーガンディ公) 1404
イザベラ 1425
シャルル 6 世 1380–1422
ルイ・オヴ・オルレアン
ルイ 1417
ジョン 1419
シャルル 7 世 1422–61
シャルル・オヴ・オルレアン 1465
ジャン・デュノワ (庶子) 1468
レニエ 1480
ルイ (ナポリ王) 1434
フィリップ (善良公) 1467
マージョリー 1316
ウォルター・ザ・ステュワード 1326
[ステュアート朝]
ロバート 2 世 1371–90
ロバート 3 世 1390–1406
ジェイムズ 1 世 1406–37
ジョーン・ボーフォート
ジェイムズ 2 世 1437–60
マーガレット 1445
(1)ルイ 11 世 (フランス王)
ジェイムズ 3 世 1460–88
フィリッパ・オヴ・エノー 1369
エドワード 3 世 1327–77
エドワード(黒太子) 1376
ジョーン (フェア・メイド・オヴ・ケント) 1385
ライオネル (クラレンス公) 1368
ジョン・オヴ・ゴーント (ランカスター公) 1399
エドマンド (ヨーク公) 1402
トマス (グロスター公) 1397
(3) (2) (1)
エドワード 1371
リチャード 2 世 1377–99
(1) アン・オヴ・ボヘミア 1394
(2)
イザベラ 1409
ルイ (フランス皇太子) 1415
ジョン・ボーフォート (サマセット伯) 1410
[ランカスター朝]
ヘンリー 4 世 1399–1413
リチャード (ケンブリッジ伯) 1415
フィリッパ 1415
ジョアン 1 世 (ポルトガル王) 1385–1433
ジョン・ボーフォート (サマセット公) 1444
ヘンリー 5 世 1413–1422
(1) キャサリン 1437
(2)
ルイ 11 世 (2) 1461–83
シャーロット
ボーナ 1485
キャサリン 1418
エンリケ 3 世 (カスティール王) 1390–1406
リチャード (ヨーク公) 1460
オーウェン・テューダー 1461
フアン 2 世 (カスティール王) 1406–54
ヘンリー 6 世 1422–61, 1470–71
マーガレット・オヴ・アンジュー 1482
マーガレット・ボーフォート 1509
エドマンド・テューダー (リッチモンド伯) 1456
[ヨーク朝]
エドワード 1471
エドワード 4 世 1461–70, 1471–83
リチャード 3 世 1483–85
シャルル 8 世 1483–98
フェルナンド (アラゴン王) 1479–1516
イザベル (カスティール王) 1474–1504
[テューダー朝]
ヘンリー 7 世 1485–1509
エリザベス・オヴ・ヨーク 1503
エドワード 5 世 1483
エドワード 1484
ルイ 12 世 1498–1515
フェリペ 2 世(スペイン王)

[2] 1154–1399年(プランタジネット朝)

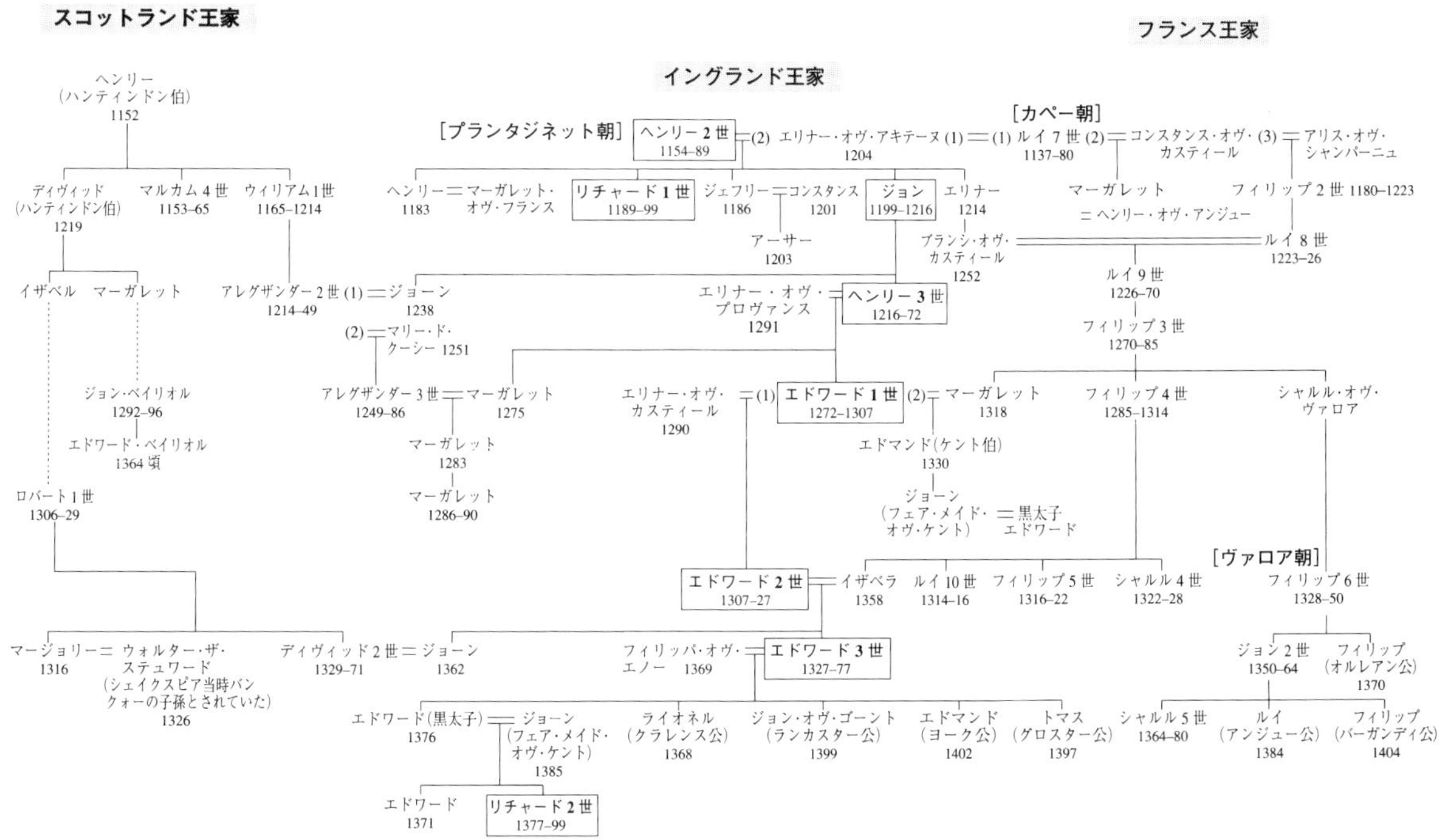
スコットランド王家
フランス王家
イングランド王家
ヘンリー(ハンティンドン伯) 1152
[プランタジネット朝]
ヘンリー2世 1154–89
(2) エリナー・オヴ・アキテーヌ (1)
[カペー朝]
(1) ルイ7世 (2) 1137–80
1204
コンスタンス・オヴ・カスティール (3)
アリス・オヴ・シャンパーニュ
ディヴィッド(ハンティンドン伯) 1219
マルカム4世 1153–65
ウィリアム1世 1165–1214
ヘンリー 1183
マーガレット・オヴ・フランス
リチャード1世 1189–99
ジェフリー 1186
コンスタンス 1201
ジョン 1199–1216
エリナー 1214
マーガレット
= ヘンリー・オヴ・アンジュー
フィリップ2世 1180–1223
アーサー 1203
ブランシ・オヴ・カスティール 1252
ルイ8世 1223–26
イザベル
マーガレット
アレグザンダー2世 (1) 1214–49
ジョーン 1238
(2) マリー・ド・クーシー 1251
エリナー・オヴ・プロヴァンス 1291
ヘンリー3世 1216–72
ルイ9世 1226–70
フィリップ3世 1270–85
ジョン・ベイリオル 1292–96
エドワード・ベイリオル 1364頃
アレグザンダー3世 1249–86
マーガレット 1275
エリナー・オヴ・カスティール 1290
(1) エドワード1世 1272–1307 (2)
マーガレット 1318
フィリップ4世 1285–1314
シャルル・オヴ・ヴァロア
マーガレット 1283
マーガレット 1286–90
エドマンド(ケント伯) 1330
ロバート1世 1306–29
ジョーン(フェア・メイド・オヴ・ケント)
= 黒太子エドワード
[ヴァロア朝]
エドワード2世 1307–27
イザベラ 1358
ルイ10世 1314–16
フィリップ5世 1316–22
シャルル4世 1322–28
フィリップ6世 1328–50
マージョリー 1316
ウォルター・ザ・ステュワード(シェイクスピア当時バンクォーの子孫とされていた) 1326
ディヴィッド2世 1329–71
ジョーン 1362
フィリッパ・オヴ・エノー 1369
エドワード3世 1327–77
ジョン2世 1350–64
フィリップ(オルレアン公) 1370
エドワード(黒太子) 1376
ジョーン(フェア・メイド・オヴ・ケント) 1385
ライオネル(クラレンス公) 1368
ジョン・オヴ・ゴーント(ランカスター公) 1399
エドマンド(ヨーク公) 1402
トマス(グロスター公) 1397
シャルル5世 1364–80
ルイ(アンジュー公) 1384
フィリップ(バーガンディ公) 1404
エドワード 1371
リチャード2世 1377–99

王統系図

＊数字は王については在位年、その他については没年を示す。
＊—— は親子関係を、＝ は婚姻関係を示す。
＊(1) は最初の結婚、(2) (3) … はそれぞれ 2 度目、3 度目の結婚を示す。
＊四角で囲った人名はイングランド王。
＊参考文献　*The Dictionary of National Biography*

［作成：住本］

[1]　1066–1154 年（ノルマン朝）

スコットランド王家

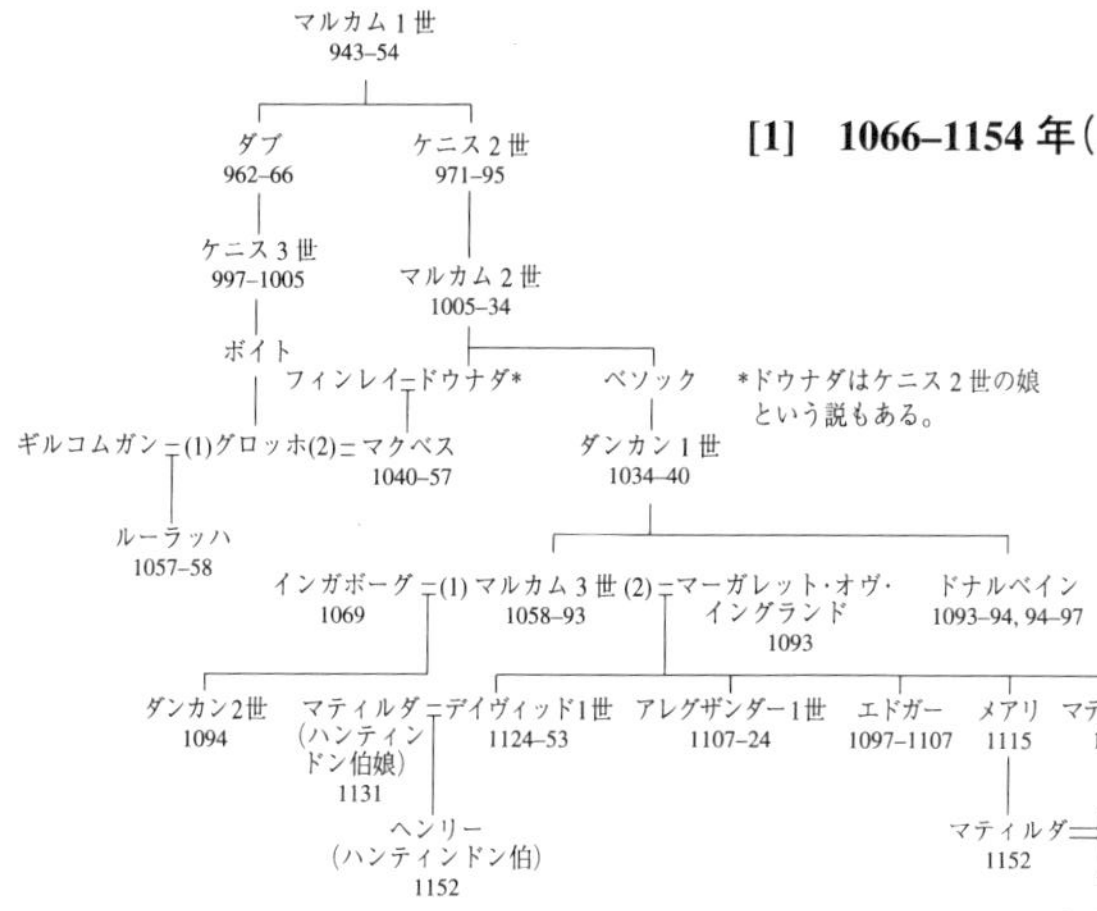

イングランド王家

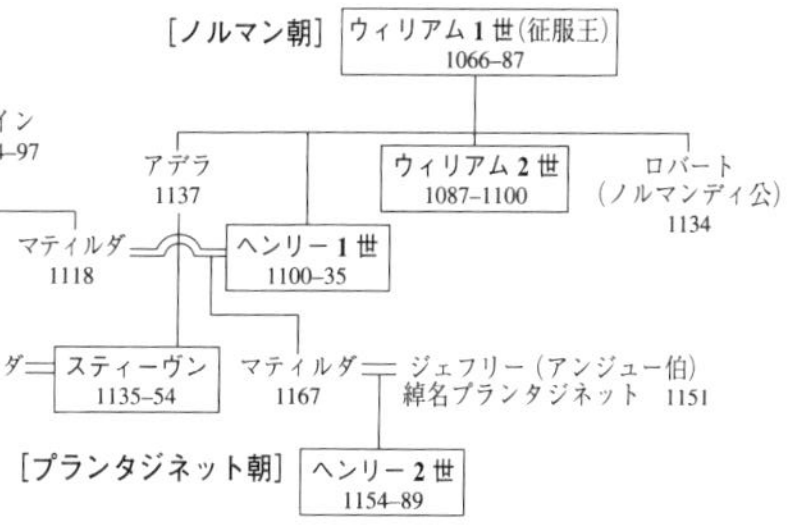

＊『あらし』	**1611** （47 歳）	ジェイムズ一世，議会と争い，議会を解散．欽定訳聖書出版.
弟ギルバート，ストラットフォードに埋葬.	**1612** （48 歳）	ジェイムズ一世の王子ヘンリー死去.
グローブ座焼失. 弟リチャード死亡. ＊『ヘンリー八世』	**1613** （49 歳）	
＊『血縁の二公子』	**1613–14** （49–50 歳）	
グローブ座再開.	**1614** （50 歳）	（慶長 19 年）大阪冬の陣.
	1615 （51 歳）	（元和元年）大阪夏の陣.
遺言書作成．次女ジューディス，ワイン商トマス・クワイニーと結婚．遺言書を改訂し，署名．4 月 23 日，死亡．25 日，ストラットフォードのホーリー・トリニティ教会に埋葬	**1616** （52 歳）	セルバンテス死亡. （元和 2 年）家康死去.
	1620	メイフラワー号，北アメリカに上陸.
妻アン死亡．最初の戯曲全集第一・二つ折本出版.	**1623**	

＊『ハムレット』	**1600–01** (36–37 歳)	
父ジョン死亡. ＊『十二夜』	**1601** (37 歳)	エセックス伯の反乱起こる. エセックス伯処刑.
＊『トロイラスとクレシダ』	**1602** (38 歳)	
宮内大臣一座はジェイムズ一世の庇護を得て, 国王一座と改称. ＊『尺には尺を』	**1603** (39 歳)	エリザベス一世死去. スコットランド王ジェイムズ六世, イングランド王ジェイムズ一世となり王位を継承. (慶長 8 年) 徳川家康, 江戸に幕府を開く.
＊『オセロー』	**1603–04** (39–40 歳)	
＊『終りよければすべてよし』	**1604–05** (40–41 歳)	
＊『アテネのタイモン』	**1605** (41 歳)	火薬陰謀事件発覚.
＊『リア王』	**1605–06, 1610** (41–42 歳, 46 歳)	
＊『マクベス』 ＊『アントニーとクレオパトラ』	**1606** (42 歳)	
長女スザンナ, 医師ジョン・ホールと結婚. 弟エドマンド, ロンドンのサザックに埋葬. ＊『ペリクリーズ』	**1607** (43 歳)	アイルランドで反乱勃発.
スザンナの長女エリザベス誕生. 母メアリ死亡. ＊『コリオレイナス』	**1608** (44 歳)	
＊『冬の夜ばなし』	**1609** (45 歳)	
故郷ストラットフォードに引退か. ＊『シンベリーン』	**1610** (46 歳)	

＊『タイタス・アンドロニカス』 ＊『ヘンリー六世・第一部』	**1592** （28 歳）	（文禄元年）秀吉朝鮮に出兵.
＊『リチャード三世』 ＊『ヴィーナスとアドーニス』	**1592–93** （28–29 歳）	
＊『ルークリース凌辱』	**1593–94** （29–30 歳）	
＊『ソネット集』	**1593–1603** （29–39 歳）	
宮内大臣一座が編制され，その幹部座員となる． ＊『間違いの喜劇』	**1594** （30 歳）	
＊『恋の骨折り損』	**1594–95** （30–31 歳）	
＊『夏の夜の夢』 ＊『ロミオとジュリエット』 ＊『リチャード二世』	**1595** （31 歳）	
長男ハムネット死亡．父ジョン，紋章使用を許可される． ＊『ジョン王』	**1596** （32 歳）	
＊『ヘンリー四世・第一部』 ＊『ヴェニスの商人』	**1596–97** （32–33 歳）	
＊『ヘンリー四世・第二部』 ＊『ウィンザーの陽気な女房たち』	**1597–98** （33–34 歳）	
＊『から騒ぎ』	**1598** （34 歳）	（慶長 3 年）秀吉死去.
＊『ヘンリー五世』	**1598–99** （34–35 歳）	
グローブ座開場. ＊『ジュリアス・シーザー』	**1599** （35 歳）	
＊『お気に召すまま』	**1599–1600** （35–36 歳）	
	1600 （36 歳）	東インド会社設立. （慶長 5 年）関ヶ原の合戦.

シェイクスピア年表

・シェイクスピアの作品は創作年代のみを記載(＊印)，年代はオックスフォード版に従うが，すべて推定.

ウィリアム・シェイクスピア	西暦 (年齢)	そ の 時 代
4月23日頃，ウィリアム・シェイクスピア誕生．26日，ストラットフォード・アポン・エイヴォンのホーリー・トリニティ教会で洗礼を受ける.	**1564** (0歳)	ガリレオ・ガリレイ誕生．ミケランジェロ死亡.
父ジョン・シェイクスピア，ストラットフォードの町長に選出される.	**1568** (4歳)	
	1576 (12歳)	イギリス最初の劇場，シアター座開場.
アン・ハサウェイと結婚.	**1582** (18歳)	(天正10年) 本能寺の変.
長女スザンナ誕生.	**1583** (19歳)	(天正11年) 豊臣秀吉大阪城を築く.
長男ハムネットと次女ジューディスの双子誕生.	**1585** (21歳)	(天正13年) 秀吉関白となる.
	1586 (22歳)	フィリップ・シドニー戦死.
	1587 (23歳)	前スコットランド女王メアリ処刑.
	1588 (24歳)	イギリス海軍，スペインの無敵艦隊を破る.
＊『じゃじゃ馬ならし』 ＊『ヴェローナの二紳士』	**1590–91** (26–27歳)	
＊『ヘンリー六世・第二部』 ＊『ヘンリー六世・第三部』	**1591** (27歳)	

四大悲劇　10, 84, 90, 91, 93, 194

ラ　行

ラム，チャールズ　Charles Lamb　136, 141, 191, 199
ラム，メアリ　Mary Lamb　191, 199
リーヴィス，F・R　F. R. Leavis　149
リズリー，ヘンリー → サウサンプトン伯ヘンリー・リズリー
流山児祥　197
りゅーとぴあ能楽堂シェイクスピア　198
リリー，ジョン　John Lyly　5
(旧)歴史主義　156, 157
レスター伯ロバート・ダドリー　Earl of Leicester, Robert Dudley　3, 5, 21, 22, 25, 27, 28, 30, 31
『レプリゼンテーションズ』 *Representations*　156
ロイアル・シェイクスピア劇団 (RSC) Royal Shakespeare Company　177, 178, 195
ロウ，ニコラス　Nicholas Rowe　15, 137
ローズ座　The Rose　4, 8
ロッジ，トマス　Thomas Lodge　5, 100
　『スキュラの変身』 *Scillaes Metamorphosis*　100
ロマンス劇　11, 42, 53
ローリー，サミュエル　Samuel Rowley　34
　『見ればわかる』 *When You See Me, You Know Me*　34

ワ　行

ワナメイカー，サム　Sam Wanamaker　167, 168
悪い四つ折本　120, 121, 124, 125

89, 90, 134, 143, 147–49, 151, 194
ブラナー，ケネス　Kenneth Branagh　179–82
ブランク・ヴァース　blank verse　5
ブルック，ピーター　Peter Stephen Paul Brook　177
ブルックス，クリアンス　Cleanth Brooks　149
フレッチャー，ジョン　John Fletcher　11, 115
『血縁の二公子』（シェイクスピアとの合作）　*The Two Noble Kinsmen*　11, 13, 115
『フィラスター』（ボーモントとの合作）　*Philaster*　11
『ヘンリー八世』（シェイクスピアとの合作）　*Henry VIII*　11, 12, 64, 71, 116
文化唯物論　15, 158
ヘイウッド，トマス　Thomas Heywood　34, 84
『某がおわかりにならぬとは』　*If You Know Not Me, You Know Nobody*　34
『俳優弁護論』　*Apology for Actors*　84
ヘミング，ジョン　John Heminge　11, 13, 115, 116
ポーエル，ウィリアム　William Poel (Pole)　177
ボズウェル，ジェームズ　James Boswell　139
ポスト構造主義　15, 125
ポストコロニアリズム　15
ポストコロニアル批評　159
ホニグマン，E・A・J　E. A. J. Honigmann　154
ポープ，アレグザンダー　Alexander Pope　137–39, 142
ボーモント，フランシス　Francis Beaumont　11
『フィラスター』（フレッチャーとの合作）　*Philaster*　11
ポラード，W・A　Alfred William Pollard　120
ホリンシェッド　Raphael Holinshed　61, 74, 77, 78
『年代記』　*The Chronicles of England, Scotland and Ireland*　61, 74, 77, 78

マ　行

真崎春望　201
マノーニ，オクターヴ　Octave Mannoni　159
マレイニー，スティーヴン　Steven Mullaney　155
マーロウ，クリストファー　Christopher Marlowe　5, 7, 100
『タンバレイン大王』　*Tamburlaine the Great*　5
『ヒアローとリアンダー』　*Hero and Leander*　100
『マルタ島のユダヤ人』　*The Jew of Malta*　5
マローン，エドマンド　Edmund Malone　15, 138, 142
ミアズ，フランシス　Francis Meres　7, 84, 99
『知恵の宝庫』　*Palladis Tamia: Wits Treasury*　7, 84, 99
三神勲　194
村松友視　200
森川久美　200
守田勘弥　197
問題劇　9, 42, 51, 53
モントローズ，ルイス　Louis Adrian Montrose　157

ヤ　行

矢田部良吉　191
山岸荷葉　192
大和資雄　185
良い四つ折本　120, 122, 124, 125
四つ折本（クォート）　13, 85, 114–21, 125–27

ティリヤード，E・M・W　Eustace Mandeville Wetenhall Tillyard　63, 156, 157
デヴルー，ロバート → エセックス伯ロバート・デヴルー
デカー，トマス　Thomas Dekker 34
『バビロンの娼婦』 *The Whore of Babylon*　34
出口典雄　195
手塚治虫　200
東京グローブ座　196
戸沢姑射　193
土肥春曙　192
外山正一　191
ドライデン，ジョン　John Dryden 37, 133, 134
トラウブ，ヴァレリー　Valerie Traub 159
ドリモア，ジョナサン　Jonathan Dollimore　158

ナ　行

ナイツ，L・C　L. C. Knights　90, 148–50
ナイト，G・ウィルソン　G. Wilson Knight　148
ナッシュ，トマス　Thomas Nashe 98
ナン，トレバー　Trevor Nunn　195
西川正身　194
蜷川幸雄　188, 196, 198
野田秀樹　197
野村萬斎　197

ハ　行

パーカー，パトリシア　Patricia Parker　150
ハズリット，ウィリアム　William Hazlitt　135–37, 139
畠山古瓶　193
バート，リチャード　Richard Burt 200
バーバー，C・L　C. L. Barber　152
バフチン，ミハイル　Mikhail Bakhtin 152
バーベッジ，カスバート　Cuthbert Burbage　11
バーベッジ，リチャード　Richard Burbage　7, 11
バーリー卿ウィリアム・セシル　Lord Burghley, William Cecil　6, 21–23, 27, 28, 30
張出舞台　170, 173
バリッシュ，ジョナス　Jonas A. Barish　150
バルト，ロラン　Roland Barthes 140
バワーズ，フレッドソン　Fredson Bowers　120, 124
ハワード，ジーン・E　Jean E. Howard　154, 155
ハンマー，トマス　Thomas Hanmer 137
ビアズリー，モンロー・C　Monroe C. Beardsley　149
悲喜劇　11, 153
ピール，ジョージ　George Peele　5
ヒンマン，チャールトン　Charlton K. Hinman　120, 121
ファースト・フォリオ → 第一・二つ折本
ファーマー，リチャード　Richard Farmer　142
ファマートン，パトリシア　Patricia Fumerton　97, 98
フィッシュ，スタンリー　Stanley Fish　153, 154
フェミニズム(批評)　15, 48, 152, 155, 158, 159
福田恆存　195
フライ，ノースロップ　Northrop Frye　151, 152
ブラックフライアーズ座　The Blackfriars　8, 11, 172
ブラッドリー，A・C　A. C. Bradley

Samuel Schoenbaum　15
志賀直哉　199
シドニー，サー・フィリップ　Sir Philip Sidney　19, 20, 23–26, 29, 35, 98, 99, 105
『アストロフェルとステラ』 *Astrophel and Stella*　98, 105, 106
島華水　192
島村抱月　194
島村洋子　199
清水邦夫　201
ジョーンズ，キャサリン・ダンカン　Katherine Duncan-Jones　16
ジョンソン，サミュエル　Samuel Johnson　134, 135, 137, 139–43
ジョンソン博士 → ジョンソン、サミュエル
ジョンソン，ベン　Ben Jonson　3, 7, 16, 34, 115, 132–34, 137, 150
『気質くらべ』 *Every Man in His Humour*　7
『セジェイナスの没落』 *Sejanus, His Fall*　7
『ヘンリー皇太子の矢来』 *Prince Henry's Barriers*　34
新書誌学派　125, 127, 128
新批評　148–50, 152, 153
シンフィールド，アラン　Alan Sinfield　158
新歴史主義　15, 152, 155–58, 160
『スクルーティニー』 *Scrutiny*　149, 150
鈴木忠志　195, 197
スティーヴンズ，ジョージ　George Steevens　138, 142
ストール，E・E　Elmer Edgar Stoll　148
スペイン無敵艦隊 → アルマダ
スペンサー，エドマンド　Edmund Spenser　28, 35
性格批評　90, 136, 148
精神分析批評　152
セシル、ウィリアム → バーリー卿ウィリアム・セシル
セシル、ロバート → ソールズベリー伯ロバート・セシル
千田是也　194
ソールズベリー伯ロバート・セシル　Earl of Salisbury, Robert Cecil　23, 28, 32, 97

タ　行

第一・二つ折本（ファースト・フォリオ） first folio　13, 41, 42, 51, 60, 83, 91, 113, 115–19, 122, 125–27, 133
大学出の才人　university wits　5
ダウデン，エドワード　Edward Dowden　89
高橋康也　197
高村薫　200
高安月郊　192
竹村覺　186, 187
太宰治　199
脱構築　15
ダドリー，ロバート → レスター伯ロバート・ダドリー
ダニエル，サミュエル　Samuel Daniel　106
『「ディーリア」と「ロザモンドの嘆き」』 *Delia and The Complaint of Rosamond*　106
チェインバーズ，E・K　Edmund Kerchever Chambers　15
チェトル、ヘンリー　Henry Chettle　4
チャールトン，H・B　Henry Buckley Charleton　148
堤春恵　197
坪内逍遙　186, 190–94
テイト，ネイハム　Nahum Tate　174, 177
『リア王』改作版　*The History of King Lear*　14, 175
ティボルド，ルイス　Lewis Theobald　137, 138

『オセロー』 *Othello* 10, 55, 83, 84, 90, 91, 115, 136, 149, 192
『終りよければすべてよし』 *All's Well That Ends Well* 9, 42, 51, 53, 116, 118
『から騒ぎ』 *Much Ado about Nothing* 46, 117
『血縁の二公子』（フレッチャーとの合作） *The Two Noble Kinsmen* 11, 13, 115
『恋の骨折り損』 *Love's Labour's Lost* 7, 44, 115, 117
『恋人の嘆き』 *A Lover's Complaint* 6, 16, 97, 105, 106, 110
『コリオレイナス』 *Coriolanus* 10, 83, 93, 116
『尺には尺を』 *Measure for Measure* 9, 10, 42, 51–53, 116, 117
『じゃじゃ馬ならし』 *The Taming of the Shrew* 7, 39, 44, 116, 118, 190
『十二夜』 *Twelfth Night* 9, 41, 47–50, 116, 118, 193
『ジュリアス・シーザー』 *Julius Caesar* 9, 83, 84, 116
『ジョン王』 *King John* 7, 59, 61, 72, 73, 84, 116
『シンベリーン』 *Cymbeline* 11, 42, 54, 83, 85, 116
『ソネット集』 *The Sonnets* 6, 16, 97, 99, 105–11
「第一・四部作」 63, 68, 73
『タイタス・アンドロニカス』 *Titus Andronicus* 7, 83, 84, 90, 114
「第二・四部作」 62, 73
『トロイラスとクレシダ』 *Troilus and Cressida* 9, 41, 51–53, 56, 83, 94, 95
『夏の夜の夢』 *A Midsummer Night's Dream* 7, 42, 44, 117, 151, 157, 189
『ハムレット』 *Hamlet* 7–9, 39–41, 83, 84, 90, 92, 93, 118, 119, 121–23, 127, 149, 189–93, 195, 197, 199
『冬の夜ばなし』 *The Winter's Tale* 11, 42, 55, 75, 116, 118, 195
『冬物語』→『冬の夜ばなし』
『ペリクリーズ』 *Pericles* 11, 13, 42, 54, 115
『ヘンリー五世』 *Henry V* 9, 31, 62, 65, 157, 158
『ヘンリー八世』（フレッチャーとの合作） *Henry VIII* 11, 12, 64, 71, 116
『ヘンリー四世』（二部作） *Henry IV* 7, 46, 62, 84
　『第一部』 *1 Henry IV* 30, 67
『ヘンリー六世』（三部作） *Henry VI* 4–5, 63, 69
　『第一部』 *1 Henry VI* 68, 69, 116
　『第二部』 *2 Henry VI* 67–70, 85, 114
　『第三部』 *3 Henry VI* 4, 75, 85
『マクベス』 *Macbeth* 10, 83, 84, 90, 92, 116, 139, 141, 149
『間違いの喜劇』 *The Comedy of Errors* 7 , 43, 47, 48, 116, 117
『リア王』 *King Lear* 10, 71, 83–86, 90, 91, 125–27, 136, 141
『リチャード三世』 *Richard III* 5, 59, 63, 84, 86, 178
『リチャード二世』 *Richard II* 7, 9, 62, 77–79, 84, 100, 115
『ルークリース凌辱』 *The Rape of Lucrece* 5, 6, 97, 99, 102–5
『ロミオとジュリエット』 *Romeo and Juliet* 7, 83, 84, 87, 89, 91, 94, 199, 200
ジェイムズ一世（スコットランド王ジェイムズ六世） James I 10, 32–34, 171
ジェイムズ六世 → ジェイムズ一世
ジェンダー批評 158, 159
シェーンボーム，サミュエル

木村鷹太郎　194
ギャスコイン，ジョージ　George Gascoigne　99, 105
　『百花繚乱』 *A Hundreth Sundrie Flowres*　99, 105, 106
ギャリック，デイヴィッド　David Garrick　139, 141, 176
　『ロミオとジュリエット』改訂版 *Romeo and Juliet*　176
クウィンシー，トマス・ド　Thomas De Quincey　141
クォート → 四つ折本
宮内大臣一座　Lord Chamberlain's Men　7, 8, 10, 49, 171, 172
熊井明子　200
久米正雄　193
暗い喜劇　9
グリーン、ロバート　Robert Greene　4
　『三文の知恵』 *Groatsworth of Wit*　4
グリーンブラット，スティーヴン　Stephen Greenblatt　16, 156, 157, 160, 161
クレイン，レイフ　Ralph Crane　117, 118
グレッグ，W・W　Walter Wilson Greg　120
黒澤明　199
グローブ座　The Globe　8–12, 167–70, 172, 173, 178, 188
ゲイ／レズビアン批評　159
劇団☆新感線　201
ケリガン，ジョン　John Kerrigan　110
ケンプ，ウィリアム　William Kempe　7–9
鴻上尚史　199
構造主義批評　136
国王一座　King's Men　10, 11, 13, 115, 126, 172
国民詩人　National Poet　139, 141–43, 145
小島孤舟　193
小林秀雄　199
コリー，ロザリー　Rosalie L. Colie　153
コールリッジ，S・T　S. T. Coleridge　10, 136, 137, 141
コンデル，ヘンリー　Henry Condell　11, 13, 115, 116

サ　行

齋藤勇　194
サウサンプトン伯ヘンリー・リズリー　Earl of Southampton, Henry Wriothesley　6, 9, 37, 100
笹沢佐保　200
『サー・トマス・モア』 *Sir Thomas More*　15
三一致の法則　the three unities　132, 135, 141
シアター座　The Theater　4, 7, 8
シェイクスピア　William Shakespeare
　『アテネのタイモン』 *Timon of Athens*　83, 93, 116, 193
　『あらし』 *The Tempest*　11, 42, 56, 74, 82, 116, 117, 159
　『アントニーとクレオパトラ』 *Antony and Cleopatra*　10, 83, 84, 94, 116
　『ヴィーナスとアドーニス』 *Venus and Adonis*　5, 6, 97, 99–102
　『ウィンザーの陽気な女房たち』 *The Merry Wives of Windsor*　45, 117
　『ヴェニスの商人』 *The Merchant of Venice*　7, 40, 45, 48, 118, 135, 190, 191
　『ヴェローナの二紳士』 *The Two Gentlemen of Verona*　43, 116, 117
　『お気に召すまま』 *As You Like It*　5, 7, 9, 46, 48, 49, 51, 72, 74, 116, 118, 151, 157

索　　引

・人名に続けて，その作品名を列記した(五十音順).
・固有名詞表記に関しては，原則として『研究社シェイクスピア辞典』に拠る.

ア　行

カ　行

図版出典・写真提供一覧（敬称略）

p. 2 提供＝村上健．/ p. 13 提供＝櫻庭信之．/ p. 14（上）明星大学図書館所蔵．/ p. 14（下）E. F. Halliday *Shakespeare and His World*（Thames & Hudson, 1956）［撮影＝Edwin Smith］．/ p. 20 National Portrait Gallery, London. / p. 21 The British Library. / p.41 明星大学図書館所蔵．/ p. 50 提供＝（財）セゾン文化財団．/ p. 103 The Bodleian Library, University of Oxford. / p. 116 明星大学図書館所蔵．/ p. 168 提供＝加藤行夫．/ p. 169 提供＝篠崎実．/ p. 178 Shakespeare Centre Library. / p.181 写真協力＝（財）川喜多記念映画文化財団．/ p. 190 河竹登志夫『日本のハムレット』（南窓社，1972 年）．/ p. 198 提供＝万作の会．

■ 執筆者一覧（執筆順．所属は 2007 年 6 月現在［書籍刊行時のもの］.）

上野美子（うえの・よしこ）　東京都立大学名誉教授.

玉泉八州男（たまいずみ・やすお）　東京工業大学名誉教授.

蒲池美鶴（かまち・みつる）　立教大学教授.

中野春夫（なかの・はるお）　学習院大学教授.

加藤行夫（かとう・ゆきお）　筑波大学教授.

篠崎　実（しのざき・みのる）　千葉大学准教授.

金子雄司（かねこ・ゆうじ）　中央大学教授.

小澤　博（おざわ・ひろし）　関西学院大学教授.

末廣　幹（すえひろ・みき）　専修大学教授.

喜志哲雄（きし・てつお）　京都大学名誉教授.

南　隆太（みなみ・りゅうた）　愛知教育大学准教授.

太田一昭（おおた・かずあき）　九州大学教授.

住本規子（すみもと・のりこ）　明星大学教授.

KENKYUSHA
〈検印省略〉

新編シェイクスピア案内

定価はカバーに表示してあります。

二〇〇七年七月二三日　初版発行
二〇二四年一月三一日　三刷発行

編　者　日本シェイクスピア協会
発行者　吉　田　尚　志
発行所　株式会社研究社
〒一〇二―八一五二
東京都千代田区富士見二―十一―三
電話　（編集）〇三―三二八八―七七一一
　　　（営業）〇三―三二八八―七七七七
振替　〇〇一五〇―九―二六七一〇
装幀　清水良洋（Malpu Design）
装画　松岡芽ぶき
印刷所　図書印刷株式会社

ISBN 978–4–327–47211–5　C1098